눈물만
보태어도
세상은
아름다워집니다

보각
지음

눈물만
보태어도
세상은
아름다워집니다

아픔을 사랑하는 법에 대한
붓다의 가르침

불광출판사

세상에는 길이 있다.
여러 길이 있다.
그토록 많은 길은 각기 다른 길이다.
사람들은 많은 길을 앞에 두고 자기 길을 선택한다.

여러 길 중에서 나는 많은 사람들이 가는 세속의 길을 버리고 출가의 길을 선택했습니다. 출가사문의 삶이 나에게 맞는 길이라고 판단했기 때문입니다. 불법 문중에 들어온 지 어언 50년이 되었습니다. 쉽지 않은 여정이었지만 복된 삶이었습니다. 강건한 몸을 가지고 태어나서 가장 훌륭한 부처님의 가르침을 공부하고, 좋은 벗들과 탁마하면서 불법을 이웃과 함께 나누는 길을 걸었습니다. 값을 매길 수 없는 복된 삶이 아닐 수 없습니다.

출가자의 길은 하나인 듯 보이지만 그 속에서는 여러 길이 있습니다. 참선수행의 길, 경전을 연찬하고 강설하는 길, 대중 속에 불법을 홍포하는 전법자의 길이 있습니다. 또 소외되고 힘든 환경에 놓인 이웃들에게 헌신하는 복지의 길이 있습니다. 나는 이 중에서 분명한 나만의 길을 선택했습니다. 복지보살의 길은 출가 이래 내 평생의 업이 되었습니다.

나에게 수행은 곧 보살행을 실천하는 일입니다. 보살은 굳건한 원력을 세우고 다양한 방편으로 지치고 힘든 세간의 벗들을 위로하고 희망을 심어줍니다. 불법을 만나고 복지라는 방편바라밀을 실천할 수 있는 인연의 길을 걸었으니 이 또한 남다른 복이라고 할 수 있습니다. "대자大慈란 모든 중생들에게 즐거움을 주는 일이고, 대비大悲란 모든 중생의 고통을 없애주는 길이다."라는 『대지도론』의 말씀을 늘 가슴 깊이 품었습니다. "보살은 무엇에 집착해 보시해서는 안 된다. 보시한다는 생각의 자취마저 없어야 한다."는 『금강경』의 가르침은 내 수행의 지표가 되었습니다.

또 하나의 다른 길을 걸었습니다. 중앙승가대학에서 학인스님들에게 사회복지학을 강의했습니다. 현대사회에서 불교가 사회에 실천할 수 있는 보살행은 사회복지라고 생각했습니다. 그리고 중생들의 스승인 스님들이, 학문과 실천 방편을 연찬하여 중생이 살고 있는 현장에서 보살행을 펼칠 수 있다면, 그 일이야말로 으뜸가는 불사 중에 불사일 것입니다. 그런 연유로 교단에서 학문연구와 강의에 매진해왔습니다.

이제 그동안 수행과 학문을 연찬했던 학교를 떠나야 하는 인연의 시절이 왔습니다. 세속의 용어로 말하자면 정년퇴임입니다. 35년 동안 정들었던 교직을 떠나는 지금, 많은 분들의 도움으로 보람 있는 회향을 맞이하게 되었습니다.

부처님의 가르침을 받들고 시주의 은혜를 입고 수행하면서 '밥값'은 나를 깨우는 일침이었습니다.

"법답게 살고 있는가?"

"지금 나는 밥값을 하고 있는가?"

쌀 한 톨의 무게가 일곱 근이라고 했는데 내가 실로 스승과 도반, 시주의 은혜에 부끄러움 없이 살았는지, 마음 한켠이 조심스럽습니다.

정년퇴임이라는 회향을 맞아 이웃들에게 보시하고자 책 한 권을 내게 되었습니다. 경전을 읽어가면서 그때마다 감동 받은 경구를 토대로 내 소견의 한 자락을 펼쳐보았습니다. 불법을 나누는 기쁨을 함께 한다면 더 없는 복입니다.

도움을 받은 이들이 많습니다. 내 재적본사인 대흥사 조실 보선 대종사, 주지 월우 스님, 그리고 많은 사형사제들은 늘 든든한 버팀목이고 그늘입니다. 또 중앙승가대학의 여러 교수님들과 교직원의 배려도 한분 한분 잊을 수 없습니다.

이제 강진 백련사 주지 소임으로, 불자대중들과 전법의 길을 가고자 합니다. 또 다른 회향을 할 수 있어 기쁘기 그지없습니다. 부디 불보살님의 호념과 가피가 사부대중에게 깃들기를 기원합니다.

2019년 5월

보각

어느 날 택시를 탔는데 기사가 묻습니다. "스님, 불교는 왜 그리 어렵습니까?" 그래서 내가 물었습니다. "불교를 배워보긴 했습니까?" 그랬더니 배워본 적이 없답니다. 한 번도 먹어본 적이 없는 음식을 맛이 있다 없다 말할 수 있을까요?

불교, 참 쉽습니다. 부처님 법문 중에 제일 유명한 법문이 '칠불통게七佛通偈'입니다. 일곱 부처님이 전하는 게송이란 뜻인데, 우리말로 풀면 이렇습니다. "모든 악惡은 짓지 말고 모든 선善은 받들어 행하라. 언제나 그 마음을 깨끗이 하면 그것이 부처님 가르침이다." 여기에 불교의 처음과 끝이 다 들어 있습니다.

조금 설명을 더하면, 날마다 악을 제어하고 선한 일을 키우면 마침내 선악이 없는 경계에 이릅니다. 그런데 부처님은 처음에는 선을 행하라고 하지만 나중에는 선도 행하지 말라고 합니다. 선을 행하려 노력하기보다 마음에 악한 생각이 없어지면 그게 선이라는 것입니다. 선은 본래 없는 것입니다. 응병여약應病與藥, 병이 있으니 약이 필요하다는 뜻을 생각하면 이해가 쉬울 것입니다. 선도 악도 없는 깨끗한 마음에 이르는 것, 그것이 곧 깨달음이자 부처님의 가르침입니다.

불교를 안다고 하는 이들도 막상 불교가 무엇입니까, 라고 물으면 제대로 설명하지 못합니다. 어쩌면 제대로 알지 못하니 설명하지 못하고 실천으로 옮기지 못하는 것일지도 모릅니다. 불교의 목표인 즉, '깨달음'에 이르려면 신해행증信解行證의 과정을 거쳐야 합니다. 첫 번째 신信은 믿어야 하고 해解, 그 믿음을 배우고 이해하며 행行, 그렇게 알게 된 것을 실천하고 증證, 그럼으로써 스스로 믿음을 증명하는 것입니다.

여기에 모은 글들은 출가하여 수행자로 살아온 50여 년, 나의 '신해행증'의 기록입니다. 불교란 무엇이고 그 가르침을 삶 속에서 어떻게 실천했는지를 담았습니다. 삶은 고苦라고 합니다. 내 뜻대로 되지 않기 때문에 고통이 생깁니다. 그 고통을 없애려면 어떻게 해야 할까, 고심하면서 지혜가 생깁니다. 그게 깨달음입니다. 깨달음은 어떤 특별한 무엇이 아닙니다. 일상에서 보았던 것들 중에 지금까지 잘못 이해하고 판단했던 것을 바로 보고 이해하고 행하는 것이 깨달음입니다.

강진 백련사 내 방에 불개미가 많습니다. 사람을 물거나 하지 않아 서로 간섭하지 않지만 방바닥에 많이 기어다녀 불편합니다. 개미랑 헤어지는 법이 없겠냐고 물었더니 약을 사왔습니다. 바닥에 두면 약을 물고 집으로 가서 나눠 먹고 몽땅 죽어버린다네요. 충격이었습니다. 나는 단지 불편할 뿐인데 개미는 그 집단 자체가 모조리 죽는 것입니다. 그래서 지금 나는 불편한 동거를 하고 있습니다. 새삼 작은 생명에 대한 배려심을 알게 된 것이 바로 일상의 깨달음이라 할 수 있습니다.

부처님이 깨우쳐 준 진리를 배우고 공부하고, 일상 속에서 이해하고 경험하고 행하다 보면 귀한 깨달음이 따라오리라 믿습니다. 이것이 내가 생각하는 불교입니다.

붓다와 지혜와 사랑은 하나이다

안으로는 마음을 보고 밖으로는 별을 보라

殿

스승은 없다
스스로 완성하라

1장

———

모든 존재의 스승, 붓다

1

부처님의 손가락

안으로는 마음을 밖으로는 별을 보라

◉

길에서 탄생하시고, 길에서 깨달으시고,
길에서 전도하시고, 길에서 열반하신 부처님

"불교란 무엇인가?"

이 물음의 가장 정확한 답은 부처님의 삶에 있습니다. 불교는 절대자에 대한 믿음이 아니라, 한 인간의 깨달음에서 시작되었습니다. 부처님의 삶을 따라가다 보면 불교의 흐름과 교리를 쉽게 펠 수 있습니다.

우리나라에는 팔상성도八相聖圖를 벽화나 조각으로 새겨 놓은 사찰이 많습니다. 팔상성도는 석가모니 부처님의 행장 가운데 여덟 가지 중요한 사건을 그림으로 표현한 것으로, 팔상도八相圖라고 줄여 말하기도 합니다. 팔상도는 우리나라의 사찰뿐 아니라 중국, 일본 및 동남아시아 여러 국가의 사찰에서도 흔히 볼 수 있습니다.

팔상도에는 불교의 4대 명절인 탄생재일(부처님오신날), 출가재일, 성도재일, 열반재일의 장면과 더불어 부처님이 출가를 결심하시게 된 계기인 사문유관, 설산에서 수행하시는 모습, 마군을 항복

시키는 모습, 녹야원에서 첫 설법을 하시는 모습 등의 장면이 고스란히 담겨 있습니다.

팔상도의 첫째는 도솔래의상兜率來儀相입니다. 부처님께서 도솔천에서 코끼리를 타고 사바세계에 나투시는 모습이 담겨 있습니다. 부처님께서는 전생에 이미 끊임없이 수행정진하고 수미산보다 높고 항하의 모래보다 많은 공덕을 쌓으셔서, 한 생만 지나면 부처가 되는 일생보처一生補處의 지위에 계셨습니다. 석가모니 부처님의 전생인 호명보살護明菩薩은 도솔천에서 사바세계를 두루 살펴보신 끝에 태어나실 곳으로 가비라국(迦毗羅國, 카필라바스투)을 선택하셨습니다.

팔상도의 둘째는 비람강생상毘藍降生相입니다. 부처님의 탄생 모습을 담고 있습니다. 여러 경전에 따르면, 부처님의 어머니인 마야부인은 태자를 낳으려고 친정인 천비성으로 향하던 중 룸비니 동산에 이르러 잠시 쉬었다고 합니다. 마야부인이 꽃이 만발한 무우수 가지를 잡으려는 순간 오른쪽 옆구리에서 부처님께서 태어나셨습니다.

팔상도의 셋째는 사문유관상四門遊觀相입니다. 부러울 것이 없이 유복하게 자란 부처님께서 성문 밖으로 나갔다가 동문에서 늙은 노인의 모습을 보고, 남문에서 아파하는 병자를 보고, 서문에서 죽은 사람의 시신을 보고, 북문에서는 삶과 죽음의 문제를 해결하기 위해 길을 나선 수행자를 보는 내용이 담겨 있습니다. 사문유관에서 부처님이 생로병사生老病死라는 네 가지의 고통인 사고四苦를 처음으로 직접 보고 느낀 뒤 출가의 원력을 세운 현장인 것입니다.

　팔상도의 넷째는 유성출가상踰城出家相입니다. 부처님께서 카필라 왕국의 성문을 빠져나와 출가하시는 모습을 묘사하였습니다. 부처님께서는 세속의 부귀영화가 한낱 티끌과 같다는 것을 깨달으시고, 출가의 길을 떠나셨습니다. 여기서 중요한 것은 부처님께서 출가의 원력을 세운 이유입니다. 부처님께서는 자신의 열반을 위해서 출가하신 것이 아닙니다. 생사윤회의 사슬을 끊는 깨달음을 얻는 것은 물론이고, 그 깨달음을 널리 전함으로써 중생을 구제하겠다는 크나큰 원력 때문이었습니다. 부처님께서는 출가를 하느라 아내인 야소다라와 아들인 라훌라와도 이별을 해야 했습니다.

　팔상도의 다섯째는 설산수도상雪山修道相입니다. 부처님께서 설산에서 6년간 고행하시는 모습을 담은 것입니다. 여러 스승을 찾아다녔지만 뾰족한 해답을 얻지 못한 부처님께서는 스스로 생사의 문제에서 해탈하고자 보리수 아래에서 홀로 수도하셨습니다. 그 결과 새벽별을 보시고 크나큰 깨달음을 얻으셨습니다. 일설에는 설산수도가 부처님의 생애에서는 찾을 수 없는 일화라고 주장하기도 합니다. 하지만 그 배경이 설산이든 아니든 부처님께서 6년 동안 고행의 수도 끝에 크나큰 깨달음을 얻으신 것만은 숨길 수 없는 사실입니다.

　팔상도의 여섯째는 수하항마상樹下降魔相입니다. 보리수 아래서 성도하신 부처님께 수많은 마군魔軍이 항복하는 모습을 담은 것입니다. 부처님께서는 깨달음의 힘으로 마음속의 번뇌라는 마군은 물론이고, 부처님의 가르침에 대항하는 이 세상의 모든 마군까지도 정복하셨던 것입니다.

팔상도의 일곱째는 녹원전법상鹿苑轉法相입니다. 부처님께서 녹야원에서 다섯 비구에게 첫 설법을 하신 모습을 담았습니다. 초전법륜 후 부처님께서는 45년간 맨발로 사막을 거닐면서 중생을 제도하기 위해 교화의 길을 오르셨습니다. 특히, 기원정사와 죽림정사에는 항상 1천200여 명의 비구 제자들이 상주하면서 부처님의 가르침을 받았습니다.

팔상도의 여덟째는 쌍림열반상雙林涅槃相입니다. 부처님께서 열반에 드신 모습을 담았습니다. 경전에 따르면, 부처님께서는 쿠시나가라에서 최후의 설법을 하신 뒤 춘다의 마지막 공양을 받으셨습니다. 그리고 사라쌍수 사이에서 자리를 펴시고 조용히 열반에 드셨습니다. 뒤늦게 장례에 도착한 상수 제자인 가섭 존자에게 관 밖으로 두 발을 내 보이시기도 했습니다.

단적으로 말해서 불교는 부처님의 가르침을 믿고 따르는 종교입니다. 부처님 재세 이전에도 이후에도 수많은 현자賢者와 각자覺者가 출현했지만, 평생 동안 숭고한 가르침으로 중생을 제도한 사람은 부처님이 유일할 것입니다.

부처님께서는 타인의 가르침을 듣고서 깨달음을 얻으신 게 아닙니다. 안으로는 자신의 마음을 들여다보고, 밖으로는 먼동이 터올 무렵까지 찬란하게 빛나는 새벽별을 살펴본 뒤 비로소 깨달음을 얻으신 것입니다.

부처님의 생애를 살펴보면 한결같이 가장 중요한 순간들은 모두 길 위에서 이뤄졌습니다. 도道라는 한자가 '길'이라는 의미와 '깨달음'이라는 의미를 함께 지니고 있는 것도 같은 이유일 것입니다. 부처님께서 걸어가신 길이 바로 불교의 길입니다.

　　다음 장에서는 팔상도 중 상대적으로 더 중요한 네 가지 장면인 탄생재일(부처님오신날), 출가재일, 성도재일, 열반재일의 의미에 대해 구체적으로 더 살펴보고자 합니다.

존재의 노예로 살지 마라

◉

'천상천하天上天下 유아독존唯我獨尊'
인류 최초의 자주선언이자 평등선언

부처님의 탄생 이유가 기록돼 있는 경전을 읽으면 부처님이 이 사바세계에 오신 까닭을 알 수 있습니다.《본생경本生經》에 전하는 부처님의 탄생 이야기는 아래와 같습니다.

"인류의 숭앙과 찬탄을 받고 계시는 부처님께서는 큰 빛으로 사바세계에 강림하시어 부처님이 되시기 이전부터 갠지스강의 모래알보다 많은 생애를 통하여 피보다 뜨거운 구도의 길을 걸으셨고 연꽃보다 고귀한 사랑과 자비를 나투시어 헤아릴 수 없는 수많은 공덕을 쌓으셨다. 과거 전생의 끊임없는 수행정진과 수미산보다 높고 바다보다 넓은 공덕을 쌓으신 인연으로 마침내 제6대 가섭불 밑에서 수행을 닦으신 후 목숨이 다한 후 도솔천에 태어나시어 일생보처의 보살이 되신 것이다. 일생보처란 차기의 부처님이 되실 분으로 도솔천에 탄생하신 까닭은 도솔천 아래 세계는 게으름과 욕정에 빠져 있고 도솔천 위 세계는 선정을 좋아한 나머지 중생을 구제하겠다는 원력을 일으키지 않기 때문이다. 그러니 그대들은 알라. 법을 보는 자는 여래를 보고, 법을 실천하는 자는 여래와 가까이 있는 것이니라."

《본생경》에 전하는 부처님의 탄생 이야기가 주는 교훈은 간단합니다. 부처님이 이 땅에 나투시기까지 전생에 수많은 공덕을 쌓았고, 그러한 공덕의 인연으로 말미암아 인류를 구제할 수 있었습니다. 그런 까닭에 불법佛法을 보는 것이 바로 여래를 보는 것이고, 불법을 실천하는 것이 바로 여래의 곁에 있는 것입니다.

그런가 하면, 《불본행집경佛本行執經》에는 부처님께서 이 사바세계에 오신 날의 모습이 잘 묘사돼 있습니다.

호명보살護明菩薩님은 금단이라는 천자와 범천, 제석천왕을 불러 의논하였다. 일생보처 즉 부처님이 되실 분이 의탁하시는 집은 60가지의 공덕을 갖추고 일생보처의 어머니 되실 분은 32가지의 덕행을 구족하여야 한다고 말씀하셨다.

논의 끝에 가비라국迦毗羅國 석가족釋迦族의 정반왕(淨飯王, 숫도다나)의 부인인 마야摩耶 부인을 선택하게 되었다. 호명보살은 자기가 태어날 곳을 완전히 관찰하시고 난 뒤

웅장하고 장엄한 천궁의 사자좌에 오르셔서 마지막 설법을 하시었다.

설법을 마치고 난 호명보살은 도솔천에서 하강하시어 마야 부인의 오른쪽 옆구리로 조용히 입태하셨다. 이때 대지는 여섯 가지로 진동하고, 세상의 어두움은 사라졌으며, 모든 산에는 무지개가 피어오르고, 바닷물은 솟구쳐 용솟음쳤으며, 모든 강물은 거꾸로 흐르고, 일체의 수목과 약초는 탐스럽게 자라고, 아비지옥의 중생까지도 일시적이나마 모든 고통을 여의게 되었다.

대를 이을 왕자를 낳지 못하여 항상 청정한 재계를 지키고 있던 마야 부인은 잠시 잠을 자고 있었는데 붉은 빛깔의 머리와 여섯 개의 이빨을 가진 흰 코끼리가 허공을 날아 내려와 오른쪽 옆구리로 들어오는 꿈을 꾸게 된다. 해몽에 능한 선인들로부터 참으로 길하고 상서로운 꿈이라는 말을 듣고 정반왕과 마야 부인은 기쁨에 겨워 어쩔 줄을 몰라 하였다.

정반왕은 이 아기의 복된 내일을 위하여 가비라성 사대문을 활짝 열고 무차대회를 열어 모든 것을 가난하고 어려운 사람들에게 베풀어 주었다. 왕자를 잉태한 마야 부인은 놀라운 능력을 발휘하게 되는데, 그 한 예로는 심한 고통을 받던 환자들이 마야부인을 보면 병이 나아서 고통으로부터 벗어났다고 한다. 이것은 보살은 태에 들어 있을 때도 중생들을 제도하겠다는 한마음뿐이므로 불가사의

한 현상이 나타나게 된 것이다.

마야 부인은 산일이 가까워지자 친정인 천비성으로 가서 출산하기를 원하였다. 정반왕은 이를 쾌히 승낙하고 천비성으로 가는 길을 새로 고치고 아름답게 장엄하도록 지시하였다. 마야 부인은 호위병과 시녀들을 데리고 가비라를 떠나 천비성으로 가다가 룸비니 동산 무우수無憂樹 아래서 수레의 행렬을 멈추게 하였다. 룸비니 동산의 아름다움에 도취된 마야 부인이 손을 뻗어 꽃이 만발한 무수의 꽃가지를 잡으려 하자, 그 꽃가지가 저절로 늘어져 마야 부인의 손까지 내려왔다. 마야 부인이 오른손으로 꽃가지를 잡으니, 곧 산기가 일어났다. 시녀들이 포장으로 마야 부인을 둘러싸고 그 자리에서 물러났다.

곧 마야 부인의 오른쪽 옆구리가 열리면서 태자가 탄생하셨다. 이때 태자로부터 큰 광명이 나와 모든 하늘 세계와 인간세계 그리고 일체 세간世間을 두루 비추었으니, 이것은 부처님이 되실 보살의 탄생을 알리는 상서祥瑞롭고 위대하고 장엄한 모습이었다. 이때 사천왕은 양피로 만든 부드러운 천으로 태자를 받았으며 공중에서 두 줄기 물이 내려와 왕비와 태자의 몸을 씻어 드렸다.

태자는 사방으로 일곱 걸음을 걸으시고 걸으시는 곳마다 연꽃이 솟아나 태자의 발을 받쳐 드렸다. 그 이유는 삼계를 이끌어 가실 가장 위대하신 성인의 출현을 천지가 기

뿜으로 영접하였기 때문이다. 태자는 곧이어 한손은 하늘
을 가리키고 한손은 땅을 가리키며 '천상천하天上天下 유
아독존唯我獨尊'이라고 큰소리로 외쳤다.

부처님의 탄생게인 '천상천하 유아독존'의 첫째 의미는 인류
최초의 자주선언이라고 할 수 있습니다. 당시 인도사람들은 신이
모든 생명을 창조한다고 믿었습니다. 그리고 변하지 않는 절대적
인 가르침인 브라만이 있고, 브라만이 투영된 아트만이 있다고 믿
었습니다. 부처님의 탄생게는 이러한 신이라는 허울뿐인 존재의
노예로 살지 말고, 자기 자신의 주인이 되라고 주장한 것입니다. 또
한 부처님의 탄생게는 인본주의를 제창한 것으로서 미몽迷夢에 빠
져 있는 중생의 의식을 깨어나게 하는 역할을 했습니다.
　　부처님 탄생게의 두 번째 의미는 인류 최초의 평등선언이라
고 할 수 있습니다. 모든 계급적 차별을 타파해야 한다는 의미가
담긴 것입니다. 당시 인도는 사성계급으로 구분된 신분사회였습
니다. 그런 상황에서 부처님은 인간은 누구나 다 평등하다는 선언
을 하셨습니다.

"나는 중생들을 구원하러 온 것이 아니라 본래 누구나 불
성을 가지고 있음을 깨닫도록 하기 위해 온 것이다."

부처님의 이 말씀은 누구나 마음을 깨끗이 하여 부처님의 가
르침을 따르면 부처님이 될 수 있다는 의미입니다.

일부 사람들은 '천상천하 유아독존'이라는 부처님의 탄생게가 오만하기 짝이 없다고 평가하기도 합니다. 이는 나(我)를 석가모니 부처님으로만 여기기 때문에 생긴 잘못된 견해입니다. 부처님 탄생게에서 나는 이 세상의 모든 존재를 일컫는 말입니다. 그러므로 부처님의 탄생게는 하늘 아래 땅 위에 존귀하지 않은 존재는 없다는 의미로 볼 수 있습니다.

부처님의 탄생게는 '삼계개고三界皆苦 아당안지我當安之'라는 말로 마무리됩니다. '삼계가 괴로움에 빠져 있으니, 내 마땅히 이를 편안케 하리라.'는 의미입니다. 천상천하 유아독존이 인류 최초의 자주선언이자 평등선언이라면, 삼계개고 아당안지는 인류 최초의 자주선언과 평등선언을 실천하겠다는 강력한 의지가 깃든 것입니다.

부처님 탄생게에는 불자로서 지켜야 할 모든 규범이 다 깃들어 있습니다. 사람은 누구나 이 세상의 주인이므로 차별 받아서는 안 되고, 그러한 자주적이고 평등한 삶을 구현하는 데 앞장서자는 게 바로 부처님 탄생게의 본뜻인 것입니다.

티끌에서 벗어나다

●

모든 것을 버린 뒤에 얻을 수 있는 깨달음,
왕자에서 고행의 수도자로 길을 떠나다

출가出家는 범어인 '프라브라즈야pravrajya'를 번역한 것입니다.

부처님께서는 가비라 왕국의 왕자로 태어났습니다. 아버지는 가비라 왕국의 왕인 숫도다나(정반왕)입니다. 부처님을 일컫는 말인 석가모니는 부처님의 부족이 사카Sakya 족이기 때문에 붙여진 것으로, 사카를 석가釋迦로 음역하고 성자聖者라는 의미의 모니牟尼를 덧붙인 것입니다. 따라서 석가모니는 사카족의 성스러운 사람이라는 뜻입니다.

출가 전까지 부처님은 고타마 싯다르타라고 불렸습니다. 고타마는 가문의 성씨이고, 싯다르타는 부처님의 어릴 적 이름입니다. 이름의 뜻은 '목적을 성취한 사람'입니다. 부처님도 깨달음을 얻기 전까지는 한낱 범부에 지나지 않았습니다.

싯다르타는 석가족의 왕자로 태어난 까닭에 물질적으로 조금도 부족함이 없이 성장할 수 있습니다. 싯다르타가 열아홉 살이 되자 부왕은 슬기로운 신부감을 물색한 끝에 사카족 대신의 딸 야소다라를 태자비로 정하였습니다. 결혼 후에도 싯다르타는 곧잘 사색에 잠기곤 했는데, 그때마다 야소다라는 남편을 위로하는 데 정성을 다했습니다. 싯다르타는 아들을 가진 후에도 마음을 다잡지 못했습니다.

야소다라와 결혼한 지 10년이 지났음에도 싯다르타는 출가의 원력을 꺾지 않았습니다. 싯다르타가 출가를 할 때 야소다라와 사이에서 낳은 아들이 있었습니다. 야소다라가 아들을 낳았을 때 싯다르타의 부왕은 기쁨을 감추지 못했다고 합니다. 하지만 싯다르타는 득남의 기쁨을 만끽하기는커녕 "라훌라가 생겼구나."라는 탄식을 했습니다. 라훌라는 장애라는 뜻입니다.

부족함이 없는 싯다르타가 출가를 결심한 데는 여러 이유가 있을 것입니다. 우선 어머니인 마야 부인이 일찍이 사망한 것이 큰 영향을 끼쳤을 것입니다. 어머니를 잃은 것이 싯다르타에게는 평생 씻을 수 없는 마음의 그림자가 되었을 것입니다.

다음으로 싯다르타의 출가에 영향을 끼친 사건은 사문유관四門遊觀을 경험한 것입니다. 사문유관을 경험한 뒤 싯다르타는 사고四苦인 생로병사生老病死에서 벗어나서 불생불멸不生不滅의 가르침인 열반涅槃을 얻기 위하여 왕궁을 떠나 출가의 길에 들었던 것입니다.

싯다르타의 나이 스물아홉 살 때의 일입니다. 싯다르타는 시종 찬다카에게 말을 끌고 나오도록 시켰습니다. 말을 타고 궁을 빠져나온 뒤 싯다르타는 찬다카에게 다시 말의 고삐를 건넸습니다.

싯다르타는 강물에 얼굴을 씻고 허리에서 칼을 뽑아 치렁치렁한 머리카락을 잘랐습니다. 싯다르타는 몸에 지녔던 패물을 모두 찬다카에게 건네면서 말했습니다.

"이 목걸이를 부왕에게 전하여라. 나는 내 뜻을 이루기 전에는 죽는 한이 있더라도 돌아가지 않을 것이다. 나는 왕위 같은 세속의 욕망은 털끝만큼도 없다. 내가 이루고자 하는 것은 단지 생로병사의 괴로움에서 벗어나는 것일 뿐이다."

출가하면서 싯다르타가 가장 먼저 한 일은 금장식 은장식을 한 신을 벗어던지고 맨발이 된 것입니다.

신라의 원측 법사圓測法師는 출가에는 형출가形出家와 심출가心出家 두 종류가 있다고 말했습니다. 형출가는 외형적인 출가를 의미하고, 심출가는 내적인 출가로서 마음속의 구속에서 벗어남을 의미합니다. 대승적인 차원에서 보면 형출가보다 심출가가 더 중요합니다. 청정한 계율을 지키며 수행에 전념한다면 속세에 몸이 있더라도 참다운 출가자로서 살아갈 수 있습니다.

법정 스님은 〈그대는 어디에 있는가?〉라는 글에서 출가의 의미를 아래와 같이 강조했습니다.

"떠나는 것을 불교적인 용어로 출가 또는 출진이라고 한다. 출가는 집에서 나온다는 뜻이고, 출진은 티끌에서 벗어난다는 것, 곧 욕심에서 벗어난다는 뜻이다. 어디로부터 떠나는가. 속박의 굴레에서 떠나고, 무뎌진 타성의 늪에서 떠나고, 집착하는 마음으로부터 떠난다. 이것이 곧

출가이다. 떠난다는 것은 곧 새롭게 만난다는 뜻이기도
하다. 만남이 없다면 떠남도 무의미하다. 출가는 빈손으
로 돌아가는 길이 아니다. 크게 버림으로써 크게 얻을 수
있다. 크게 버리지 않고는 결코 크게 얻을 수 없다.”

부처님의 출가에서 우리가 배울 수 있는 교훈은 두 가지입니
다. 하나는 ‘크게 버리지 않고는 결코 크게 얻을 수 없다.’는 가르침
이고, 다른 하나는 중생을 위해서라면 자신의 안위는 헌신짝처럼
내버릴 수 있는 이타심을 지녀야 한다는 가르침입니다.

'나는 누구인가'를 묻다

◉

"화려한 꽃을 바치는 것이 아니라 나의 법을 통해
깨달음의 문을 여는 게 최상의 공양이다."

불교의 4대 명절 중 가장 뜻깊은 날은 성도재일이라고 할 수 있습니다. 부처님께서는 깨달음을 얻으심(成道)으로써 싯다르타에서 붓다로 거듭나셨기 때문입니다.

불교는 절대자의 힘에 의존한 타력신앙이 아니라 스스로의 힘으로 깨닫는 자력신앙입니다. 미완의 부처에서 부처가 되는 게 바로 불자의 궁극적인 목적입니다. 이미 전생에 깊은 수행을 하였고 수많은 공덕을 쌓은 부처님임에도 불구하고 깨달음을 얻는 과정은 고난의 연속이었습니다.

부처님께서는 고행주의자인 마하 바르가바와 선정주의자인 마하 우드라카 라마푸트라에게 찾아가 깨달음을 구하지만 궁극적인 깨달음을 얻지는 못합니다. 마하 바르가바의 고행은 천상의 세계에서 태어나 영원히 성스럽고 화려한 삶을 살기 위한 데 목적이 있었습니다. 마하 우드라카의 선정은 '생각 자체를 떠나서 생각도 생각 아님도 아닌 그윽하고 고고한 지상至上의 경지'이긴 했으나, 이 역시 자기 혼자서만 세상의 고통을 초월하고 그 경지를 즐기는 것이어서 일종의 개인적인 쾌락주의라고 할 수 있었습니다. 고행주의와 선정주의를 모두 여의고 중도中道에 드신 뒤 부처님께서는 홀연히 크나큰 깨달음을 얻으실 수 있었습니다.

부처님께서 깨달은 진리를 간단히 요약하면 무상無常, 무아無我, 연기緣起라고 정의할 수 있습니다. 부처님께서는 우주를 구성하는 원리인 연기의 법칙을 깨달았습니다. 연기의 법칙에 따르면 고정된 실체는 있을 수 없고, 나라는 존재도 일시적인 형상에 지나지 않습니다. 이것이 바로 무상이고, 무아인 것입니다.

성도재일은 부처님께서 생사의 고통을 여읠 수 있는 깨달음을 얻은 뜻깊은 날입니다. 무명無明에서 벗어나 지혜의 광명을 발견한 날이고, 껍질을 벗고 구속의 굴레를 벗어나 해탈의 세계로 진입하신 날입니다. 불교가 모든 종교와 다른 점은 깨달음을 지향한다는 것입니다. 그런 까닭에 불자들은 부처님께서 보리수 아래서 정각을 이룬 성도재일을 뜻깊게 여겨야 할 것입니다.

하지만 안타깝게도 전국의 사찰마다 연등을 장엄하는 부처님 오신날과 달리 성도재일에는 조용히 법회만 봉행하고 있습니다. 불자라면 마땅히 자신의 수행의 정도를 점검할 수 있어야 합니다. 부처님께서는 아난 존자에게 "화려한 꽃을 나에게 바치는 것이 진정한 공양이 아니라 나의 법을 통해 깨달음의 문을 여는 것이 최상의 공양"이라고 말씀하신 것도 같은 이유입니다.

최상의 공양이란 바로 무아無我를 깨닫는 것이고, 이를 일컬어 역대의 조사들은 견성見性이라고 했습니다. 역대 조사스님들은 "밖에서 부처를 찾지 말고 자신의 내면에서 찾으라."고 강조하셨습니다. 달마 대사는 《혈맥론》에서 이렇게 말씀하셨습니다.

"만약 부처를 찾고자 하면 반드시 견성해야 한다. 성품이 바로 부처이다. 만약 견성하지 못하면 염불하는 것, 경전을 독송하는 것, 계를 지키는 것들이 아무런 이득도 되지 않는다. 염불은 인과를 얻을 뿐이고, 독경은 총명을 얻을 뿐이며, 계 지킴은 천상에 나게 할 뿐이며, 보시는 복의 과보를 얻을 뿐이다."

누구나 불성을 지니고 있습니다. 우리가 깨달음을 얻지 못하는 이유는 깨닫고자 하는 원력이 부족하기 때문입니다. 불자라면 마땅히 성도재일 하루만이라도 '나는 누구인가?' 하는 궁극적인 인생의 문제에 대해 자문할 필요가 있습니다. 평소 자기 밖의 것들에 쏟았던 관심을 자신에게 돌려서 참나(眞我)는 무엇인지 확인할 필요가 있습니다.

번뇌를 끄면 열반이다

●

부처님께서 관 밖으로 내보인 두 발,
스승은 없다, 스스로 완성하라

열반재일은 부처님의 열반을 기리는 날입니다. 열반은 온갖 번
뇌의 속박束縛에서 자유를 얻어 생사윤회生死輪廻의 굴레에서 벗
어나 적정寂靜의 세계에 드는 것을 의미합니다. 범어로는 니르바
나Nirvana라고 합니다. 사전적 의미는 '욕망의 불꽃을 끈다.'는 것입
니다. 따라서 열반은 삼독(三毒, 욕심과 노여움, 어리석음)으로 말미암아
일어나는 불길을 진화鎭火하였다는 뜻입니다.

불교의 선지식들은 열반의 세계에 이를 수 있는 방법으로는
사성제四聖諦, 팔정도八正道, 육바라밀六波羅蜜 등을 제시하고 있습
니다. 따지고 보면, 팔만사천법문八萬四千法門의 목적은 바로 열반
에 이르게 하는 것입니다.

열반은 두 가지 의미가 있습니다. 첫째는 '욕망의 불길이 꺼진
상태'를 말합니다. 인간의 마음속에서 한없이 타오르는 번뇌의 불
길이 사라지면 바로 열반인 것입니다. 둘째 의미는 부처님의 입멸

을 일컫습니다. 조사님들의 입적 역시 열반에 해당합니다.

이 두 열반을 일컬어 유여열반有餘涅槃과 무여열반無餘涅槃이라고도 합니다. 유여열반은 치열한 수행으로 이승의 번뇌는 끊었으나, 아직도 과거의 업보로 받은 신체가 멸하지 못한 상태를 일컫습니다. 무여열반은 모든 번뇌가 끊기고 육신까지 사라진 것을 일컫습니다. 이처럼 유여열반과 무여열반으로 나누는 까닭은 몸이 있으면 그 몸에 따른 업業으로 인해 새로운 번뇌와 욕망과 고통이 생길 수 있으므로 완전하다고는 볼 수 없기 때문입니다.

대승불교에서는 자성청정열반自性淸淨涅槃과 무주처열반無主處涅槃으로 나누기도 합니다. 자성청정열반은 모든 중생이 지닌 불성의 청정함 그대로가 바로 열반임을 말하는 것입니다. 이 세상의 모든 존재는 부처님의 씨앗을 지니고 있으므로 언젠가는 불성의 꽃을 피우며 열매를 맺을 수 있는 것입니다. 그러기 위해서는 항상 부처님처럼 생각하고 부처님처럼 행동해야 합니다. 자성청정열반은 '일체중생一切衆生 실유불성悉有佛性', 즉 '모든 중생은 불성의 씨앗을 지니고 있다.'는《열반경》사상과도 일맥상통합니다.

무주처열반은 가장 이상적인 열반을 일컫습니다. 보살은 중생을 구제하고자 하는 원력 때문에 열반의 경지에 들었어도 어쩔 수 없이 번뇌의 세계에 머물 수밖에 없습니다. 번뇌 속에서도 열반의 길에 들고 열반 속에서도 번뇌의 길에 드는 까닭에 보살은 가는 곳마다 열반을 누릴 수 있는 것입니다.

열반에는 네 가지 덕(四德)이 있는데, 바로 '상락아정常樂我淨'입니다. 열반의 경지에서는 모든 것이 실로 항상(常) 즐겁고(樂), 참나(我)를 발견하므로 마음이 청정하다(淨)는 의미입니다.

열반을 다른 말로는 적멸寂滅, 이계離繫, 해탈解脫, 원적圓寂이라고도 합니다. 진리의 몸인 부처님의 법신은 감도 옴도 없습니다. 석가모니 부처님은 80세를 일기로 2,600여 년 전 인도 땅에서 입멸하셨지만, 그 법신만큼은 방편으로 중생 교화를 위해 수많은 모습으로 나타나고 있습니다. 육신은 물질의 법칙에 따라 입멸하나 법신은 중생 속에 항상 상주常主하고 있는 것입니다.

부처님께서는 열반 직전 아난다 존자에게 이렇게 말씀하셨습니다.

"아난다여, 내가 입멸한 뒤 너희들은 다음과 같이 생각할지 모른다. 이제는 선사先師의 말씀만 남아 있지 우리들의 큰 스승은 세상에 없다고 말이다. 그러나 아난다여, 그렇게 생각하지 말라. 내가 입멸한 후에는 내가 지금까지 설해왔던 법法과 율律 이것이 너희들의 스승이 될 것이니라. 이 세상에 만들어진 모든 것은 변해가는 것이다. 게으름 피우지 말고 열심히 정진하여 너희들의 수행을 완성하여라."

이 말씀이 바로 부처님의 열반게입니다. 부처님의 열반게송의 핵심은 '자등명自燈明 법등명法燈明'이라고 봅니다. 이 세상을 살아가는 데 가장 근원적인 가르침은 부처님의 가르침이고, 그 가르침을 따르고 실천하는 것은 바로 자기 자신이기 때문입니다.

부처님의 열반재일에는 잊지 말아야 할 중요한 가르침이 있습니다. 바로 곽시쌍부槨示雙趺입니다. 곽시쌍부는 석가모니 부처님이 마하가섭 존자에게 전한 삼처전심三處傳心 중 마지막입니다. 내용인즉슨, 세존께서 사라쌍수 아래에서 열반에 드신 지 7일 만에 가섭 존자가 이르렀고, 가섭 존자가 관을 세 바퀴 도니 세존께서 관에서 두 발을 내어 보이셨다는 것입니다.

　　부처님의 두 발은 모든 것을 버리고 집을 떠난 출가자의 표상입니다. 부처님은 대중 교화를 하는 내내 맨발로 세상의 험난한 길을 밟고 다녔습니다. 발가락과 발톱들이 돌부리에 차이고 가시에 찔리고 긁히기를 거듭하여야 했습니다.

　　부처님은 왕자 신분일 때 물소 가죽으로 만든 금장식 은장식을 한 신을 신고 살았습니다. 이렇게 금과 은으로 장식을 한 신을 벗어던지고 맨발로 뜨거운 사막을 걸어간 까닭에 인류의 성자가 될 수 있었던 것입니다. 부처님의 생애는 그야말로 완벽한 무소유의 실천이라고 할 수 있습니다. 부처님께서는 그렇게 육신 속에서 본래의 자성을 찾아내신 뒤 열반적정에 드시었습니다.

2
길 위에 핀 법法의 꽃

따로 또 같이의 삶

●

삶의 결정적 순간은 수많은 인연 속에서
선업과 악업이 모이고 쌓여 만들어지는 것

부처님께서 초전법륜 때 설하신 내용은 연기사상이라고 할 수 있습니다. 연기사상에 대해 설명하기에 앞서 먼저 '인생이란 무엇인가?' 그리고 '어떻게 사는 것이 옳은가?' 라는 질문에 대해 말해보고자 합니다.

'인생이란 무엇인가?'라는 질문은 누구나 살면서 마음속에 갖는 화두입니다. 인생人生이라는 단어에서 우리는 세 가지 의미를 찾을 수 있습니다. 인생의 사전적 의미는 '사람의 삶'입니다. 그리고 삶은 죽음의 반대말입니다. 바꿔 말하면 인생이라는 말에는 이미 삶이 영원하지 않다는 의미가 내포되어 있는 것입니다.

부처님께서는 삶이 무엇인가, 하는 질문에 이렇게 가르쳐주셨습니다.

부처님께서 한 사문沙門에게 물었습니다.

"사람의 목숨이 얼마 동안에 있느냐?"

"며칠 사이에 있습니다."

부처님이 다른 사문에게 물었습니다.

"사람의 목숨이 얼마 동안에 있느냐?"

"밥 먹는 사이에 있습니다."

부처님이 또 다른 사문에게 같은 질문을 했습니다.

"호흡 사이에 있습니다."

그 대답을 듣고서야 부처님께서는 만족하셨습니다.

"그렇다. 너는 도를 아는구나."

삶과 죽음의 차이는 숨을 쉬느냐, 쉬지 않느냐에 달려 있습니다. 흔히 누군가의 죽음 소식을 전할 때 '숨을 거뒀다.'고 합니다. 들숨을 쉰 뒤 날숨을 뱉지 못하고 죽는 게 우리의 인생입니다. 이것이 바로 인생이라는 단어가 지닌 첫 번째 의미입니다.

어찌 보면 삶은 죽음을 향해 시시각각 달려가는 기차와 같다고 할 수 있습니다. 그렇게 보면 인생은 대단히 개인적인 영역에 국한됩니다. 누구나 중요한 순간에는 홀로 가야 합니다. 갓난아이 때에는 네 발로 기고, 커서는 두 발로 걷다가 노인이 되면 지팡이를 짚어야 하는 게 바로 인생의 길입니다. 태어나서 자라고, 늙어서 병들어 가는 게 인생입니다.

그 인생의 여정은 고스란히 개개인의 몫일 수밖에 없습니다. 여기서 개개인의 몫이란 그 경제적인 책임을 개인이 진다는 의미는 아닙니다. 복지제도가 발전한 나라는 태어나서 죽을 때까지 모든 삶의 과정을 최대한 책임지고 도와주고 있습니다. 하지만 그 삶을 살아가야 하는 것은 바로 개인입니다. 함께 어머니 뱃속에서 태어난 쌍둥이도 죽는 순간이 다르고, 연리지連理枝처럼 평생을 함께해온 금슬 좋은 부부도 죽음의 길은 각기 다르게 가야 합니다.

삶의 기로에서 결정을 하는 것도 개개인의 몫일 수밖에 없습니다. 한 발 한 발 성공을 향해 걷는 사람이 있는가 하면, 일순간 실패의 나락으로 떨어지는 사람이 있습니다. 출가자의 삶도 크게 다르지 않아서 함께 경전을 공부하지만 누구나 다 그 경전을 이해하는 것은 아니고, 함께 가부좌를 틀고 앉아서 좌선을 하지만 모두 깨달음을 얻는 것은 아닙니다.

'이것이 인생이다.'라고 단정적으로 답할 수 없는 게 사실입니다. 그도 그럴 게 사람들의 생활상을 살펴보면 천차만별千差萬別입니다. 피부색도 다르고, 언어도 다르고, 믿는 종교도 다르고, 먹는 음식과 입는 옷도 다릅니다. 그러다 보니 사람들마다 가치관이 다릅니다. 누구는 권력을 최고의 가치로 삼고, 누구는 돈과 명예를 최고의 가치로 삼습니다. 다양한 생활상만큼이나 그 삶의 가치관 역시 다양할 수밖에 없습니다. 많은 사람이 자신만의 인생론을 남겼으나, 모든 사람이 공감하는 인생론이란 있을 수 없습니다. 인생은 스스로 살아가면서 체득하는 것이기 때문입니다.

그러나 분명한 사실이 있습니다. 사람은 누구나 인연으로 인해 태어나고 인연을 만들면서 산다는 것입니다. 사람 인人 자는 두 사람이 어깨를 기대고 서 있는 모습을 본 뜬 것입니다. 태어나고 죽는 것은 홀로 책임져야 하지만 살아가는 과정 속에서는 더불어 살 수밖에 없는 게 인생입니다. 이것이 바로 인생이라는 단어가 지닌 두 번째 의미입니다.

살다 보면 선연善緣, 즉 좋은 인연도 만나게 되고, 악연惡緣 즉 나쁜 인연도 만나게 됩니다. 그 좋고 나쁜 인연 속에서 함께 상존하는 게 세상살이입니다. 삶의 결정적 순간은 수많은 인연 속에서 선업과 악업이 쌓이고 쌓여서 만들어지는 것이라고 할 수 있습니다. 이는 꽃이 피는 것은 순간이지만, 그 꽃이 피기까지는 수많은 나날이 걸리는 것과 같은 이치입니다.

많은 사람이 사찰에 오면 적막함을 느낍니다. 빽빽하게 들어선 빌딩 사이에서 분주한 일상을 살아야 하는 도시인들에게 바위를 에돌아 흘러가는 물소리나 나뭇가지를 흔들고 가는 바람소리가 마음에 잔잔한 휴식을 안겨주는 것입니다. 그러한 마음의 안식도 잠시이고, 도시인들은 오래지 않아 무료함에 빠집니다. 속도경쟁사회를 살아가는 도시인들에게는 산사의 풍광이 낯설 수밖에 없습니다.

그런데 사찰의 생활도 공동체 생활이긴 마찬가지입니다. 공양도 더불어 하고, 수행도 더불어 합니다. 새벽 예불 시간부터 대중생활은 시작됩니다. 각기 방으로 돌아가 하루를 마감할 때까지 대중생활은 계속됩니다. 이는 마치 나무가 모여서 숲을 이루는 것과 같습니다. 이 세상의 모든 존재는 개별적으로는 하나이지만, 그 하나가 어우러져 전체를 이룹니다.

성속聖俗을 막론하고 우리의 삶은 밤하늘의 별과 다르지 않습니다. 은하수의 별들은 더불어 빛나면서 외따로이 떨어져 있습니

다. 김광섭 시인은 〈저녁에〉라는 시편에서 사람과 사람의 인연因
緣을, 인류와 자연의 법연法緣을 이렇게 노래했습니다.

저렇게 많은 중에서
별 하나가 나를 내려다본다.
이렇게 많은 사람 중에서
그 별 하나를 쳐다본다.

밤이 깊을수록
별은 밝음 속에 사라지고
나는 어둠 속에 사라진다.

이렇게 정다운
너 하나 나 하나는
어디서 무엇이 되어
다시 만나랴.

부처님께서 갈대다발의 비유를 통해 강조했다시피 어떻게 살
것인가 하는 화두에 대한 해답은 인연에서 찾을 수밖에 없는 것입
니다.

윤회의 수레바퀴

◉

욕망의 덫에 빠져서 윤회할 것인가?
윤회의 사슬을 끊고 해탈할 것인가?

연기사상은 이 세상의 크고 작은 모든 존재가 상의상관相依相關에
의하여 생성하고 변화한다는 진리를 담고 있습니다. 연기緣起는
인연생기因緣生起의 줄임말로 인연이 모여서 결과를 얻게 된다는
의미입니다. 연기에서 원인에 해당하는 것인 연이고, 결과에 해당
하는 것이 기입니다.

초기경전과 대승경전을 보면 부처님께서 인연에 대해 설하신
내용이 있습니다.

"인因은 결과를 생기게 하는 내적·직접적인 원인이고,
연緣은 외부에서 이를 돕는 간접적인 원인이다. 그래서
내인內因, 외연外緣이라고도 한다."(-《아함경》)

"모든 법은 인연에 의하여 생하고 모든 법은 인연에 의하

여 멸하느니라. 이것이 있을 때 저것이 있고, 이것이 살 때 저것이 산다. 이것이 없을 때 저것이 없고, 이것이 멸하는 것에 의하여 저것이 멸한다." (-《화엄경》)

그런 까닭에 연기법은 부처님이 만든 것도 아니고, 다른 누가 만든 것도 아닙니다. 연기법은 시간과 공간을 초월해 항상 법계에 머물러 있는 것입니다. 부처님께서는 연기법을 스스로 깨닫고 중생들을 위해 연기법을 전하셨습니다. 수많은 불교경전에 연기법에 대한 내용이 자주 언급되는 이유는 바로 연기법이 부처님의 가르침 중에서도 핵심사상에 해당하기 때문입니다.

연기법의 도리를 이해하면 절로 불법을 깨닫게 되므로 연기법이 불법 그 자체라고 해도 과언은 아닐 것입니다. 우리는 살면서 이런 질문을 스스로에게 던집니다.

'과거에 나는 어떤 모습이었고, 미래의 나는 어떤 모습일까?'

'나는 죽어서는 어떻게 될까?'

'생명의 시작은 무엇이고, 마지막은 무엇인가?'

이런 질문에 대한 해답이 바로 '십이연기十二緣起' 또는 '십이인연十二因緣'입니다. 십이연기에 대한 해석 중에서 삼세양중인과와 생애별 해석을 중심으로 소개해 드리겠습니다.

열두 가지 인연 가운데 무명無明, 행行이 과거세過去世의 2인因이 되어 식識, 명색名色, 육처六處, 촉觸, 수受라는 현재세現在世의 5과果를 결정하고, 다시 애愛, 취取, 유有라는 현재세의 3인因이 생生, 노사老死라는 미래세未來世의 2과果를 결정하게 됩니다. 이러한 윤회의 수레바퀴가 끊임없이 굴러갑니다. 이를 일컬어 '삼세양중인과三世兩重因果'라고 합니다. 과거 현재 미래의 삼세三世에 걸쳐 인과가 겹치게 된다는 의미입니다.

이해를 돕기 위해 십이연기를 차례대로 설명하겠습니다.

첫째, 무명은 진리를 모른다 또는 진리에 어둡다는 뜻입니다. 번뇌와 무명은 같은 의미입니다. 진리를 모르니까 번뇌가 생기는 것이고 이는 무명무지無明無知에서 비롯되는 것입니다.

둘째, 행은 과거세의 번뇌에 의해 지은 선악善惡의 행업行業을 뜻합니다. 몸으로 짓는 신업身業, 입으로 짓는 구업口業, 뜻으로 짓는 의업意業의 세 가지 행업이 있습니다.

셋째, 식은 과거세의 업에 의해 받게 되는 의식과 무의식을 뜻합니다.

넷째, 명색은 각자의 업과 식대로 몸과 마음이 자라는 것을 뜻합니다.

다섯째, 육처는 다른 말로 육근六根 또는 육입六入이라고도 합니다. 안 (眼, 눈), 이(耳, 귀), 비(鼻, 코), 설(舌, 혀), 신(身, 몸), 의(意, 마음) 등 감각기관에 의해 세상을 경험하게 하는 영역을 일컫습니다.

여섯째, 촉은 이것저것 만지고 싶어 하는 것을 뜻합니다. 그런데 촉은 식과 명색과 육처가 함께 작용한다고 하여 삼사화합촉三事和合觸이라고 합니다.

일곱째, 수는 좋고 나쁨을 구별하는 것을 뜻합니다. 즐거운 느낌, 괴로운 느낌, 즐겁지도 괴롭지도 않은 느낌의 세 가지를 기본으로 합니다. 좋은 것은 가지려고 하고 싫은 것은 피하려고 하는 심리현상도 수에 해당합니다.

여덟째, 애는 채워지지 않는 목마름과 같은 욕망이기 때문에 갈애渴愛라고 합니다. 이성에 대한 애욕이 가장 대표적인 예입니다.

아홉째, 취는 갖고 싶은 모든 대상을 취하려는 마음을 뜻합니다. 갈애가 강화되어 집착하는 것을 말합니다.

열째, 유는 애와 취에 의해 받게 되는 과보를 뜻합니다. 욕유欲有, 색유色有, 무색유無色有와 같은 존재가 유입니다.

열한째, 생은 현재의 업으로 말미암아 미래의 생生을 받는 것을 일컫습니다.

열두째, 노사는 말 그대로 늙어서 죽는다는 뜻입니다. 경전에 따라서는 노사우비고수뇌老死憂悲苦愁惱라 하여 생을 조건으로 하여 생겨난 갖가지 고를 함께 설명하고 있습니다.

이와 달리, 한 사람의 생애에 따른 시기별로 십이연기로 해석하기도 합니다. 태중의 시기, 유년기, 소년기, 청년기, 장년기, 노년기 등 삶의 순차적 시기에 맞춰 십이연기를 풀이하는 것입니다. 무명에서 수까지의 과정은 전생과 현생의 인과관계이고, 애에서 노사까지의 과정은 현생과 내생의 인과관계입니다.

누구나 삶과 죽음에 대한 근원적인 질문들을 던집니다. 이러한 질문에 대해 유일신 종교에서는 신의 섭리를 해답으로 제시하고 있습니다. 하지만 부처님께서는《중아함경》에서 '독화살의 비유'를 들면서 이렇게 대답하셨습니다.

"어떤 사람이 몸에 독 묻은 화살을 맞아 위독한 상태에 이르렀다. 친족들이 의사를 부르려고 하자 그 사람은 아직 화살을 뽑아서는 안 된다고 주장했다. 먼저 화살을 쏜 사람이 누구이며, 왜 쏘았는지 알아야겠다는 이유에서였다. 하지만 그 사람은 끝내 그것을 알지 못한 채 목숨을 마치고 말 것이다."

부처님께서 독화살의 비유를 든 이유는 나라는 존재가 어디에서 와서 어디로 가는지 아는 것도 중요하지만, 이보다 더 중요한 것은 늙고 병들어 죽는 괴로움의 고통을 당하는 현재의 삶에서 그러한 고통을 극복하는 것임을 일깨워주기 위해서였을 것입니다.

십이연기설은 고통스러운 현실의 삶에서 우리가 처한 상황이 어떠한지 일깨워줍니다. 십이연기의 마지막인 노사는 늙어서 오는 외로움과 슬픔을 함유하는 것입니다. 생명을 받은 존재는 죽음을 피할 수 없습니다. 그리고 죽음에 이르는 과정에서 겪게 되는 고통도 직면하지 않을 수 없습니다.

십이연기설에 따르면 현실의 괴로움은 무명에서 비롯되는 것입니다. 무명과 거기에 수반된 행, 식, 명색 등의 독을 제거할 때 우리는 고통스러운 미혹의 세계를 벗어나서 깨달음의 세계에 이를 수 있는 것입니다. 십이연기설의 현실적인 출발점은 지금 이 순간의 존재 상황에 대한 참된 자각이라 할 수 있습니다. 그럴 때만이 고통의 원인이 되는 무명의 화살을 뽑아낼 수 있는 것입니다.

부처님의 가르침에 따르면, 사람은 욕망의 덫에 빠져서 윤회
하는 어리석은 존재인 동시에 그 윤회의 사슬을 끊고 해탈에 이를
수 있는 위대한 존재이기도 합니다.

달콤한 꿀과 세 가지 독

◉

분노가 일지 않는 고요한 마음에서,
어리석음이 걷힌 지혜의 눈으로 보라

"온갖 괴로움의 원인을 살펴 보건대 탐욕이 근본이 된다.
따라서 탐욕을 없앤다면 괴로움이 의지할 바가 없어진
다." (-《법화경》)

앞서 사람은 욕망의 덫에 빠져서 윤회하는 어리석은 존재인
동시에 그 윤회의 사슬을 끊고 해탈에 이를 수 있는 존재라고 말했
습니다. 그렇다면 사람들이 빠지는 욕망의 덫이란 무엇일까요? 이
는 '안수정등岸樹井藤'의 일화를 보면 알 수 있습니다. 안수정등에
서 안수岸樹는 강기슭의 나무이고, 정등井藤은 우물 속의 등나무를
일컫습니다.《불설인유경》에 나오는 안수정등에 대한 이야기는 아
래와 같습니다.

한 나그네가 광야를 걷고 있는데, 코끼리가 그 뒤를 쫓아

왔다. 코끼리를 피해 달아나던 나그네는 언덕 밑에 늘어져 있는 등나무 넝쿨을 발견했다. 등나물 넝쿨 아래에는 우물이 놓여 있었다. 나그네가 등나무 넝쿨을 타고 우물 아래로 도망쳐 내려가자, 우물 밑바닥에는 독사 네 마리가 입을 벌리고 그가 떨어지기만 기다리고 있었다. 위를 올려다보니 흰 쥐와 검은 쥐 두 마리가 등나무 넝쿨을 갉아대고 있어서 넝쿨은 곧 끊어질 지경이었다. 그때 등나무 위에 매달려 있는 벌집에서 달콤한 꿀물이 똑똑 떨어졌다. 나그네는 목숨을 잃을 지경이라는 것도 잊은 채 그 달콤한 꿀물을 받아먹었다. 그 사이 들불이 일어나 들판과 나무를 모두 불태워 버렸다.

이 일화에서 코끼리는 무상하게 흘러가는 시간을, 등나무 넝쿨은 생명을, 검은 쥐와 흰쥐는 밤과 낮을, 독사는 죽음을 의미합니다. 그리고 나그네의 혀에 떨어지는 달콤한 꿀은 인간의 오욕락(五慾樂: 재물욕, 색욕, 식욕, 수면욕, 명예욕)을 일컫습니다. 이처럼 인간의 욕망은 시시각각 다가오는 죽음의 순간마저도 잊게 합니다.

그렇다면 사람이 욕망의 덫에 빠지게 되는 원인은 무엇일까요? 바로 삼독심입니다. 삼독심三毒心은 탐貪, 진瞋, 치癡를 일컫는 말입니다. 탐내고, 성내고, 어리석은 마음은 자신의 삶을 망치는 것은 물론이고 주변 사람에게도 피해를 끼칩니다.

탐貪은 분수에 넘치게 욕심을 내어 만족할 줄을 모르는 것입니다. 탐애貪愛, 탐착貪着, 탐욕貪欲이라고도 표현합니다. 진瞋은 다른 말로 진에瞋恚라고도 합니다. 자기의 마음대로 되지 않는 것에 대하여 분한 마음을 내는 것을 일컫습니다. 치痴는 간단히 말해서 연기의 도리를 알지 못하는 어리석음을 말합니다.

탐내는 마음으로 인해 모든 고통이 필연적으로 따르게 됩니다. 탐내는 마음이 생기면 저절로 성내는 마음도 생깁니다. 무엇을 얻고자 하는데 얻지 못했을 때 사람은 화가 납니다. 얻고자 하는 것을 얻었어도 화가 생깁니다. 더 큰 것을 얻고 싶은 마음이 생기기 때문입니다. 특히 화내는 마음은 그 과보가 크다고 할 수 있습니다. 10년의 수행도 잠시 성내는 마음으로 해서 모든 공덕이 물거품이 되어 사라지게 됩니다.

탐을 내는 마음도, 화를 내는 마음도 실은 모두 자기애에서 비롯되는 것입니다. 아만심이 지혜의 눈을 가리게 함으로써 바로 보지 못하게 하고, 바로 생각하지 못하게 하고, 바로 행동하지 못하게 하는 것입니다. 그러다 보면 자신의 생각만이 옳다는 생각에 빠지게 됩니다. 이것은 어리석은 마음입니다.

삼독심이라는 이 세 가지 번뇌가 사람의 마음을 해치는 것은 마치 독사에 물려서 온몸에 독이 퍼지는 것과 같습니다. 우리의 마음속에는 팔만사천 번뇌가 있고 그것을 다시 요약하면 백팔번뇌가 됩니다.

《아함경》과《법화경》에는 삼독심에 대해 이렇게 설명해 놓았습니다.

"이 세상 모두가 불타고 있다. 눈과 마음에서 눈이 물건에 접촉할 때에 감각에서도 불이 타고 있다. 어떤 불에 의해 타게 되는가? 탐욕의 불, 진심의 불, 어리석음의 불로 타고 있다. 눈, 귀, 코, 혀, 몸, 뜻 등의 육식의 감각 기관이 빛깔, 소리, 냄새, 맛, 감촉, 의식의 경계에 접촉하여 감각 지각을 일으킬 때 삼독의 불이 일어난다. 이와 같은 삼독의 불이 모두 꺼져버리면 해탈 열반에 이른다." (-《아함경》)

"마음에는 세 가지 때가 있다. 탐하여 구하는 욕심, 성을 내고 화를 내는 진심, 그리고 미련하여 어리석은 마음이 그것이다. 이것이 모든 슬픔과 근심의 근본이 되는 것을 알아야 한다." (-《법화경》)

또한 근현대 한국 불교의 선지식 중 한 분인 만공 선사께서는 "지옥이 무서운 것이 아니라 내 마음 가운데 일어나는 탐, 진, 치가 가장 무서운 것이다."라고 설하셨습니다.

탐, 진, 치를 멸한 사람은 가장 정확한 생각을 할 수 있습니다. 욕심이 없는 상태에서, 분노가 일지 않는 고요한 마음에서, 어리석음이 걷힌 지혜의 눈으로 현실에 일어나는 모든 일을 판단하고 결정하기 때문입니다.

이 글의 시작을 안수정등의 일화로 시작했으니, 마무리도 똑같이 하고자 합니다.

용성 스님이 제방 선원의 납자들에게 물었다.

"그대가 안수정등 일화의 나그네라면 어찌 하겠는가? 한 마디 일러보라."
전강 스님이 대답했다.
"감야甘也."

전강 스님의 "달다!"라는 짧은 답은 선리禪理로 보자면, '즉여即如'에 해당한다고 할 수 있습니다. 즉여即如란 지금 이 자리에서 깨달았음을 일컫습니다. 쉽게 말하면, 지금 이 순간 살아 있는 것에 감사하는 마음, 지금 이 순간 누군가를 사랑할 수 있는 것에 감사하는 마음이 바로 즉여인 것입니다.

무상은 영원하지 않다는 뜻

◉

사람도, 사물도, 생각까지도 끊임없이 변한다.
괴로움에서 벗어날 수 있는 근본 진리, 삼법인

삼법인은 가장 기본적인 세 가지 진리를 말합니다. 법인은 부처님
께서 설하신 가르침의 도장이라는 뜻입니다. 수많은 불교경전의
내용 중 부처님께서 직접 설하신 내용인지, 아니면 후대에 꾸며진
내용인지를 가리는 기준이 되는 게 삼법인이기도 합니다.

　삼법인은 제행무상諸行無常, 제법무아諸法無我, 열반적정涅槃
寂靜을 일컫는데, 남방불교에서는 제행무상, 일체개고一切皆苦, 제
법무아로 보기도 합니다. 그런가 하면, 제행무상, 제법무아, 열반적
정, 일체개고를 합쳐 사법인四法印이라고도 합니다.

　제행무상은 세상의 모든 것이 끊임없이 변한다는 뜻입니다.
형상이 있든 형상이 없든 변하지 않는 것은 없습니다. 사람의 마
음도 시시때때로 변화합니다. 사람은 태어나서 성장하고 병들어
죽으며, 사물은 생겨나서는 소멸합니다. 많은 사람이 자신의 존재
가 영원할 것이라고 생각하고, 자신의 소유물이 영원할 것이라고

생각합니다. 하지만 때가 되면 사랑했던 가족과도 이별을 해야 합니다.

제법무아는 모든 변하는 것에는 자아가 없다는 뜻입니다. 이세상의 모든 것들은 몇몇 요소들이 일시적으로 결합한 것일 뿐 그실체가 없습니다. 인연 따라서 생겨났다가 인연 따라서 흩어지는 것입니다.

일체개고는 모든 변화하는 것들이 괴로움을 만든다는 뜻입니다. 사람의 감정에는 괴로움만 있는 것은 아닙니다. 기쁨, 슬픔, 노여움, 즐거움 등 다양한 감정이 있습니다. 하지만 기쁨과 즐거움 등긍정적인 감정조차도 일시적이긴 마찬가지여서 이 감정에 집착하면 고통이 생길 수밖에 없습니다.

열반적정은 모든 존재와 현상이 일시적인 반면, 진리의 깨달음은 영원히 변치 않는다는 뜻입니다.

이것이 바로 부처님이 일깨워주신 진리입니다. 이러한 삼법인을 깨달아야만 모든 괴로움에서 근본적으로 벗어날 수 있습니다.

삼법인의 요체는 무상無常이라고 할 수 있습니다. 그런데 이무상이라는 개념 때문에 많은 사람이 불교를 염세적이고, 시대변화에 부응하지 못하는 종교로 이해하고 있습니다. 엄밀히 말해서이런 견해는 불교에 대한 이해가 부족해서 생기는 것입니다.

부처님의 가르침에 귀의했던 이십대 시절, 저는 사람들로부터이런 말을 들었습니다. "왜 많은 종교 중에서 염세적이고 현실 도피적이며 후진적인 종교인 불교를 택했습니까?"

이런 질문을 던지는 사람들의 마음을 모르는 바는 아니었습니다. 저도 한때는 그렇게 생각한 적이 있었던 것입니다. 그래서 저는 그런 질문을 던진 사람들에게 이렇게 되물었습니다. "왜 불교가 세상을 미워하는 염세적인 종교이고, 세상을 등진 현실 도피적인 종교이며, 시대에 뒤떨어진 후진적인 종교라고 생각하십니까?"

제 질문에 대한 답변은 동일했고, 그 답변은 제가 예상했던 것이기도 했습니다. "불교에서는 인생은 무상하고, 덧없고, 부질없다고 가르치지 않습니까?"

그리고 사람들은 목소리를 높여 이런 말을 덧붙였습니다.

"스님들이 하시는 말씀을 들어보면 무아無我니, 공空이니 하는 말이 주를 이루는데, 이러한 불교사상은 세상을 너무 부정적으로 보고 있습니다. 희망을 가지고 열심히 살라고 격려해도 모자란 상황에 그런 부정적인 소리를 해서야 되겠습니까?"

그들의 말을 요약해 보면, 인생은 무상하다는 가르침이나 사바세계는 고해(고통의 바다)라는 가르침이 시대에 뒤떨어지고, 현실을 부정하는 가르침이라는 것입니다. 이러한 오해는 불교에서 말하는 정확한 개념을 이해하지 못하고, 그 말을 한 맥락과 의도를 자세하게 알아보지 못하기 때문에 생기는 것입니다. 불교의 주요한 개념들을 부정적으로 생각하는 사람들은 대부분 그 의미를 제대로 이해하지 못하고 있습니다.

일례로 무상이라는 개념을 들 수 있습니다. 무상은 없을 무無 자와, 항상 상常 자가 합쳐진 말입니다. 직역하자면 '항상하지 않다.'는 뜻입니다. 더 풀이하자면 '영원한 모습은 없다.'는 것입니다. 불교경전에서 말하는 무상은 '불변하고 고정된 모습으로 영원히 존재하는 것은 없다.'는 의미입니다. 곰곰이 생각해 보면 실로 옳은 말이 아닐 수 없습니다. 판소리 〈사철가〉에는 이런 구절이 있습니다. "어제는 청춘일러니 백발 한심하구나."

　무상이라는 말은, 모든 존재가 시시각각 변한다는 뜻이 내포돼 있습니다. 우리의 정신도 몸도 고정불변하는 것은 아닙니다. 유년기와 청소년기, 중년기와 장년기, 그리고 노년기의 몸이 다를 수밖에 없습니다. 피부는 거칠어지고 얼굴빛은 어두워집니다. 청춘 시절에는 넘치는 기운이 흐르는 세월과 함께 쇠약해지는 것입니다. 시각과 청각의 기능도 약화됩니다. 신체의 노화는 현대의학과 미용기술로도 막을 수 없습니다.

　마음과 정신, 혹은 감정도 무상하기는 마찬가지입니다. 누군가를 사랑했던 감정도 예전의 감정 그대로의 모습이 아닙니다. 사랑해서 결혼했으나, 미워서 이혼한 부부들이 적지 않습니다. 그런가 하면 누군가를 미워했던 감정도 관계 개선을 위해 노력을 했더니 사라지고, 나아가 좋은 감정으로 바뀌는 경우도 있습니다. 사람의 관계도, 사람에 대한 감정도 수시로 변하는 것입니다. 무상은 과학적 사실이고 철학적 진리라고 할 수 있습니다.

　그럼에도 많은 사람이 삶을 긍정적이고 역동적으로 살아야 한다는 당위성에 갇혀 애써 무상의 원리를 부정하려고 합니다. 무상의 진리를 마음에 새기지 않고 있는 것입니다. 그렇다면 무상의 이치를 인정하지 못하면 어떤 결과가 발생하는 것일까요? 먼저 경전에서는 무상에 대해 어떻게 말하고 있는지 살펴보도록 하겠습니다.

어느 때 세존께서는 사위국의 기수급고독원에서 비구들에게 말씀하셨다.

"물질과 몸(色)·감수 작용(受)·지각 작용(想)·의지와 충동(行)·분별의식(識)은 영원하지 않다. 영원하지 않기 때문에 불안정하고 불안하다. 불안하기 때문에 고정불변하는 '나'라는 실체가 없다. …(중략)… 부처의 제자로서 이와 같이 관찰하면 몸과 감수 작용, 지각 작용과 의지 작용, 그리고 분별인식에 대해 매달리지 않고 탐착하지 않는다. 그러므로 욕탐과 애착에서 벗어나 생사번뇌의 속박에서 벗어나 해탈할 수 있다." (-《잡아함경》제1권 9경)

이 말씀의 요지는 단순하고 간명합니다. 이 세상의 모든 것, 예컨대 우리의 몸은 늘 변하고 있습니다. 그리고 세상 모든 것들과 관계 맺으며 발생하고 형성되는 우리들의 감정과 행위들도 변합니다. 그러므로 변하지 않을 것이라고 착각하고 집착하지 말라는 것입니다.

노년기가 되어서 이십대 시절의 자신의 모습을 그리워하며 우울해 하지 말라는 것입니다. 또한, 현직에 있을 때에는 사람들이 나의 지위와 재산과 명성을 알아주더니 퇴직한 뒤에는 사람들의 대우가 예전과 다르다고 속상하고 서운해 하지 말라는 것입니다. 이런 생각들은 모두 자신의 지위가 변하지 않고 영원하다는 착각이나 영원하기를 바라는 탐욕에서 생기는 것입니다. 세상의 지위나 명성도 일시적인 것이라는 것을 알면 사람들의 반응이 바뀌었다고 해서 서운해 하거나 화를 내는 일은 없을 것입니다.

무상의 이치를 알면 이렇게 그 어떤 것에도 얽매이지 않게 됩니다. 이 세상 모든 것이 무상하다는 부처님의 말씀은 삶을 부정하거나 도피하라는 의미가 아닙니다. 그 무엇에도 집착하지 말라는 가르침인 것입니다.

부모와 함께 사찰에 다니면서 스님들의 법문도 듣고 불교 동화책도 읽은 초등학생 아이가 부모에게 이런 말을 했다고 합니다.

"엄마는 거울에 비친 얼굴을 보면서 가끔 한숨을 쉬면서 무상하다는 말을 하지. 피부가 예전 같지 않다느니, 눈가의 주름살을 보면 속상하다느니 하는 말을 덧붙이면서. 그런데 사람의 몸이 변하는 것과 변하지 않는 것 중 어느 게 더 좋은 걸까? 엄마와 아빠는 내가 세 살 때 모습으로 있으면 좋겠어? 내가 유치원도 가고 초등학교도 가니까 내가 자라는 모습을 보고 기뻐할 수 있잖아. 만약 무상하지 않으면 세상이 정지해 있는 거잖아?"

초등학생 아이의 말처럼 무상의 가르침이 주는 교훈은 변화하는 흐름에 자신의 생각과 감정, 행위들을 바꾸라는 것입니다. 세상의 모든 게 변하고 있는데 자신만 변하지 않았다고, 변하지 않을 것이라고, 변해서는 안 된다고 생각하는 것은 그야말로 어리석은 집착일 뿐입니다. 따라서 과거와 현재를 비교하면서 괴로워할 필요가 없습니다. 영원히 변치 않는 것은 없다는 무상의 이치를 깨닫고 나면 오히려 자신의 마음은 평온하고 자유롭게 됩니다. 삶의 다양성을 인정하게 되고, 창의적 사고를 갖게 되기 때문입니다.

부처님께서는 제자들에게 "나를 아느냐?"고 물었습니다. 부처님의 물음에 제자들은 부처님께서 설하신 말씀이나 부처님과 함께 겪었던 일화들을 말했습니다. 그러자 부처님은 "그건 예전의 내 모습이지 지금의 내 모습은 아니지 않느냐?"고 말씀하셨습니다.

부처님께서 "나를 아느냐?"고 물으신 이유는 '나는 없다', 무 아無我 혹은 무상無常을 일깨워주시려는 것이었습니다. 무상을 아 는 것이 부처님을 아는 것입니다.

재밌고 신나는 공空 놀이

◉

오온이 공하다는 이치를 확연하게 통찰하면
모든 괴로움에서 벗어날 수 있다

많은 사람이 불교를 어렵다고 생각합니다. 이런 생각을 갖는 이유
는 불교용어에 대한 이해가 부족하기 때문입니다. 사람들이 오해
하는 불교용어 중 하나가 바로 공空입니다. 그런데 불교는 어려운
종교가 아닙니다. 오히려 재밌고, 신나는 종교입니다. 비유하자면
공놀이와 같습니다. 다만 야구공이나 축구공, 농구공을 갖고 노는
게 아니라 공空이라는 개념을 갖고 놀 줄 알아야 합니다.

불자가 아니더라도 공空이라는 말이 불교에서 나온 것이라는
사실은 알고 있을 것입니다. 사극의 등장인물이 "모두가 무상하고
공한 것일세."라는 탄식과 비애가 섞인 대사를 내뱉는 것도 한두
번쯤은 들었을 것입니다.

불교에 대한 관심이 조금이라도 있는 사람이라면 공이 《반야
심경》의 주요 개념이라는 것을 어림짐작으로 알고 있을 것입니다.
《반야심경》은 대승경전인 반야부의 주요 경전 중에 하나이고, 불

교경전 중에는 제일 짧습니다. 260자밖에 안 되는《반야심경》의
가르침은 아래와 같습니다.

오온이 공함을 투철하게 의심 없이 이해하면　照見五蘊皆空
모든 불안과 괴로움에서 벗어날 수 있다　　　度一切苦厄

《반야심경》의 내용이 옳다면, '공'이야말로 우리가 수시로 맞
닥뜨리는 갈등과 다툼, 이로 말미암아 발생하는 불안, 속박, 고통에
서 벗어날 수 있는 가르침일 것입니다.

그런데 공의 개념은 일반적으로 말하는 신앙과는 무관합니
다. 신앙은 절대적인 존재를 믿고, 그 절대자에 의지해 구원을 청
하는 것입니다. 하지만 공은 절대적인 가르침이긴 하지만, 공이라
는 개념에 의지해 구원을 청할 수는 없습니다. 하지만 진정한 마음
의 자유와 평안을 얻고자 한다면 공의 가르침을 탐구해야 합니다.
스스로 공의 이치를 깨닫고 그 공의 이치에 맞게 사는 게 불자의
도리인 것입니다. 그래서 불교를 자력종교라고 하는지도 모르겠
습니다.

많은 사람이, 심지어 불자들도 공을 제대로 이해하지 못하고
있습니다. 그저 부질없고 허망한 것이라고 생각하는 사람들이 있
는가 하면 신체, 생명, 재산, 지위, 사랑 등 이 세상의 모든 유형·무
형의 것들이 언젠가는 소멸하는 현상이라고 생각하는 사람들도
있습니다. 이분법적 사고에 익숙한 사람들은 '있음'과 반대의 개념
인 '없음'이 '공'이라고 생각하고, 형이상학적 취미가 있는 사람들

은 볼 수 있고 만질 수 있는 '물질'과 대칭되는 '정신'의 영역이 '공'이라고 생각합니다. 또 우리가 살고 있는 현실세계가 아니라 가시적이지 않고 인지할 수도 없는 초월적 세계의 이치가 '공'이라고 막연히 생각하는 사람들도 있습니다.

이런 생각들은 모두 공을 제대로 이해하지 못하고 있는 것입니다. 공의 개념은 단순하지 않지만, 그렇다고 추상적이지도 않습니다. 더구나 우리가 살고 있는 세상의 너머에 존재하는 것도 아닙니다.

공은 철저하게 가시적이고 인지할 수 있는, '지금', '여기', '우리'의 삶에 적용되는 이치입니다. 《반야심경》에서 '오온이 공하다는 이치를 철저하게 통찰하면 모든 괴로움에서 벗어날 수 있다.'고 말하고 있는 구절을 유심히 생각해 보십시오.

오온이 무엇입니까? 오온은 색·수·상·행·식을 말합니다. 우리 몸속에는 수많은 세포들이 생장하고 소멸하고 있습니다. 시시각각 세포들이 생멸하는 가운데 몸의 감각기관들은 다양한 감각들을 느낍니다. 그 과정에 우리는 어떤 대상을 마음속에 하나의 그림으로 떠올립니다. 마음속의 대상에 따라서 감정은 다채롭게 변화합니다. 이처럼 오온은 우리가 대상을 인지하는 작용까지도 포함하는 것입니다. 흔히 우리가 '나'라고 일컫는 것은 오온의 작용에 지나지 않습니다. 그래서 부처님께서는 오온이 공하다고 설하신 것입니다.

오온은 '지금' '여기'에 실제로 있는 것입니다. 그런 까닭에 오온은 결코 우리가 사는 세상을 벗어나서 존재할 수 없습니다. 여기서 우리가 사는 세상이라 함은 사회 공동체와 자연 생태계를 모두 아우르는 것입니다. 중생이 사는 이 현실의 영역을 벗어나 오온은 존재하지 않습니다.

부처님의 설법은 모두 동시대를 살았던 중생에게 필요한 내용이었습니다. 동서고금을 막론하고 인류의 최고 관심사는 행복입니다. 그렇다면 어떤 상태를 행복이라고 합니까? 모든 불안과 속박, 갈등과 반목, 투쟁과 고통이 사라지고 자유롭고 평화로운 삶의 상태를 행복이라고 합니다.

모두가 행복한 세상이 되려면 서로 자애와 배려로 상생해야 합니다. 하지만 인류 역사상 사회 구성원이 모두 행복한 세상은 구현된 적이 없습니다. 그래서 부처님께서는 중생이 사는 삼계가 고통이라고 단언하셨던 것입니다. 고통의 세상을 행복의 세상으로 바꿀 수 있는 길은 무엇일까요? 그 해답이 《반야심경》 속에 있습니다.

모든 게 공하다는 사실을 인정하라.

모든 유·무형의 존재와 현상들은 처음부터 그 모습으로 있었던 것이 아닙니다. 고정되고 불변한 모습으로 과거에도 있지 않았고, 현재에도 있지 않고, 미래에도 있지 않을 것입니다. 이러한 진리가 바로 공 개념의 골자입니다.

공은 어려운 게 아닙니다. 실례를 들어보겠습니다. 내가 누군가를 증오한다고 가정해봅시다. 증오의 대상을 떠올리기만 해도 마음이 괴로울 것입니다. 그렇다고 해서 억지로 증오의 감정을 억압한다고 해서 해결책이 될 수는 없습니다. 이럴 때 가장 좋은 방법은 현재의 증오심을 해소하고, 나아가 앞으로도 증오하는 감정이 생겨나지 않게 하는 것입니다.

이럴 때《반야심경》의 '오온이 공하다는 이치를 확연하게 통찰하면 괴로움에서 벗어날 수 있다.'는 구절을 떠올려 보십시오. 증오심에서 벗어날 수 있는 방법은 '증오심은 공하다.'라고 생각하는 것입니다.

면밀히 생각해 보면, 누군가를 향한 증오심은 처음부터 어떤 원인 없이 생겨난 것이 아닙니다. 그리고 누군가를 향한 증오심이 고정불변의 모습으로 있지도 않을 것입니다.

누군가를 만나기 전에는 당연히 누군가에 대한 증오심도 없었을 것입니다. 설령 누군가와 여러 차례 만났더라도 이해관계의 충돌이 없었다면 누군가에 대한 증오심은 없었을 것입니다. 누군가에 대한 증오심이 있으려면 누군가와 어떤 일을 하다가 의견이 달라서 다툼이 있었다는 전제조건이 있어야 합니다.

이처럼 누군가에 대한 증오심은 처음부터 있었던 게 아닙니다. 어떤 원인과 조건으로 말미암아 만들어진 것입니다. 증오심에 대한 대처는 사람마다 다를 것입니다. 증오심을 유지하고 키우는 사람도 있을 것이고, 인욕이라는 미덕으로 마음속의 화를 누르고 참는 사람도 있을 것이고, 적당히 증오심의 대상과 타협해 무난하게 사는 사람도 있을 것입니다. 그러나 이러한 대처들은 최적의 해결책은 아닙니다. 왜냐하면 응어리진 감정이 남아있기 때문에 여전히 자신의 마음이 불안정하고 괴롭기 때문입니다. 최적의 해결은 증오심을 완전하게 연소시키는 것입니다.

　부처님께서는 "모든 존재는 인연으로 생기고 인연으로 흩어진다."고 말씀하셨습니다. 누군가를 증오한다면, 증오의 대상을 만나서 증오하는 마음을 왜 일으키게 됐는지 허심탄회하게 대화를 나눠 보십시오. 그러다 보면 자연스럽게 대화 과정에서 서로의 잘못을 인정하게 될 것이고, 나중에는 서로가 진솔한 사과를 할 수 있을 것입니다.

삶의 불안을 치유하는 최고의 묘약

◉

"이것이 없으므로 저것이 없듯
구하지 않으면 두려움도 없다"

불교 공부는 신信·해解·행行·증證이라는 네 단계의 과정을 거칩니다. 부처님의 가르침을 믿고, 이해하고, 실천하고, 깨달으라는 것입니다. 이 네 단계 중 무엇보다 중요한 게 투철한 이해(解)라고 생각합니다. 부처님의 말씀이기에 무조건 믿는 것은 올바른 불자의 자세가 아닙니다. 이는 맹목적인 신앙과 다르지 않습니다. 설령 불교 교리일리지라도 곰곰이 따져보고 여러 상황과 견주어 사유해봐야 합니다. 불교는 의심하고, 묻고, 사유하고, 이해하여 믿는 종교입니다.

우리가 공에 대해 공부한다고 생각해 봅시다. 공을 알려면 먼저 공의 개념을 정확하게 이해해야 합니다(解). 공의 개념을 이해해야 비로소 세상만사가 공이라는 것을 믿을 수 있습니다(信). 믿음과 이해가 확고하면, 그 가르침을 거듭거듭 사유하고 숙고하면서 다양한 방법으로 실천하게 됩니다(行). 그렇게 수행하면 마침내 그 가르침이 내 몸과 마음에 녹아들게 됩니다(證). 이처럼 수행의 길에서 '잘 이해하는 일'은 매우 중요합니다.

공에 대해 확연하게 이해하면, 다시 말해 이 세상의 모든 존재와 그 작용이 처음부터 그 모습 그대로 있었던 것이 아니라는 사실을 깨달았다면, 그 다음에는 어떤 마음가짐을 지니고, 어떤 행위를 하게 될까요? 필요 이상으로 쓸데없는 것들을 갈구하지 않습니다. 뿐만 아니라 어떤 것들을 소유하더라도 그것들이 영원하지 않다는 것을 압니다. 그러다 보면 자연스럽게 사람이나 사물에 대한 애착이 사라지게 됩니다.

《반야심경》의 후반부에 이런 구절이 있습니다.

그 무엇을 얻으려 하지 않기 때문에 　以無所得故
두려움과 불안이 없다 　無有恐怖

불자라면 이미 익숙하게 들었고 염송했던 구절일 것입니다. 그런데 이 말뜻을 오해해서는 안 됩니다. 어떤 노력을 해서 그에 상응하는 바를 구하지 말라는 뜻이 아닙니다. 필요 이상의 것을 구하는 일에 과도하게 집착하지 말라는 뜻입니다.

예를 들어보겠습니다. 사람은 누구나 남이 나를 인정하길 바라는 마음을 갖고 있습니다. 나를 뽐내고 드러내고 싶어 합니다. 이런 심리와 욕구를 명예욕이라고 합니다. 명예를 추구하는 사람은 상대방의 반응에 예민합니다. 반응이 없으면 화를 내거나 낙망합니다. 본인이 기대한 대로 칭찬이 없으면 우울한 기분이 들기도 합니다. 한마디로 괴로움이 생기는 것입니다.

《반야심경》의 핵심은 이 세상의 모든 것은 영원하지 않다는 공의 이치를 일깨워주는 것입니다. 그리고 공의 이치를 깨달아야 하는 이유는 고뇌와 불안의 삶에서 자유와 평온의 삶으로 나아가기 위한 것입니다. 명예욕 때문에 생긴 분노와 우울은 명예욕을 충족한다고 해서 결코 해결되지 않습니다.

욕망은 화톳불과 같습니다. 처음에는 작은 불길로 시작하지만 나중에는 세상을 다 집어삼킬 듯이 커져만 갑니다. 욕망은 스스로 충족되는 경우가 없습니다. 그 욕망이 충족되면 더 크고 많은 욕망을 바라기 때문입니다. 욕망에 사로잡혀 있으면 마치 '타는 목마름'으로 물을 바라는 심정이 됩니다.

그래서 불교경전에서는 이런 욕망의 속성을 가리켜 갈애渴愛라고 일컬었습니다. 갈애로 생긴 고통의 근본적 해결은 구하지 않는 것입니다. 구하려는 의도를 갖지 않는 것입니다. 구하는 바가 애초 마음에 없으니 반응에 민감할 필요가 없는 것입니다. 간단히 예를 들어보겠습니다.

깊고 깊은 산골에 한 시인이 밭을 갈고 글을 쓰며 살고 있습니다. 이 시인은 의식주의 살림도구도 최소한의 것만 갖추고 있습니다. 언뜻 봐도 그의 살림살이는 소박함을 넘어 궁핍의 흔적이 역력했습니다. 그런데 이 시인의 시집이 화제가 되어서 기자가 그가 살고 있는 집에 가서 취재를 했습니다. 취재 끝에 기자가 시인에게 마지막으로 물었습니다.

"이렇게 사시면 불편하지 않으십니까?"

이에 시인이 답했습니다.

"풍족하게 살려고 하지 않으니 불편한 것을 못 느낍니다."

저는 위 내용의 기사를 읽는 순간 감탄을 했습니다.

시인의 대답은 《반야심경》에서 말하고 있는 '구하는 바가 없으니 불안하지 않다.'는 가르침과 정확하게 일치했기 때문입니다. 이 시인은 비록 공의 가르침을 알고 있지 않더라도, 공의 이치대로 살고 있었던 것입니다.

부처님은 연기법을 이렇게 설명했습니다.

이것이 있으므로 저것이 있고,

이것이 없으므로 저것이 없다.

언뜻 보면 전혀 다른 가르침인 것 같지만, 깊이 생각하면 공과 연기는 같은 가르침임을 알 수 있습니다. 비유컨대 한 뿌리에서 난 나무에 피어난 두 개의 꽃과 같습니다. 그도 그럴 게 둘 다 부처님의 가르침이기 때문입니다.

저는 이미 여러 차례 공의 이치에 대해 강조했습니다. 이 세상의 모든 것은 본래부터 그 모습 그대로 있지 않았고, 영원히 존재하지도 않습니다. 우울과 분노라는 감정도 마찬가지입니다. 우울과 분노가 생겨난 데는 그럴만한 이유가 있습니다.

칭찬과 명예를 구하는 마음이 있었는데(이것이 있으므로)

내가 원하는 이상으로 상대방의 관심이 없어 우울하고 화가 났다(저것이 있다).

앞에서 말한 대로 욕망은 충족한다고 해서 해결되는 것이 아닙니다. 근원적인 해결책은 욕망의 불꽃을 끄는 것입니다. 다시 연기법에 대입해보겠습니다.

다른 사람들의 관심과 칭찬에 기분과 감정이 얽매이지 않고 싶다(이것이 없으므로).
자신의 행위에 상대방이 무관심하더라도 애초부터 관심과 칭찬을 바라는 마음이 없으면 서운한 감정이 들지 않는다(저것이 없다).

이렇게 생각하고 처신한다면 분노와 불안이 애초부터 발생할수 없습니다. 그러면 자신의 마음자리가 항상 자유롭고 평온하고 청정할 것입니다. 간단히 요약하면, 만들면 있고 만들지 않으면 없습니다. '만들면 있다.'는 이치가 연기법이고, '만들지 않으면 없다.' 는 이치가 공이라고 할 수 있습니다. 이렇게 공의 가르침은 우리에게 부질없는 것들에 마음을 두지 말라는 교훈을 줍니다. 마음을 두지 않으니 어떤 반응에 대해서도 마음이 얽매이지 않게 됩니다. 자유롭고 평온한 상태가 되는 것입니다. 이런 마음의 상태를 해탈이나 열반이라고 합니다.
다시 한 번 강조하지만 공은 결코 난해하거나 모호한 개념이 아닙니다. 공은 삶의 불안을 치유하는 최고의 묘약인 것입니다.

《아함경》에는 마음의 병을 치유할 수 있는 네 단계가 제시되어 있습니다. 모든 삶의 모습이 '이것이 있으므로 저것이 있고, 이것이 없으므로 저것이 없다.'는 연기법과, '모든 것은 본래부터 그 모습 그대로 있었던 것이 아니다.'라는 공의 가르침에 기초하여 만들어진 치유법입니다. '증오'와 '사랑'이라는 감정을 예로 들어 적용해보겠습니다.

① 지금 있는 바람직하지 못한 모습(증오)을 소멸시킨다.
② 아직 생기지 않은 바람직하지 못한 모습(증오)은 생겨
   나지 않게 한다.
③ 아직 생기지 않은 좋은 모습(사랑)은 생겨나게 한다.
④ 지금 있는 좋은 모습(사랑)은 더욱 키우고 가꾼다.

이 네 단계를 일컬어 《아함경》에서는 사정단四正斷이라고 했습니다. 우리를 괴롭게 하는 증오의 감정은 본래부터 그 모습 그대로 있었던 것이 아닙니다(공). 증오의 감정은 서로의 다른 생각과 이해관계, 오해를 불러일으키는 언행 때문에 만들어진 것입니다(연기).

우리를 행복하게 하는 사랑의 감정 또한 이와 같습니다. 공과 연기의 이치를 우리의 삶에 적용시켜 실천하는 것이 바로 수행입니다. 공과 연기는 사이좋은 이웃입니다.

일수사견의 지혜

◉

나는 어떤 색안경을 끼고 있나?
두루 자세히 보고 관찰하라

일수사견一水四見이라는 말이 있습니다. 말 그대로 '하나의 물(一水)'을 '네 가지 시선(四見)'으로 본다는 뜻으로, 유식불교의 핵심 용어이기도 합니다. 같은 물이지만 천상세계에 사는 신들은 맑고 화려한 수정으로 보고, 인간들은 마시는 식수, 농사를 짓는 농수 등 생활에 반드시 필요한 것으로 보고, 탐욕이 많은 아귀세계의 중생은 뜨겁게 타오르는 불로 보고, 물고기들은 편하고 안온한 보금자리로 본다고 합니다.

  왜 동일한 물을 다르게 보는 것일까요? 답은 어렵지 않게 유추할 수 있을 것입니다. 안경의 색깔에 따라 사물이 다른 빛깔로 보이는 것과 같습니다. 흔히 편견을 가진 사람들에게 "색안경을 쓰고 보지 말라."고 말하는 것도 같은 이유입니다.

  바른 시선으로 보는 것을 불교용어로 정견正見이라고 합니다. 부처님은 바른 삶으로 인도하는 여덟 가지 길인 팔정도八正道를 제시했습니다. 사물과 현상을 바로 보는 정견은 팔정도의 첫 번째 관문입니다. 부처님께서는 사물과 현상에 대해 바른 견해를 갖는 것을 매우 중요하게 생각했습니다.

같은 현상이라도 보기에 따라서 서로 다른 판단을 하게 됩니다. 그러면 서로 다른 가치관이 형성됩니다. 그래서 사물과 현상을 있는 그대로 보는 정견이 매우 중요합니다. 그런데 있는 그대로 보는 게 말처럼 쉽지 않습니다. 설령 의도적으로 왜곡해서 보지 않더라도 사람은 자신이 살면서 겪은 경험과 자신이 처한 상황에 의거해 현상을 볼 수밖에 없습니다. 따라서 A라는 사람이 있는 그대로 본 것은 B라는 사람이 보기에는 대단히 왜곡적인 시각일 수밖에 없습니다.

그렇다면 어떻게 해야 '있는 그대로' 볼 수 있을까요? 정견의 반대 개념을 생각해 보면 해답이 나옵니다. 정견의 반대말은 사견邪見입니다. 사견은 자신의 사적 이익을 위하여 보는 경우를 말합니다. 자신만의 취향과 감정에 의거해 보는 경우도 사견에 해당합니다. 정견을 하려면 사적인 감정과 이익은 물론이고 자신의 경험과 취미마저도 깨끗이 제거해야 합니다. 이런 것을 제거하지 않으면 색안경을 끼고서 세상을 보는 것과 다르지 않습니다.

무엇을 바로 본다는 것은 그 무엇의 생성과 소멸, 작용과 특성 등을 편견 없이 파악하고 통찰한다는 뜻입니다. 부처님께서는 정견에 대해 아래와 같이 설하셨습니다.

"바른 견해란 어떤 것인가? 이른바 불제자가 괴로움의 범

위를 괴로움이라고 생각하고, 괴로움의 원인을 괴로움의
원인이라고 생각하며, 괴로움의 소멸을 괴로움의 소멸이
라고 생각하고, 괴로움의 소멸을 위해 실천해야 할 방법
을 괴로움의 소멸을 위해 실천해야 할 방법이라고 생각하
고, 또 본래 지은 바를 관찰하고 생멸 변화하는 모든 존재
와 현상을 생각하는 것을 배우며, 모든 존재와 현상의 재
난을 보고 열반의 쉼을 보며, 집착 없이 훌륭한 심해탈心
解脫을 생각하고 관찰하는 때에 두루 선별하고 판단하여
진리를 취하고, 두루 자세히 보고 관찰하여 사리에 통달
하는 것을 일러 바른 견해라 한다." (-《중아함경》 제7권 〈분별
성제경分別聖諦經〉)

부처님께서는 이 경을 통해 먼저 어떻게 '있는 그대로' 관찰해
야 하는지를 말씀하셨습니다. 괴로움의 모습(苦)과 괴로움의 원인
(苦集)을 제대로 파악하고 인정하라고 가르치고 있는 것입니다. 많
은 사람에게 비난과 따돌림을 당할 때 이를 괴로움으로 인식하는
게 정견입니다. 또한, 이웃들에게 비난과 따돌림을 당하는 까닭을
스스로 아는 게 정견입니다. 가령, 남들에게 말을 함부로 하고 교만
해 잘난 체한 게 괴로움의 원인이 됐다면 그 사실을 인정하는 것입
니다.

정견을 갖는 것은 대단히 어려운 일입니다. 그 이유는 자신에
게서 원인을 찾지 않고, 다른 데서 원인을 찾기 때문입니다. 대부분
의 사람은 비난을 받으면 자신이 왜 비난을 받는지 그 원인을 찾지

않고, 자신을 비난하는 사람만 원망합니다. 자신의 모습을 정직하게 보지 못하거나 자신에게 주어진 상황을 자의적으로 편리하게 해석하면 정견은 멀어지게 됩니다. 정견을 하려면 먼저 인과의 법칙을 알아야 합니다. 인과의 법칙을 아는 것은 어려운 게 아닙니다. 뿌린 대로 결실을 맺는다는 진리를 잊지 않는 것입니다.

　이어서 부처님께서는 생멸하고 변화하는 현상을 제대로 보라고 말하셨습니다. 이는 무상의 이치를 설하신 것입니다. 무상은 모든 존재와 현상이 단 한순간도 불변의 모습으로 고정되어 있지 않음을 아는 것입니다. 다시 말해 '있는 그대로 본다.'는 것은 무상의 이치에 입각해 현상을 보는 것입니다.

　하지만 많은 사람이 이 세상의 모든 존재와 현상이 생성, 변화, 소멸한다는 것을 익히 알고 있으면서도 이를 인정하지 않으려고 합니다. 그 이유는 한낱 물거품에 지나지 않은 것을 영구히 존재하는 것처럼 여기기 때문입니다. 바로 애착인 것입니다.

　부처님은 모든 게 마음의 조작이라고 말씀하셨습니다. 이를 《화엄경》에서는 '일체유심조一切唯心造'라고 합니다. 정견과 일체유심조는 관계가 깊습니다. 마음과 감정에 왜곡이 일어나면 정견할 수 없고 곧바로 사견이 생깁니다. 반면 편견과 이해관계 없이 존재와 현상을 보면 정견이 됩니다.

　우리가 종종 잘못 쓰는 표현 중 하나가 '틀리다'입니다. 예를 들어 "나는 너와 틀리다."는 잘못된 표현입니다. "나는 너와 다르다."라고 해야 옳습니다. '다르다'는 '같다'의 반대말인 반면, '틀리다'는 '옳다'의 반대말입니다. "나는 너와 틀리다."라는 말에는 이미

"나는 옳고 너는 틀리다."는 사고가 기저에 깔려 있는 것입니다.

이런 사고를 지닌 사람은 타인을 배려할 줄 모릅니다. 피부가 다른 사람을, 문화양식이 다른 사람을 차별하고 배제하려고 합니다. 이는 정견하지 못하기 때문에 발생하는 문제입니다. 왜곡된 시선이 차별적 사고를 불러오고, 차별적 사고는 상대에 대한 멸시로 이어집니다. 그러면 자연스럽게 사회의 갈등을 야기합니다. 반면 정견을 지닌 사람은 다른 사람을 이해하려고 합니다. 그래서 서로 화합하고 상생할 수 있는 길을 모색합니다.

다문화 사회와 속도경쟁사회를 살고 있는 우리에게 정견만큼 중요한 가르침도 없을 것입니다. 현대 사회의 인간관계는 비유컨대 매우 많고 촘촘한 그물망으로 얽혀 있습니다. 그리고 그러한 그물망의 관계 속에서 우리는 시시각각 변화하는 생활상을 경험하고 있습니다. 이런 시대상황을 고려한다면 세상의 속성을 바로 보는 지혜가 필요합니다. 그 속성은 다름 아닌 '모든 것은 변한다.'라는 사실을 정견하는 것이고, '모든 것은 뿌린 대로 거둔다.'는 인과의 법칙을 인식하는 것입니다.

다시 한 번 강조하건대 정견하려면 사적인 감정과 이익은 물론이고 자신의 경험과 취미마저도 깨끗이 제거해야 합니다. 이를 위해서는 '지금 나는 어떤 색안경을 쓰고 세상을 바라보고 있는가?' 하고 의심해볼 필요가 있습니다. 색안경을 벗어버려야 바로 볼 수 있는 것입니다. 그리고 겸허하고 정직한 시선으로 자신을 살펴보시기 바랍니다. 정견 없이는 행복의 길은 열리지 않습니다.

3

부처님의 맨발

목마를 때 물을 찾는 마음

◉

1,700 공안으로 삶과 죽음, 아름다움과 추함,
실제와 거짓 등 이분법적 사고에서 자유로워지다

부처님의 가르침 중 교敎는 아난 존자에게, 선禪은 마하가섭 존자
에 전승된 것으로 전해지고 있습니다. 많은 한역경전의 시작인 여
시아문如是我聞, 즉 "나는 이렇게 들었다."는 구절에서 '나'가 바로
아난 존자입니다.

　아난 존자는 부처님의 속가 사촌동생으로서 출가 후 평생 동
안 부처님을 가까이에서 모셨던 터라 부처님의 말씀을 가장 많이
듣고 가장 많이 기억하고 있었습니다. 그래서 부처님이 열반하시
고 나서 500명의 아라한 제자들이 부처님의 가르침을 정리했던 1
차 결집 때에도 경을 암송하는 중대한 역할을 할 수 있었습니다.

　그런가 하면, 부처님께서 마하가섭 존자에게 전한 '삼처전
심三處傳心'을 선의 시초로 보고 있습니다. 삼처전심은 부처님이 세
곳에서 마음을 전했다는 것으로, 다자탑전분반좌多子塔前分半座,
영산회상거염화靈山會上擧拈花, 니련하반곽시쌍부泥連河畔槨示雙

趺를 일컫습니다.

다자탑전분반좌는《아함경》〈중본경中本經〉의 대가섭품大迦葉品에 근거를 두고 있습니다. 부처님이 사위국 급고독원에서 대중을 위하여 설법하고 있는데, 먼 곳에서 두타행을 하던 마하가섭 존자가 뒤늦게 해진 옷을 입고 와 대중의 맨 뒤에 서 있었습니다. 그 모습을 본 부처님이 "잘 왔다. 가섭이여."라고 말하면서 앉은 자리의 반을 나누어주며 앉으라고 하였습니다. 대중은 '저 늙은 비구가 무슨 덕이 있기에 여래의 자리에 앉으라 하시는가?'하고 이상히 여겼습니다. 부처님은 이러한 대중의 마음을 살피고 가섭 존자의 덕을 찬양하였습니다. 이것이 삼처전심의 첫째인 다자탑전분반좌입니다.

영산회상거염화는 송나라 오명悟明이 편찬한《전등회요傳燈會要》에 근거를 두고 있습니다. 부처님이 영산회상에 계실 때의 일입니다. 대범천왕이 금색 바라화波羅花를 올렸습니다. 이때 부처님께서 바라화 한 송이를 손에 들어 대중에게 보이니, 일천대중이 다 망연히 있는데 오직 가섭 존자만이 빙그레 웃었습니다. 이에 부처님께서는 "나에게 정법안장正法眼藏과 열반묘심涅槃妙心이 있으니, 실상은 상이 없는 미묘한 법문이라. 마하가섭에게 부촉하노라."라고 설했습니다.

니련하반곽시쌍부는《대열반경》〈다비품茶毘品〉에 근거를 두고 있습니다. 부처님이 열반에 드신 뒤, 가섭 존자가 먼 곳에서 오는 까닭에 뒤늦게 이르렀습니다. 부처님의 유체는 이미 입관된 뒤였습니다. 가섭 존자가 관 앞에서 슬피 울면서 "세존이 어찌 벌써

열반에 드셨나이까?" 하고 말하자 부처님께서 두 발을 관 밖으로 내보이셨습니다.

선종禪宗에서는 이러한 삼처전심을 '불립문자不立文字 교외별전教外別傳'의 유일한 근거라고 하여 매우 중요시하고 있습니다. 그런데 엄밀히 말하면, '불립문자 교외별전'이라는 선의 가르침은 문자를 통해서 문자를 부정한다는 점, 그리고 문자를 부정하면서도 결국 그 깨달음의 깊이를 가려내는 것은 문자밖에 없다는 점 등이 모순으로 지적되지 않을 수 없습니다. 이러한 모순은 문자 밖의 깨달음을 지향하면서도 수많은 선어록이 남았다는 것을 보면 잘 알 수 있습니다. 선종 문헌은 크게 아래와 같이 나눌 수 있습니다.

첫째, 선승 개인의 언행을 모은 어록語錄입니다. 이는 주로 제자들이 스승의 행장과 법어를 모아 놓은 책으로《마조록》,《임제록》,《조주록》등이 대표적입니다.

둘째, 선종의 전등계보를 밝혀주는 등사燈史입니다.《능가사자기》,《보림전》,《전등록》등이 대표적입니다.

셋째, 선의 공안만을 간추려 모은 공안집公案集입니다.《벽암록》,《무문관》,《종용록》등이 대표적입니다.

넷째, 선수행의 지침이나 선가의 규범 등을 제시하는 지남집指南集입니다.《신심명》,《좌선의》,《백장청규》등이 이에 해당합니다.

이 중에서 공안집에 대해 좀 더 살펴보려 합니다. 부처님께서 삼처전심을 통해 마하가섭 존자에게 전하신 법이 중국으로 건너와서 선풍을 크게 일으켰습니다. 그리고 삼처전심은 선사들의 수행에서 중요한 공안이 되었는데, 선종의 조사들이 점차 다양한 공안을 제시하면서 1,700여 공안이 생겨났습니다. 이 공안들을 모은 것이 공안집입니다.

공안公案은 화두話頭나 고칙古則이라고도 합니다. 공안이라고 할 때의 '공公'은 '공중公衆, 누구든지'라는 뜻이고, '안案'은 방안이라는 뜻입니다. 누구든지 이대로만 하면 성불할 수 있는 방안이 된다는 뜻을 담고 있습니다.

화두의 '화話'는 말이라는 뜻이고, '두頭'는 머리 즉 앞서 간다는 뜻입니다. 따라서 화두는 말보다 앞서 가는 것, 언어 이전의 소식이라는 뜻을 담고 있습니다. 따라서 참된 도를 밝힌 말 이전의 서두, 언어 이전의 소식이 화두이며, 언어 이전의 내 마음을 스스로 잡는 방법을 일러 화두법話頭法이라고 합니다.

이 가운데 우리나라 참선수행자들이 널리 채택하여 참구한 화두는 '개에게는 불성이 없다(狗子無佛性)', '이것이 무엇인가(이 뭐꼬)?(是甚麼)', '뜰 앞의 잣나무(庭前栢樹子)', '마삼근(麻三斤)' 등입니다.

'구자무불성'은 무자화두無字話頭라고도 하는데, 우리나라의 고승들이 이 화두를 참구하고 가장 많이 도를 깨달았다고 합니다. 한 승려가 조주종심趙州從諗 스님을 찾아가서 "개에게도 불성이 있는가?"를 물었을 때 "무無"라고 답한 데서 이 화두가 생겨났습니다. 부처님은 일체 중생에게 틀림없이 불성이 있다고 하였는데, 조주 스님은 왜 없다고 하였는가를 의심하는 것이 무자화두법입니다.

'이것이 무엇인가? (이뭐꼬?)' 화두는 이 몸을 움직이게 하는 참된 주인공이 무엇인가를 의심하는 것입니다. 무자화두 다음으로 널리 채택되고 있습니다. 또한, '뜰 앞의 잣나무'는 한 스님이 "조사가 서쪽에서 온 뜻(祖師西來意)이 무엇입니까?" 하고 물었을 때 조주 스님이 답한 말입니다. '마삼근'은 "어떤 것이 부처입니까?" 라는 물음에 대해 운문종雲門宗의 동산수초洞山守初 선사가 답한 말입니다.

이와 같이 화두는 일반적인 상식을 뛰어넘고 있는 문답에 대하여 의문을 일으켜 그 해답을 구하는 것입니다. 전통적으로 이 화두를 가지고 공부를 할 때는 간절한 마음으로 공부하기를 마치 닭이 알을 품은 것과 같이 하며, 고양이가 쥐를 잡을 때와 같이 하며, 어린아이가 엄마를 생각하듯 하면 반드시 화두에 대한 의심을 풀어 깨달음을 얻을 수 있게 된다고 보고 있습니다.

서산 대사(청허휴정 스님)는 《선가귀감禪家龜鑑》을 통해 "닭이 알을 품을 때에는 더운 기운이 늘 지속되고 있으며, 고양이가 쥐를 잡을 때에는 마음과 눈이 움직이지 않게 되고, 주린 때 밥 생각하는 것이나 목마를 때 물 생각하는 것이나 어린아이가 엄마를 생각하는 것은 모두가 진심眞心에서 우러난 것이고 억지로 지어서 내는 마음이 아니므로 간절한 것이다. 참선하는 데 있어 이렇듯 간절한 마음이 없이 깨친다는 것은 있을 수 없는 일이다."라고 일러주었습니다.

화두가 또렷하게 잡혀서 놓아지지 않는 경지, 밤이나 낮이나 잠을 자나 꿈을 꾸나 항상 참화두가 되는 경지에 이르면 7일을 넘

기지 않고 확철대오(廓徹大悟 : 확연히 꿰뚫어 크게 깨우침)하게 된다고
합니다.

1,700여 개의 공안은 모든 분별심을 여의는 데 목적이 있습니
다. 그런데 미욱한 사람들은 외려 공안이라는 덫에 갇혀 사고의 외
연을 확대하지 못하기도 합니다. 삶과 죽음, 아름다움과 추함, 실제
와 거짓 등 수많은 이분법적 사고에서 자유로워지려고 화두를 잡
는 것인데, 오히려 그 화두가 또 다른 망상을 만드는 것입니다.

이미 지니고 있는 그것을 보라

찾을 수 없는 마음에서 참된 마음을 보고
찾을 수 없는 구속에서 참된 자유를 보다

달마 대사가 숭산 소림사에 은둔하며 면벽 수도에 정진할 때의 일입니다. 신광이라는 이가 달마 대사를 찾아와 깨달음을 구했습니다. 하지만 달마 대사는 뒤도 돌아보지 않았습니다. 신광은 법을 구하려는 일념으로 눈밭에서 밤을 지새웠습니다. 그런 뒤에야 달마 대사가 물었습니다.

"무슨 까닭으로 찾아왔는가?"

신광이 답했습니다.

"법을 구하러 왔습니다."

"너의 믿음을 바쳐라."

신광이 지체하지 않고 칼로 왼팔을 잘라버렸습니다. 그러자 땅에서 파초 잎이 솟아나 잘린 팔을 고이 받들었다고 합니다. 신광은 단검으로 팔을 잘라서 구법 의지를 보임으로써 달마 대사에게 혜가慧可라는 법명을 얻게 됩니다.

달마 대사와 혜가 스님이 스승과 제자의 혈맹을 맺게 된 이 일화를 설중단비(雪中斷臂; 눈 속에서 팔을 자름)라 합니다. 일부에서는 '신광의 팔은 숭산의 도적에게 잘렸다.'고 말하기도 합니다. 하지만 설중단비의 일화가 사실인지 아닌지 역사적인 기록을 통해서 유추하는 것보다 설중단비의 일화에 담긴 의미가 무엇인지 아는 게 더 중요할 것입니다.

설중단비 후 혜가 스님이 달마 대사에게 물었습니다.
"스승이시여, 제 마음을 편안하게 해주소서."
달마 대사가 답했습니다.
"그 마음을 가져오너라."
"마음을 찾아도 찾을 수 없습니다."
"이제 네 마음을 편안하게 해주었다."

달마 대사와 혜가 스님이 주고받은 이 대화는 너무도 유명한 안심법문安心法門입니다. 혜가 스님은 이 안심법문을 통해 불생불멸不生不滅의 진리를 깨달았습니다.

혜가 스님에게는 담림曇琳 스님이라는 사제가 있었는데, 담림 스님 역시 팔이 하나 없었습니다. 산도적을 만나 팔을 하나 잘리게 된 것입니다. 담림 스님이 혜가 스님을 찾아와 고통을 호소했습니다. 혜가 스님이 상처를 불에 태워 지혈을 시킨 뒤 천으로 잘린 팔을 싸맸습니다. 이튿날 혜가 스님이 담림 스님에게 공양물을 앞에 주고는 말없이 밖으로 나가려고 했습니다. 그러자 담림 스님이 화를 냈습니다.

"아무리 내 팔이 잘려 이 꼴이 됐다지만 어떻게 혜가 스님마저 나를 병신 취급하는가?"

"어서 앞에 둔 보리떡이나 들게나."

"산 도적에게 팔이 잘려서 꼼짝도 못하지 않나."

"나 역시 팔이 하나 잘려서 없긴 마찬가지네."

일찍이 혜가 스님이 팔이 잘린 고통을 극복할 수 있었던 것은 공관空觀을 익혀 마음을 다스렸기 때문입니다. 그 이야기를 듣고서 담림 스님은 혜가 스님에게 사과했습니다. 사람들은 팔이 하나 없는 수행자라는 의미로 그들을 '무비림無臂林'이라고 불렀습니다. 혜가 스님은 달마 대사에게서 가사와 《능가경》을 물려받아 선종의 2대 조사가 됐고, 담림 스님은 《이입사행론》을 써서 스승인 달마 대사의 가르침을 문자로 전했습니다. 부처님의 제자로 비유하자면, 혜가 스님은 마하가섭 존자의 역할을, 담림 스님은 아난 존자의 역할을 한 셈입니다.

혜가 스님은 지혜가 깊었던 터라 따르는 이가 많았습니다. 이를 시기한 보리유지菩提流支의 제자들이 혜가 스님을 '수상한 사람'이라고 관가에 고발했습니다. 결국 혜가 스님은 처형을 당하게 됐습니다. 이때 혜가 스님은 "전생에 지은 묵은 허물의 빚을 이제야 갚는구나!"라고 말했다고 합니다. 처형당한 혜가 스님의 몸에서는 흰 젖이 흘러나왔다고 합니다.

죽음 앞에서도 초연하였던 혜가 스님의 모습은 '영유형기影由形起'라는 가르침을 떠올리게 합니다. '영유형기'는 향 거사向居

±가 혜가 스님에게서 깨달음을 인가 받고자 지은 글입니다.

"그림자는 형상에 의해 생기고, 메아리는 소리에 따라 일어납니다. 형상을 취하면서 그림자를 버리려는 것은 형상이 그림자의 근본임을 모르기 때문이요, 소리를 내면서 메아리를 없애려 함은 소리가 메아리의 뿌리임을 모르기 때문입니다. 번뇌를 제거하고 열반에 나아가려는 것은 형상을 버리고 그림자를 찾는 것과 같고, 중생을 떠나서 부처를 이루려 함은 소리를 내지 않고 메아리를 찾는 것과 같습니다. 그러므로 미혹과 깨달음이 한 갈래요, 어리석음과 지혜로움이 다르지 않습니다. 본래 이름이 없는데 이름을 지음으로 이름으로 인해 시비가 생기고, 본래 이치가 없건만 이치를 만들면 이치에 의해 논쟁이 일어납니다. 헛되어 참되지 않거늘 누가 옳고 누가 그르며, 허망하여 진실이 없거늘 무엇이 있고 무엇이 없겠습니까. 얻어도 얻은 바가 없고, 잃어도 잃은 바가 없음을 알고자 하나 참문識文할 겨를이 없어 삼가 글월 올리오니 바라옵건대 회답하여 주소서."

이 서신을 통해서 향 거사가 비록 스승이 없이 수행했어도 정법正法을 제대로 깨달았음을 알 수 있습니다. 서신을 보면 번뇌가 곧 보리이며, 중생이 곧 부처라는 불이중도不二中道의 깨달음이 깃들어 있습니다. 이러한 사실을 혜가 스님이 모를 리 없었습니다. 혜가 스님은 아래와 답신을 보냈습니다.

"보내 온 글의 뜻을 자세히 살펴보니 모두가 여실지견에 부합되고, 참되고 그윽한 이치가 조금도 다르지 않다. 본래 마니주摩尼珠를 잘못 알아 자갈이라 하였으나 활연히 깨우치고 보니 진주임에 틀림없다. 무명과 지혜가 차별이 없으니 만법이 모두 그러한 줄 알아라. 두 가지 견해(二見)를 가진 무리들을 불쌍히 여겨 이 글을 쓰노니, 중생과 부처가 다르지 않음을 알면 무여열반無餘涅槃은 구해서 무엇 하겠는가. 중생의 자성이 본래 불성임을 알지 못하여 마치 마니보주를 자갈이라 여긴 것과 같다. 그러나 활연히 깨닫고 보니 보배구슬이 그대로 진주였음을 알게 된 것이다. 무명의 중생이 지혜의 부처임을 바로 깨달아야 무여열반을 성취할 수 있다. 무명이 지혜인 줄 알고, 범부가 그대로 부처인 줄 안다면 구태여 유여열반有餘涅槃이니, 무여열반이니 시비할 것이 없다. 그대로 명백할 따름이다."

삶은 죽음에 환귀본처還歸本處하고 죽음 또한 삶에 환귀본처한다는 사실을 알면 태어나고 죽는 것을 나눠서 생각하지 않을 것이고, 그러면 혜가 스님처럼 당장 눈앞에 죽음이 찾아와도 조금도 꺼리지 않을 것입니다.

혜가 스님이 처형당함으로써 달마 대사가 건넨 가사는 나병 환자인 승찬僧璨 스님에게로 전해지게 됩니다. 전법 당시 혜가 스님과 승찬 스님도 선문답을 주고받는데 그 내용이 안심법문과 유사합니다.

나병에 걸려서 얼굴이 일그러진 사내가 혜가 스님을 찾아와 법을 구했습니다.

"전생의 업으로 나병에 걸렸으니 스님께서 제 죄를 참회하게 해주십시오."

혜가 스님이 답했습니다.

"그 죄를 가지고 오너라. 그럼 참회하게 해주마."

"그 죄를 찾아도 찾을 수 없습니다."

"이미 네 죄는 사라졌으니 참회할 것도 없다. 이제부터 불佛, 법法, 승僧 삼보三寶에 귀의해 열심히 수행하도록 하라."

"스님을 뵙고 승은 알았으나, 불과 법이 무엇인지 아직 모르겠습니다."

"마음이 불인 동시에 법이다. 불법에는 어떤 차별도 없느니라."

그때서야 나병환자는 안팎은 물론이거니와, 중간에는 더욱 더 죄가 깃들 수 없다는 사실을 깨닫게 됐습니다. 혜가 스님은 나병환자 청년에게 승찬이라는 법명을 내려줬습니다.

훗날 승찬 스님도 법기法器라고 할 수 있는 제자와 법연法緣을 맺게 됐습니다. 열 네 살짜리 행자行者가 승찬 스님을 찾아와 물었습니다.

"스승이시여, 자비를 베푸시어 부디 해탈의 법을 일러주소서."

순간 승찬 스님의 뇌리에는 섬광처럼 스쳐가는 것이 있었습니다.

"누가 너를 결박했느냐?"

"아무도 저를 결박하지 않았습니다."

"그렇다면 굳이 해탈을 구할 이유가 없지 않은가?"

승찬 스님은 넌지시 당돌한 행자의 근기根機를 살피는 질문을 던졌습니다. 어린 행자가 법기임을 알아 본 승찬 스님이 미소를 머금는 순간이었습니다. 미완의 대기大機인 행자도 웃음으로 화답했습니다. 염화시중의 미소로 답한 행자가 바로 선종의 4대 조사인 도신道信 스님입니다.

이렇게 달마 대사에서 혜가 스님으로, 혜가 스님에서 승찬 스님으로, 승찬 스님에서 도신 스님으로 이어지는 안심법문이 우리에게 주는 교훈은 무엇일까요?

혜가 스님은 찾아도 찾을 수 없는 마음에서 '참된 마음'을 봤고, 승찬 스님은 찾아도 찾을 수 없는 죄에서 일체 '분별이 없는 불성'을 봤고, 도신 스님은 찾아도 찾을 수 없는 구속에서 '참된 해탈'을 봤습니다. 이렇듯 애써 구하지 않아도 이미 지니고 있는 불성인 것입니다.

그래서 황벽희운黃檗希運 스님은 '추우면 옷을 입고, 더우면 옷을 벗어라. 걷고 싶으면 걷고, 앉고 싶으면 앉아라. 조금이라도 불과佛果를 바라는 생각조차 없게 하라.'고 일러줬던 것인지도 모르겠습니다.

싫고 좋은 마음 버리면 달처럼 빛나리

●

승찬 대사와 신심명
이것저것 가리지 않으면 깨달음에 이른다

지극한 이치는 어려울 게 없나니   至道無難

주의할 건 오직 하나, 이러쿵저러쿵 가리는 것이네   唯嫌揀擇

싫고 좋고 가리는 그 마음만 버리면   但莫憎愛

저 하늘 밝은 달처럼 넓게 빛나리   洞然明白

《신심명信心銘》은 3조 승찬僧璨 스님이 지은 글입니다. 명銘이
란 일반적으로 남의 공적을 찬양하는 4자 1구句 4구 1절節의 글귀
를 일컫습니다. 하지만 《신심명》은 승찬 스님이 수행자가 가져야
하는 신심에 대해 설說한 사언절구四言絶句의 시문詩文입니다.

《신심명》은 글의 체體와 용用이 모두 수려합니다. 체에 해당
하는 문체는 승찬 스님이 아니면 감히 범접할 수 없는 경계에 서
있으며, 용에 해당하는 주제는 신심이 깨달음의 본원本源임을 일
깨워주고 있어서 두고두고 수행자가 좌우명左右銘으로 삼을만합

니다.

승찬 스님은 평소 법회장소로 즐겨 썼던 아름드리 나무 밑에서 합장한 채 서서 입적했습니다. 훗날 이상李常이 승찬 스님의 법신을 화장하여 사리舍利 300과를 얻었다고 합니다.

승찬 스님은 대풍질大風疾이라는 병을 앓았습니다. 지금으로 치면 나병환자인 것입니다. 그럼에도 은사인 혜가 스님은 승찬 스님을 보는 순간 대번 법기임을 알아봤습니다. 법명인 승찬僧璨도 혜가 스님이 지어준 것인데, 구슬 찬璨 자를 쓴 이유는 중국 선불교의 보배가 될 것을 예견했기 때문입니다.

승찬 스님은 불법에 귀의한 뒤 더 이상 나병이 악화되지는 않았다고 합니다. 나병으로 말미암아 머리카락이 없었으므로 사람들은 승찬 스님을 적두찬赤頭璨이라고 부르기도 했습니다. 우리말로 풀이하면 '대머리의 붉은 살'이 됩니다.

다시 《신심명》에 대해 살펴보겠습니다. 《신심명》은 '지극한 이치는 어려울 게 없다(至道無難).'는 구절로 시작합니다. 이게 무슨 소리입니까? 승찬 스님은 생사일여生死一如의 크나큰 깨달음을 얻는 게 그리 어려울 게 없다고 말하고 있습니다. 세상살이에서 그리 어려울 게 없는 게 있는가요? 하다못해 밥을 먹는 일조차 여름에는 더운 밥 먹느라 어렵고, 겨울에는 차가운 밥 먹느라 어려운데 말입니다. 게다가 승찬 스님이 수행하던 시절에는 선종 사상 두 번째 법난法難이 일어난 북주 무제 때여서 수행자들이 줄줄이 환속했습니다.

'언어의 길이 끊어지는 것은 어제오늘의 일이 아니네(言語道斷

非去來今).'라는 구절로 끝나는 《신심명》이 명작으로 꼽히는 이유는 쉽고도 명료하게 선의 요체를 밝혔기 때문입니다. '심전心田', 즉 마음의 밭을 어떻게 일궈야 하는지 매우 쉽고도 간명하게 설하고 있는 것입니다.

그렇다면 마음밭을 일구는 비법은 무엇일까요? 선善과 악惡, 미美와 추醜, 진眞과 망妄 등 긍정肯定하고 부정不定하는 모든 사고를 버리면 된다는 것입니다.

털끝만한 차이에서　　　　　　毫釐有差

하늘과 땅의 다름이 생기나니　　天地懸隔

분명하게 깨달으려면　　　　　欲得現前

맞느니 틀리느니 하지 말라　　　莫存順逆

'털끝만한 차이에서 하늘과 땅의 다름이 생겨난다.'라는 말을 쉽게 설명해보겠습니다. 같은 길을 걷던 두 사람이 의견 차이로 싸우고 나서 등 돌리며 제 갈 길을 갔다고 칩시다. 한 사람이 열 걸음을 걸으면, 두 사람 사이의 거리는 스무 걸음이 멀어져 있을 것입니다. 수행자들에게 분별심만큼 나쁜 것이 없다고 말하는 이유도 이 때문입니다.

분별하는 순간 깨달음은 멀어집니다. 인생의 지혜도 다르지 않습니다. 나이가 어릴수록 좋고 싫은 마음이 분명합니다. 나이가 들면 '이런들 저런들 어떠랴.' 하는 태도를 취하게 됩니다. 그러다가 나이가 지긋해지면 모든 게 괜찮은 달관의 태도를 견지하게 됩니다.

말이 많고 생각이 복잡하면	多言多慮
점점 깨달음과는 멀어지니	轉不相應
말을 끊고 생각을 끊으면	絶言絶慮
통하지 않는 곳 없을 것이네	無處不通

'많은 것보다 부족한 게 낫다.'는 말이 있습니다. 탐욕이 심한 사람은 이 말뜻을 이해하지 못할 것입니다. 수행도 마찬가지입니다. 많이 먹어서 체한 것보다는 약간의 공복을 유지하는 게 건강에도 좋은 것과 같은 이치입니다. 진정한 행복은 욕심을 채우는 데 있는 게 아니라 자족自足하는 데 있습니다.

부처님은 '더 없는 행복'에 대해 설했는데, 그 내용을 보면 지식과 기술을 쌓고 언변을 키우라든지, 가족을 사랑하라든지, 남에게 자비를 베풀라든지 하는 일상적인 내용이 대부분입니다. 그리고 일상사는 '분수에 알맞은 곳에 살고, 겸손하여 만족할 줄 알라.'는 지족知足에 대한 가르침으로 귀결됩니다.

지족의 사전적 의미는 '분수를 지켜 만족할 줄 아는 것'입니다. 흥미로운 것은 극락세계 중 하나인 도솔천兜率天의 어원이 지족이라는 사실입니다. 도솔천에는 스스로 만족할 줄 아는 오유지족吾唯知足의 무리가 모여 산다고 합니다. 모든 사람이 분수를 지켜 만족할 줄 안다면 이 세상이 바로 도솔천이 될 것입니다.

둘은 하나로 말미암아 있으니	二由一有
그 하나마저 지키지 말라	一亦莫守
한 생각도 내지 않으면	一心不住
만법이 허물이 없네	萬法無咎

승찬 스님이 얼마나 훌륭한 선지식인지 알게 해주는 대목입니다. 여기서 '둘'은 이것이 좋다, 저것이 싫다고 하는 분별의 작동입니다. 좋고 싫음이 있으니 이것과 저것이 나눠지는 것입니다. 그런데 이 두 변견邊見은 고정된 하나 때문에 생기는 것입니다. 가령 방위를 갖고 설명하면 북北은 남南의, 동東은 서西의 반대 개념이고, 위계를 갖고 설명하면 상上은 하下의, 좌左는 우右의 반대개념입니다. 따라서 고정됐다고 착각하는 이 하나마저도 버려야 합니다.

둘이 상대개념이라면 하나는 절대개념입니다. 바로 이 절대개념을 내려놓을 때 만법이 여여如如함을 비로소 깨닫게 되는 것입니다. 절대적인 개념을 지킨다는 것은 독선입니다. 흔히 세간世間과 출세간出世間을 나누는데, 출세간을 넘어서면 출출세간出出世間의 경계에 다다릅니다. 그런 연후에야 세속에 대해 고답적인 위세를 떨쳐 버릴 수 있습니다. 승찬 스님은 마지막으로 이렇게 당부했습니다.

| 믿음과 마음은 둘이 아니요 | 信心不二 |
| 둘이 아니어서 신심이네 | 不二信心 |

언어의 길이 끊어져 言語道斷

과거, 미래, 현재가 아니라네 非去來今

　선은 문자 밖에서 그 뜻을 구해야 함에도 그 뜻을 표현하는 데
는 문자에 의지할 수밖에 없습니다. 그래서 선사들도 자신의 깨달
음의 경지를 선시로 남길 수밖에 없는 것입니다. 《신심명》은 중국
에 불교가 들어온 이후 '문자로서는 최고의 문자'라고 격찬 받고
있는데, 이는 승찬 스님의 깨달음이 깊고도 깊기 때문일 것입니다.

그 마음을 쉬라

●

혜능 대사와 자성
본래 한 물건도 없는데 어디 진애가 있나?

중국불교의 최고의 전성시대에 선종의 일대 선지식이 출현하였으니, 그는 바로 남종선의 창시자 혜능慧能 대사입니다. 혜능 대사는 당나라 태종 정관 12년(638년)에 중국 남쪽의 변방에서 가난한 농부의 아들로 태어났습니다. 출가하기 전 성姓은 노盧씨였으며, 세 살 때에 아버님을 여의어 소년 시절부터 나무를 해다 팔아서 홀어머니를 봉양하였습니다. 그는 교육을 거의 받지 못하였으나 마음 씀씀이가 남다르고 효성이 지극하였습니다.

그가 어느 날 시장에 나무를 팔러 갔습니다. 한 가게에 나무를 주고 돈을 받아 나오는 길에 탁발하는 스님의 경經 외는 소리를 듣게 되었습니다.

그 경구는 바로 《금강경》의 '응무소주應無所住 이생기심而生其心'이었습니다. 그는 이 경구를 독경하는 스님에게 물었습니다.

"지금 읊고 있는 게 무슨 경전의 구절입니까?"

"금강경입니다."

그는 스님에게《금강경》을 가르쳐달라고 간절히 청원했습니다. 하지만 스님은 황매산에 주석하는 도력이 높은 오조홍인五祖弘忍 대사를 찾아가보라고 일러줬습니다. 집으로 돌아온 그가 노모께 출가 의사를 밝히자 노모께서 이를 쾌히 승낙하였습니다.

그 당시 홍인 대사는 문도 700명을 거느리고 황매산에서 선풍을 선양하고 있습니다. 홍인 대사의 주변으로 사방에서 수좌들이 구름같이 모여 들던 때였습니다. 그는 홍인 대사를 찾아가 인사를 올렸습니다. 하지만 홍인 대사가 그에게 시킨 일은 고작 방앗간에 가서 쌀을 찧는 것이었습니다. 홍인 대사는 이미 그가 법기인 줄 알아챘지만, 그를 시험하기 위해서 방앗간 일을 시켰습니다. 그는 8개월이라는 짧지 않은 세월을 한결같이 700명 대중의 공양미를 찧어야 했습니다.

어느 날 홍인 대사가 문하 대중을 집합시킨 뒤 이렇게 말했습니다.

"대중이여, 각자 얻은 바가 있으면 나에게 보이도록 하라. 만약 나의 뜻과 계합하는 자가 있으면 초조 달마 대사 이래 전해온 의발을 전하고 나의 법을 부촉하여 육조六祖가 되게 하겠다."

당시 가장 빼어난 제자인 신수神秀 대사가 있었습니다. 신수 대사는 홍인 대사 문하에서 여러 성상이 넘도록 수학하였으며 학덕이 출중하여 여러 대중이 추종하였습니다. 그런 신수 대사도 확신이 없어서 그날 밤 아무도 모르게 홍인 대사가 출입하는 행랑의 벽 위에다 한 수의 시를 써 붙였습니다.

몸은 보리의 나무요	身是菩提樹
마음은 밝은 거울과 같나니	心如明鏡臺
때때로 부지런히 털고 닦아서	時時勤拂拭
티끌과 먼지가 붙지 않게 하라	勿使惹塵埃

대중은 '신수 대사가 아니면 그 누가 이와 같은 훌륭한 시를 지을 수 있으랴.' 하고 감탄해 마지않았습니다. 홍인 대사가 이 글을 보고 곧 신수의 글임을 간파하였습니다.

"후대 이 글로써 근실히 수행하는 자는 상당한 성과를 얻을 것이며 구송口誦하는 자는 많은 복을 지으리라."

홍인 대사가 칭찬하니 대중은 더욱 감탄하여 그 글을 옮겨 써 보기도 하고, 구송하기도 하였습니다. 이때까지도 아무것도 모르고 여전히 홀로 방아만을 찧던 나이 많은 행자는 어떤 사미승이 큰 소리로 게송을 외우는 소리를 듣고 그 게송이 만들어진 전말을 물었습니다. 이에 대해 사미승이 자세히 설명하여 주었습니다. 나이 많은 행자는 이렇게 생각하였습니다.

'어구는 상당히 잘되었으나 진실한 대의는 증득하지 못하였다.'

그리하여 그날 밤 나이 많은 행자는 한 동자를 데리고 신수 대사의 게송이 붙은 장소로 갔습니다. 나이 많은 행자가 구술하고 동자는 그 내용을 받아썼습니다. 신수 대사 게송 옆에다 자신의 게송을 써 붙인 것입니다.

보리는 본래 나무가 아니며	菩提本無樹

명경 또한 거울이 아니라   明鏡亦非臺

본래 한 물건도 없는데   本來無一物

어느 곳에 진애가 있으리요   何處惹塵埃

다음날 대중이 이 게송을 발견하자 '이것이 낫다, 저것이 낫다.'며 논란이 분분하였습니다. 때마침 홍인 대사가 이 글을 보게 되었습니다. 홍인 대사는 나이 많은 행자가 지은 게송인 줄 알아챘습니다. 그런데 게송을 발로 지워버린 뒤 그냥 조실채로 들어갔습니다. 이윽고 대중들도 각기 자기의 수행 처소로 돌아가자, 홍인 대사는 혼자 방앗간으로 찾아가 쌀을 찧고 있는 나이 많은 행자를 향해 물었습니다.

"쌀을 다 찧었느냐?"

"쌀은 다 찧었으나 아직 고르진 못하였습니다."

홍인 대사는 돌연 주장자로 방아 머리를 탁, 탁, 탁 세 번 치고는 뒷짐을 지고 묵묵히 돌아갔습니다. 나이 많은 행자는 그 의미를 알고 있었습니다. 주장자를 세 번 친 것은 삼경을 의미하고, 뒷짐을 지고 간 것은 후문으로 들어오라는 의미였던 것입니다.

그날 밤 삼경을 기다려 나이 많은 행자가 뒷문으로 들어가니, 병풍이 둘러 있고 그 뒤에 홍인 대사가 앉아 있었습니다. 홍인 대사는 나이 많은 행자가 들어오자《금강경》에 대해 설한 뒤 달마 대사가 전한 가사와 발우를 전했습니다.

"달마 대사는 이역만리에서 오시어서 크나큰 깨달음을 이조 (혜가 대사)에게 전하실 때 사자상승師資相承의 표시로 의발(衣鉢: 가사와 발우)을 주시었다. 그 의발이 내게까지 이르렀다. 그러나 너는 이 의발을 전할 필요가 없다. 공연히 유형의 물건으로 말미암아 법손法孫 쟁론이 분분할 수 있으니 이 의발을 후대에는 전하지 말라. 내가 네게 야심한 밤에 실내에서 남의 눈을 피하여 전법하는 것은 대중이 알면 너의 신변에 해가 미칠까 걱정되기 때문이다. 그러니 너는 이곳을 떠나 남방으로 가서 산간에 은거하면서 때가 되기를 기다려라."

그리하여 나이 많은 행자는 남방 사회현 산간에서 10년간 은신하였습니다. 은신을 마치고 광주로 나와 법성사에 이르렀을 때 사미승들이 "깃발이 움직이느냐?", "바람이 움직이느냐?"라며 말다툼하는 것을 보았습니다. 그는 "깃발이 움직이는 것도 아니고 바람이 움직이는 것도 아니다. 오직 네 마음이 움직이는 것이다."라고 설하였습니다.

그 당시 법성사 주지로 있던 인종印宗 법사가 이 광경을 보았습니다. 범상한 인물이 아님을 간파한 인종 법사는 그에게《열반경요초涅槃經要抄》강의를 청하였습니다. 이 강의를 들은 대중은 모두 깊은 가르침에 감복하였습니다. 이 인연으로 하여 비로소 그는 삭발한 뒤 혜능이라는 법명을 얻게 되었습니다. 이후 육조혜능 대사는 중국 광동성 조계산 보림선사를 개원하여 선풍을 진작하였습니다. 혜능 대사의 행장은《육조단경》에 잘 묘사돼 있습니다.

그런가 하면 돈황본《육조단경》에 '본래무일물本來無一物'이 아니라 '불성상청정佛性常淸淨'으로 명기돼 있는 근거를 들어 일부학자들은《육조단경》이 혜능 대사의 문하인 하택신회 계系에서 지어낸 이야기라면서 '전의설傳衣說'을 비판하기도 합니다. 전의란 '가사를 전했다.'는 의미로서, 스승이 자신의 법을 전했다는 징표로서 제자에게 가사나 의발 등을 주는 것입니다.

'불성상청정佛性常淸淨'은《열반경》사상입니다. '불성佛性은 상주常住하고 본래 청정한 것이므로 누구나 부처가 될 수 있다.'는 불성 사상은 당시 수나라가 망하고 당나라가 건국 되는 과정에서 전쟁으로 지친 대중에게 희망을 줬습니다. 하지만 불성 사상은 바라문교에서 주장하는 범아일여梵我一如 사상의 범梵과 같은 유형으로 오해되기도 했습니다. 그럴 경우 부처님의 무아無我 사상에 반하는 가르침이 되는 것입니다.

아마도 나중에 '본래무일물'로 개조된 이유도 여기에 있을 것입니다. '불성상청정'은《열반경》의 유有 사상을 나타내고, '본래무일물'은《반야경》의 공空 사상을 나타내는 것이라고 할 수 있습니다.

그렇다면 본래무일물의 의미가 무엇일까요? 모든 존재는 인연화합의 소산물이므로 자신의 고유한 성질(自性)이 없습니다. 실체도 없습니다. 모든 유정물有情物 무정물無情物은 오온五蘊의 화합체일 뿐입니다. 그래서 '오온개공五蘊皆空'이라고 하는 것입니다.

'일물一物'은 마음을 일컫는 것입니다. 마음은 형상이 없다 보니 찾으려고 해도 찾을 수가 없습니다. 그런 까닭에 선가禪家에서는 일찍이 방편으로 '내 마음속에 한 물건(一物)이 있으니 그것을 찾아보라.'고 일렀던 것입니다.

흥미로운 것은 홍인 대사에서 혜능 대사로 전법될 때 《금강경》을 읊어준다는 사실입니다. 달마에서 혜가로, 혜가에서 승찬으로 전법傳法할 때는 가사와 함께 《능엄경》을 건넸습니다.

또 하나 주목할 것은 신수 대사의 오도송과 혜능 대사의 오도송은 서로 대조를 이룬다는 사실입니다. 그도 그럴 게 신수 대사의 북종선北宗禪을 점수선漸修禪이라 하고 혜능 대사의 남종선南宗禪을 돈오선頓悟禪이라고 하는데, 북종선과 남종선을 나누는 특징이 신수 대사와 혜능 대사의 오도송에 잘 나타납니다. 북종선은 '항상 부지런히 털고 닦아 티끌과 먼지가 묻지 않게 하라.'는 신수 대사의 오도송대로 점차적으로 닦아가는 수행법입니다. 반면 남종선은 '본래가 부처(本來佛)'임을 단번에 깨달아야 하는 돈오적 수행법입니다.

굳이 이 자리에서 돈오니 점수니 따지고 싶지도 않고, 또 따지는 것도 옳지 않습니다. 다만, 중요한 것은 《육조단경》의 가르침의 요체가 무엇이냐는 것입니다.

《육조단경》에 가장 빈번하게 등장하는 글자가 '자自'입니다. 《육조단경》에는 불성佛性이라는 말이 5번밖에 안 쓰이지만, 자성自性이라는 말은 수시로 등장합니다. 혜능 대사가 강조하는 자성은 중생이 현재 지니고 있는 마음, 즉 '당하지심當下之心'을 일컫습니다.

혜능 대사의 가르침이 위대한 것은 현실을 살아가는 중생들의 마음을 만법의 주체로 옮긴 데 있습니다. 지극히 높은 위치에 놓여 있던 선禪을 대중이 사는 저자거리로 끌어내린 것입니다. 혜능 대사는 조계曹溪 지방으로 가서 신도들의 도움에 힘입어 보림사寶林寺를 세웠습니다. 보림사에 주석하면서 혜능 대사는 열반할 때까지 36년간 가르침을 폈습니다.

혜능 대사의 문하에는 남악회양南嶽懷讓, 청원행사青原行思, 영가현각永嘉玄覺, 남양혜충南陽慧忠, 하택신회荷澤神會 등 기라성綺羅星 같은 선승들이 나와 한 시대를 밝게 빛냈습니다.

부처를 최고의 목적으로 삼지 마라

●

임제 선사와 주인
주인공아, 깨어 있느냐?

임제의현臨濟義玄 스님은 '수처작주隨處作主 입처개진立處皆眞'이라고 설했습니다. '머무르는 곳마다 주인이 되라. 지금 있는 그곳이 바로 진리의 세계이다.'라는 뜻입니다.

그런가 하면 중국 당나라 때 서암사언瑞巖師彦 스님은 반석위에 앉아서 정진하시면서 수시로 자신에게 이렇게 묻고 답했다고 합니다.

"주인공아!"

"예!"

"성성하게 깨어 있어라. 성성하게 깨어 있느냐?"

"예! 깨어 있습니다."

서암 스님의 일화는 이 세상사람 모두가 주인공임을 일깨워 줍니다.

열반을 앞두고 제자들에게 우리나라의 경봉정석鏡峰靖錫 스님은 "사바 사계를 무대로 한바탕 멋지게 살아라."라고 말했습니다.

경봉 스님의 말씀은 우리는 모두 세상이라는 무대의 주인공이라는 사실을 일깨워주고 있습니다. 부처님도 '자기야말로 자신의 주인이고 자기야말로 자신의 의지할 곳이니 말장수가 말을 다루듯 자신을 잘 다루라.'고 강조한 바 있습니다. 구체적인 부처님의 일화를 소개해 보겠습니다.

바라나시 녹야원에서 최초 설법을 마치고 부처님은 우루벨라를 향해 교화의 길을 떠났습니다. 숲속 한 나무 아래 앉아 쉬고 있는 부처님 앞으로 젊은이들이 몰려왔습니다. 그들이 부처님에게 물었습니다.

"혹시 도망가는 여인을 보지 못했습니까?"

"그 여자를 어째서 찾으려고 하는가?"

"그 여자가 우리의 귀중품들을 모두 훔쳐 달아났기 때문입니다."

"젊은이들이여, 달아난 여자를 찾는 일과 자기 자신을 찾는 일과 어떤 것이 더 보람 있는 일인가?"

"물론 자기 자신을 찾는 일이죠."

부처님은 젊은이들을 자신의 앞에 앉힌 뒤 괴로움이 어디서 오며(四聖諦), 괴로움을 어떻게 극복해야 하는 지(八正道) 설하였습니다.

임제 스님은 실로 머무르는 곳마다 주인으로 살았던 참사람,

바로 무위진인無位眞人이었습니다. 임제 스님은 스무 살 쯤 황벽 스님을 찾아가 깨달음을 구했습니다. 당시 황벽 스님의 수제자는 목주도명睦州道明 스님이었습니다. 목주 스님은 임제 스님을 오랫동안 지켜보다가 시절인연이 되었다고 판단했던지 임제 스님에게 다가가 물었습니다.

"여기 온 지 얼마나 되었는가?"

"3년째 접어듭니다."

"황벽 스님을 찾아가 법을 물은 적이 있는가?"

"없습니다."

"지금 가서 불법의 골수가 무엇인지 물어보게."

목주 스님의 권유로 임제 스님은 은사의 방을 찾았습니다.

질문이 채 끝나기도 전에 황벽 스님이 임제 스님의 뺨을 후려쳤습니다. 하여 임제 스님은 아무 말도 못하고 돌아올 수밖에 없었습니다. 임제 스님이 붉어진 얼굴로 돌아오자 목주 스님이 물었습니다.

"황벽 스님께서 뭐라고 하시던가?"

"뺨을 때렸습니다."

목주 스님이 다시 한 번 가보라고 했습니다. 이에 용기를 얻은 임제 스님이 은사를 다시 찾아갔습니다. 하지만 결과는 마찬가지였습니다. 되돌아온 임제 스님에게 목주 스님이 마지막으로 한 번만 더 가서 물어보라고 권했습니다. 용기를 내서 다시 은사의 방문을 두드렸습니다. 하지만 그에게 돌아온 것은 대답이 아니라 손바닥이었습니다. 자신과는 인연이 맞지 않는다고 생각한 임제 스님이 작별인사를 하자 황벽 스님이 "대우大愚 스님을 찾아가보라."고 했습니다. 시키는 대로 임제 스님은 대우 스님을 찾아가 인사를 올렸습니다.

"어디서 왔느냐?"

"황벽 스님 밑에서 수학하다가 왔습니다."

"그래! 황벽 스님께 뭘 배웠는가?"

"불법의 골수를 물었는데 세 번 다 두드려 맞기만 했습니다. 제가 무슨 잘못이 있습니까?"

임제 스님의 말을 듣더니 대우 스님이 불같이 화를 냈습니다.

"이 머저리야, 황벽이 너를 위해 그토록 간절히 불법의 골수를 일러줬건만 그 뜻을 못 알아들어."

임제 스님은 그 말을 듣는 순간 홀연히 깨달았습니다. 그리고 이렇게 중얼거렸습니다.

"황벽 스님의 불법도 별것 아니군."

이번에는 대우 스님이 임제 스님의 멱살을 잡고 흔들었습니다.

"오줌싸개 같은 놈, 방금 전에는 황벽 스님이 때렸다고 투덜거리더니 이제 와서 황벽 스님의 불법이 별게 아니라고? 그래 무슨 진리를 깨달았는가?"

임제 스님은 대답 없이 대우 스님의 옆구리를 세 번 찔렀습니다. 대우 스님이 임제 스님의 멱살을 놓으면서 말했습니다.

"너의 스승은 황벽 스님이다. 황벽 스님에게 가거라."

임제 스님은 곧장 황벽 스님에게로 돌아갔습니다.

"이놈, 어디를 그렇게 왔다 갔다 하느냐."

임제 스님이 자초지종을 설명하자 황벽 스님이 말했습니다.

"대우 스님은 잔소리쟁이다. 오기만 해 봐라. 혼을 내줄 테다."

임제 스님이 받아쳤습니다.

"기다릴 것 없습니다. 지금 당장 혼을 내주면 됩니다."

말을 마치자마자 임제 스님은 황벽 스님의 뺨을 쳤습니다. 황벽 스님이 소리쳤습니다.

"이런 미친놈을 봤나! 감히 범의 수염을 잡다니!"

임제 스님이 황벽 스님의 귀에 대고 버럭, 고함을 질렀습니다.

이 일화가 바로 임제 스님의 일할一喝이 탄생하게 된 배경입니다. 임제 스님은 임제종의 창립자입니다. 임제종의 종지는 제자인 삼성혜연三聖慧然 스님에 의해 편집된《임제록》에 근거하여 세워졌습니다. 예전에는 운수행각하는 스님들이 다른 절에 가 묵으려 할 때 시험을 치르는 게《임제록》서문이었습니다. 서문을 암송하는 스님만이 그 절에서 묵을 수 있었던 것입니다.

《임제록》의 구성은 먼저 마방馬防이 지은 서문이 있고 이어 상당上堂, 시중示衆, 감변勘辨, 행록行錄, 탑기塔記로 이뤄져 있습니다. 서문에는 임제 스님의 독특한 선풍이 언급돼 있습니다.

"일찍이 황벽의 아픈 방망이를 맞고 비로소 대우의 옆구리를 쥐어박았다. 잔소리쟁이 대우는 임제를 '오줌싸개'라 하였고, 황벽은 '이 미친놈이 호랑이 수염을 잡아당긴다' 하였다. 깊은 산 바위 골짜기에 소나무를 심어 뒷사람

들을 표방標榜하였고 괭이로 땅을 파서 황벽과 수좌를 생
매장할 뻔 했다."

상당에는 당시의 지방장관 왕 상시王常侍가 관료들과 함께 스
님께 법상에 올라가 법문해 주실 것을 청하여 스님이 법문을 하
는 내용이 서술돼 있습니다. 법상에 올라간 임제 스님이 부득이 해
서 법상에 올라왔다 하면서 만약 종문宗門의 입장에서 일대사一大
事를 거론한다면 입을 열수가 없는 것이라 하였습니다. 발 부칠 곳
이 없는 것이 일대사의 근본 자리라는 것입니다.

하루는 한 스님이 와서 임제 스님에게 물었습니다.
"불법의 대의가 무엇입니까?"
임제 스님이 "할喝!"을 했습니다. 그러자 법을 청한 스님이 절
을 하였습니다. 임제 스님이 말하기를 "이 스님과는 법을 말할 만
하다." 하였습니다. 임제 스님에게 할은 법거량法擧量의 상징적 수
단이라고 할 수 있습니다.
그런가 하면 무위진인無位眞人은 임제 스님 가르침의 핵심골
수입니다. 할은 자신의 주인인 진아眞我와 하나가 되는 방편이라
고 할 수 있습니다.《임제록》시중示衆에는 대중에게 훈시한 법문
들이 수록돼 있는데, 무위진인에 대한 내용이 많습니다.

"붉은 살덩이로 된 몸뚱이에 지위가 없는 참사람이 하나
있다. 항상 여러분들의 얼굴에 드나들고 있다. 증거를 잡

지 못한 사람들은 잘 살펴보시오."

"그대들이 부처를 알고자 하는가? 바로 내 앞에서 법문을 듣고 있는 그 사람이다."

"사대四大는 법을 설할 줄도 들을 줄도 알지 못한다. 허공도 법을 설할 줄도 들을 줄도 알지 못한다. 그런데 눈앞에 모양이 없는 밝고 신령스러운 것이 능히 법을 설할 줄 알고 들을 줄 안다."

앞서 설명한 '수처작주 입처개진'도 무위진인을 설한 내용이라고 할 수 있습니다. 임제 스님은《임제록》에서 다음과 같이 설했습니다.

"수행자여, 참다운 견해를 얻고자 하거든 오직 한 가지 세상의 속임수에 걸리는 미혹함에 빠지지 말아야 한다. 안으로나 밖으로나 만나는 모든 대상을 바로 죽여 버려라. 부처를 만나면 부처를 죽이고, 나한羅漢을 만나면 나한을 죽이고, 친척을 만나면 친척 권속을 죽여야 비로소 해탈하여, 어떠한 경계에도 얽매이지 않고 투탈자재透脫自在한 대자유인이 될 수 있다."

임제 스님은 "함께 도를 닦는 여러 벗들이여. 부처를 최고의 목표로 삼지 마라. 내가 보기에 부처는 한낱 똥 단지와 같고 보살과 아라한은 죄인의 목에 거는 형틀에 지나지 않다. 이 모두가 사람을 구속하는 물건이다."라고 말했습니다. 대자유인인 까닭에 임제 스님은 자신을 옥죄는 모든 것에서 단호히 벗어나라고 요구했던 것입니다.

불자의 가장 궁극적인 목적은 부처를 믿는 데 있지 않습니다. 스스로 부처가 되는 데 있습니다. 따지고 보면, 이 세상의 모든 사람은 미완未完의 부처입니다. 대승불교 사상에 입각해 보면 '일체중생一切衆生 실유불성悉有佛性', 즉 모든 중생은 다 부처가 될 자질을 가지고 있기 때문입니다.

임제 스님의 '살불살조殺佛殺祖'와 맥이 닿아 있는 일화가 있습니다. '단하소불丹霞燒佛'입니다.

단하천연丹霞天然 스님이 혜림사慧林寺에 묵게 되었습니다. 날씨가 매우 추워지자 불전佛殿에 나무로 만든 불상(木佛)이 있는 것을 보고는 가져다 불을 피웠습니다. 이를 본 원주院主가 깜짝 놀라며 꾸짖었습니다.

"어째서 부처님을 태우는 것이오?"

그러자 단하 스님이 주장자柱杖子로 재를 헤치면서 말했습니다.

"사리舍利를 얻으려고 태운다네."

원주가 물었습니다.

"목불에 무슨 사리가 있다는 것이오?"

단하 스님이 말했습니다.

"이 목불에서 사리가 안 나오면 양쪽에 있는 부처를 마저 가져다 태워야겠네."

엄밀히 말하면 단하 스님이 태운 것은 부처님이 아니라 부처님의 형상을 한 목불木佛입니다. 부처님의 진의眞意는 불상에 있는 게 아니라 불법佛法, 즉 부처님의 가르침에 있습니다.

임제 스님의 도반인 보화普化 스님도 삶과 죽음에 자유자재했던 '참 사람'이었습니다. 너무도 유명한 '보화천화普化遷化'에 대해 이야기를 들어보겠습니다.

하루는 보화 스님이 저잣거리에서 사람들에게 장삼 한 벌을 구걸했습니다. 그러자 사람들이 저마다 스님에게 장삼을 주었지만 그때마다 필요 없다며 받지 않았습니다. 임제 스님이 원주스님을 시켜 관을 하나 사오라고 했습니다. 그리고 보화 스님이 절에 오자 말했습니다.

"내가 그대를 위해 장삼을 한 벌 마련해 두었네."

보화 스님은 스스로 관을 짊어지고 저잣거리를 다니면서 외쳤습니다.

"임제 스님이 나를 위해 장삼을 만들어 주셨다. 나는 동쪽 문으로 가서 세상을 떠나겠다."

사람들이 너도나도 따라가서 보았습니다. 그러자 보화 스님이 말했습니다.

"오늘은 세상을 떠나지 않겠다. 내일 남쪽 문에서 세상을 떠나겠다."

이렇게 사흘을 계속하니 사람들이 다 믿지 않았습니다. 나흘째 날이 되자 따라와 보려는 사람이 아무도 없었습니다. 보화 스님은 혼자 성 밖으로 나가 스스로 관 속에 들어가서는 길가는 사람에게 부탁하여 관 뚜껑에 못을 치게 했습니다. 이 말이 곧 저자거리에 퍼지자 사람들이 앞을 다투며 와서 관을 열어보았습니다. 그런데 몸은 이미 어디론가 사라져버렸고 다만 공중에서 요령소리만 은은히 들리며 떠나갈 뿐이었습니다.

우리가 '나'라고 착각하는 몸은 인연화합에 생겨난 허깨비에 지나지 않습니다. 그래서 보화 스님은 관을 장삼이라고 말하고 있는 것입니다. 몸은 사라지고 없고 공중에서 요령소리만 들렸다는 대목에서 세상의 모든 것이 법신불임을 깨닫게 됩니다.

선禪은 부처님이 꽃을 들어 보이자 마하가섭 존자가 웃음으로 화답한 것에서 기인합니다. 부처님과 가섭 존자가 주고받은 삼처전심三處傳心의 마음 법은 그 뒤로도 끊이지 않고 계승됐습니다. 선종은 수천수만 권의 경전을 마음으로, 그리하여 사람으로 옮겨놨다는 데 의의가 있다고 할 수 있습니다.

숱하게 많은 선문답에서 알 수 있듯 선사들은 입 속의 취모검吹毛劍, 즉 빗대어 말하고 뒤집어 말함으로써 상대를 함정에 빠뜨립니다. 선사들은 무기라고 해봐야 고함을 치거나 주장자를 내려치는 게 고작입니다. 심지어 구지俱胝 선사처럼 손가락 하나를 올려 보임으로써 '본지풍광本地風光'의 자리를 일깨워주기도 합니다. 선사들의 취모검은 상대방을 베고 찌르기는 하지만 상대방을 죽이지는 않습니다. 그저 깨달음으로 인도할 뿐입니다.

맑은 물이 막힘없이 흘러간다

◉

원효 스님과 무애
걸림 없는 사람은 생사의 고통에서 벗어나리라

우리나라 역사에서 최고의 선지식을 꼽으라면 신라 해동海東 불교의 양대 산맥이라고 할 수 있는 원효 스님과 의상 스님을 꼽을 수 있습니다.

우리나라에 처음으로 불교가 전래된 것은 고구려 소수림왕 때입니다. 진나라의 순도와 아도가 불경과 불상을 가지고 들어오면서부터 불교가 전해지기 시작했습니다. 12년 뒤 백제에도 인도의 마라난타가 백제로 들어와 전법활동을 전개했습니다.

신라는 법흥왕 때 이차돈의 순교에 의해 비로소 불교를 인정하기에 이르렀습니다. 신라는 비록 고구려나 백제보다 뒤늦게 불교가 전래됐지만 다른 두 나라보다 훨씬 더 불교문화가 찬란하게 빛났습니다. 신라불교를 꽃 피운 주인공이 바로 원효 스님과 의상 스님입니다.

원효 스님은 신라 진평왕 때에 압량군 불지촌(지금의 경북 경산군

자인면)에서 내마 벼슬을 하는 설담날의 아들로 태어났습니다. 어렸을 적의 이름은 설서당薛誓幢. 당시 신라는 젊고 유능한 청소년들을 뽑아서 화랑도로 성장시켰습니다. 다른 젊은이들과 마찬가지로 어린 설서당도 화랑이 되는 게 꿈이었습니다. 총명하고 몸이 날랜 설서당은 어렵지 않게 화랑도에 들어갔습니다.

그는 여러 차례의 전투에 참가하여 많은 공을 세웠으나, 피비린내 나는 살육殺戮의 전장에서 근원적인 생의 고뇌와 마주하게 됩니다. 삶과 죽음의 길이 고작 숨 한 번에 달려 있다는 사실을 목도하면서 인생의 부귀영화가 얼마나 덧없는 것인가를 체득했는가 하면, 왜 사람은 생로병사를 거듭해야 하는가 하는 의문에 빠졌던 것입니다. 그때 고뇌하는 설서당 앞에 나타난 사람이 바로 대안大安 스님입니다.

대안 스님은 한 곳에 머물지 아니하고 이리저리 떠돌아다니며 불법을 전하던 고승이었습니다. 대안 스님과의 대화를 통해서 설서당은 자신의 모든 것을 버리고 부처님의 제자가 되기로 발심합니다. 이후 황룡사로 들어가 머리를 깎으니 그의 나이 29세였습니다. 그에게 내려진 법명은 원효元曉였습니다.

다소 늦게 불법에 귀의한 원효 스님은 얼마간 황룡사에서 불교를 공부하고 고향인 불지촌으로 돌아왔습니다. 그곳에서 그가 제일 먼저 한 일은 가산을 모두 정리하여 절을 세운 것이었습니다. 이 절이 바로 초개사입니다. 그는 초개사에서 불경 공부를 하면서 병들고 가난한 사람들을 성심껏 돌보아주며 부처님의 가르침을 전파하고자 애썼습니다.

해가 거듭될수록 원효 스님은 불경의 참뜻을 깨닫게 되었고, 사람들의 입에도 차츰 오르내리게 되었습니다. 하지만 정작 원효 스님은 심오한 진리의 깨달음에 목말라 했습니다.

결국 원효 스님은 당나라에 가서 더 많은 공부를 하기 위해 도반인 의상 스님과 함께 서라벌을 떠났습니다. 하지만 이러한 원효 스님의 포부는 고구려 순찰대에 붙잡혀 강제 송환됨으로써 무산되고 말았습니다.

원효 스님이 두 번째로 당나라 유학을 시도한 것은 11년 후입니다. 이번에도 의상 스님이 뜻을 함께 했습니다. 두 스님은 육로 대신 바다를 건너갈 생각으로 백제 땅으로 들어갔습니다. 당항성 인근에 이르렀을 때 두 스님은 날이 저물어 움집 하나를 발견했습니다. 움집 안으로 들어간 두 스님은 먼 길을 걸어온 탓에 금세 잠이 들었습니다. 원효 스님은 이날 밤 일체유심조의 진리를 깨닫고 난 뒤 유학길에 나서지 않고 왔던 길을 되돌아갑니다. 의상 스님은 홀로 당나라로 건너가서 고승 지엄 스님으로부터 화엄학을 배웠습니다.

신라로 되돌아온 원효 스님은 사회의 하층민에게 불법을 전하기 시작했습니다. 당시 신라의 불교는 왕족이나 귀족들의 전유물이라고 해도 과언이 아닙니다. 원효 스님은 귀족불교에 대항해 당시로서는 생각하기 어려운 불교 대중화에 혼신의 노력을 기울였습니다.

원효 스님은 거지 패거리를 만나면 거지가 되고, 광대 패거리를 만나면 광대가 되었습니다. 신라 사람이라면 원효 스님의 깊은 학식에 감탄하지 않는 이가 없었습니다. 무열왕의 둘째딸인 요석 공주도 원효 스님을 사모하게 되었습니다. 무열왕이 보낸 사람이 원효 스님을 찾아와 은밀히 요석궁으로 들여보내니, 둘 사이에 태어난 아이가 바로 설총입니다.

설총이 태어나면서 원효 스님은 행동이 더욱 해괴해졌다고 합니다. 승복을 벗어던진 후 스스로 소성거사小性居士라 자칭하면서 이 마을 저 마을을 돌면서 노래를 불렀습니다.

"모든 일에 거리낌이 없는 사람이라야 태어나고 죽는 고통에서 벗어나리라."

일명 '무애가無碍歌'라는 노래를 부르며 원효 스님은 민초들의 신음을 위로하였습니다. 무열왕이 사신을 통하여《금강삼매경》을 구해왔는데, 이 경전을 해석할 사람이 아무도 없었습니다. 원효 스님이 초청되어 강단에 서게 되었습니다. 원효 스님이《금강삼매경》에 대해 해설하니, 마치 맑은 물이 막힘없이 흘러가는 듯하였습니다.

원효 스님은 평생 불교 대중화에 힘쓰는 한편 1백40권의 책을 저술했습니다. 하지만 안타깝게도 오늘날 전해지고 있는 것은 23권뿐입니다.

원효 스님은 세납 70세에 열반하였습니다. 비록 원효 스님의 육신은 가고 없지만 저잣거리에서 민초들의 삶을 위로했던 그 무애의 손길은 세세손손 전해져 내려오고 있습니다. 원효 스님의 행장을 일컬어 '일체무애인—切無碍人 일도출생사—道出生死'라고 상찬하는 이유가 여기에 있습니다. 일체에 걸림 없는 사람은 큰 도를 이뤄 생사에서 벗어나기 마련입니다.

본래 움직이지 않아 부처라네

◉

의상 스님과 법성
낱낱의 티끌이 하나의 우주라네

다음으로 의상 스님의 행장에 대해 살펴보고자 합니다. 원효 스님
이 일체유심조一切唯心造의 도리를 깨닫고 신라로 돌아가자, 의상
스님은 혼자서 당나라로 향하게 되었습니다. 의상 스님의 세납 37
세 때입니다. 의상 스님은 당나라 지엄 스님의 문하에서 화엄학을
공부했습니다. 10년의 당나라 체류 기간 중 8년 세월을 화엄공부
에 바쳤습니다. 그리고 신라에 돌아온 뒤 해동 화엄의 초조初祖가
되었습니다.

《삼국유사三國遺事》에 따르면, 의상 스님은 624년 한신의 아
들로 태어났고 속성은 김씨입니다. 29세에 경주 황복사에서 출가
하였습니다. 중국 유학 후 귀국하여 화엄사, 부석사, 해인사, 범어
사, 갑사, 옥천사 등 화엄십찰을 창건하였습니다. 668년〈법계도法
界圖〉를 저술했고 702년 입적했습니다.《삼국유사》에 '세상에 전
하기로는 의상은 부처님의 화신이라 한다.'고 기록돼 있는 것을 보

면 의상 스님이 얼마나 대덕大德이었는지 알 수 있습니다.

《송고승전宋高僧傳》에는 선묘 낭자와의 인연이 전해지고 있습니다. 당에 유학할 당시 의상 스님을 사모한 낭자가 있었습니다. 낭자는 스님이 배를 타고 귀국길에 오르자, 용이 되어 스님이 무사히 신라로 돌아갈 수 있도록 수호하였습니다.

신라로 돌아온 의상 스님은 영주 부석사에서 최초로《화엄경》을 강설하였고, 당나라와의 전쟁으로 위기에 처한 신라를 위해 정치적인 조언자 역할도 했습니다. 의상 스님이 문무왕에게 "성을 과도하게 지어 백성의 고초가 크니 정책을 바꾸라."는 글을 보냈고, 이에 문무왕은 건축을 중단했다고 합니다.

의상 스님의 가르침의 골수는〈법계도〉라고 할 수 있습니다. 의상 스님이〈법계도〉를 완성한 해는 은사인 지엄 스님이 열반에 든 해입니다.〈법계도〉는 해인삼매海印三昧의 세계를 시로 요약한 '법성게法性偈'를 그림인 도인圖印으로 형상화하고, 대의를 설명한 것입니다.

불교에서는 마음을 곧잘 바다에 비유합니다. 바다는 깊고 넓을 뿐만 아니라 만상萬像을 비쳐줍니다. 마음의 바다도 이와 같습니다. 바다도 물결이 일어나지 않아야 만상이 비춰지듯이 마음의 바다도 번뇌의 물결이 일어나지 않아야 본성을 바로 볼 수 있습니다. 번뇌가 일지 않을 때 고요한 법성의 세계가 여실히 나타나게 되는 것입니다. 번뇌가 잠든 마음의 바다를 해인삼매라고 합니다.〈법계도〉를 해인도海印圖라고 일컫는 것도 이 때문입니다.

의상 스님은 제자들 가운데 깨달음을 얻은 사람에게 그 증표로 〈법계도〉를 수여하였다고 합니다. 또한 의상 스님은 〈법계도〉에 대한 소疎를 지어 〈법계도〉의 이해를 도왔습니다.

의상 스님이 〈법계도〉를 지은 유래에 대해 매우 신비스러운 설화가 전해집니다. 의상 스님이 지엄 스님 문하에서 화엄을 수학하고 있을 때 꿈속에서 신인神人을 만났습니다. 신인은 의상 스님에게 "깨달은 바를 저술하여 여러 사람이 알 수 있도록 하라."고 일러주었습니다. 두 번째 꿈에서는 선재동자善財童子가 총명약聰明藥을 줬습니다. 세 번째 꿈에서는 푸른 옷을 입은 동자가 나타나 비결秘訣을 주기도 했습니다.

이 이야기를 들은 지엄 스님은 "신인이 신령스러운 것을 나에게는 한 번을 주더니 너에게는 세 번을 주었구나. 널리 수행하여 네가 터득한 경지를 표현하도록 하라."고 말했습니다.

의상 스님이 자신이 터득한 오묘한 경지를 순서대로 부지런히 써서 〈대승장大乘章〉 10권을 지었습니다. 지엄 스님이 이 글을 보고 난 뒤 "뜻은 좋으나 말이 너무 옹색하다."고 말하고 나서 글을 고쳤습니다.

지엄 스님과 의상 스님이 함께 불전에 나아가 그것을 불에 사르면서 "부처님의 뜻에 맞는 글자는 타지 않게 해 주소서."라고 발원하였습니다. 그러자 210자가 타지 않고 남았습니다. 의상 스님이 타지 않고 남은 글자로 게偈를 지으니, 마침내 삼관三觀의 오묘한 뜻을 포괄하고 십현十玄의 아름다움이 담긴 30구句를 이루게 되었습니다. 이 시가 바로 '법성게'입니다.

법성게의 원래 이름은 〈화엄일승법계도華嚴一乘法界圖〉입니다. 내용은 한마디로 불교에서의 법法, 즉 진리의 세계를 압축하여 표현하고 있는데, 구체적으로 자신의 수행 완성에 관한 것과 남의 수행을 어떻게 이롭게 하느냐 하는 것, 그리고 마지막으로 수행 방편과 수행 공덕에 관해서 설하였습니다.

〈법계도〉는 맨 가운데의 법法자로부터 왼쪽으로 움직이면서 각을 지어 돌아가게 되어 있습니다. 4면 4각을 이루는데 이는 보살 수행의 중요한 덕목인 사섭법四攝法과 사무량심四無量心을 상징하는 것입니다. 법성게 중에서 몇 구절을 소개합니다.

법의 성품 원융하여 두 모양이 본래 없고	法性圓融無二相
모든 법이 부동하여 본래부터 고요하네	諸法不動本來寂
이름 모양 없어 일체가 다 끊어지니	無名無相絶一切
깨친 지혜로 알 뿐 다른 경계로 알 수 없네	證智所知非餘境
참 성품은 지극히 깊고 미묘하여	眞性甚深極微妙
성품 고집 않고 인연 따라 나투네	不守自性隨緣成
하나에 일체가 있고 일체 안에 하나가 있어	一中一切多中一
하나가 곧 일체이고 일체가 곧 하나이네	一卽一切多卽一
한 티끌 안에 온 우주가 깃들어 있으니	一微塵中含十方
낱낱의 티끌이 하나의 우주이네	一切塵中亦如是
끝없는 무량겁이 찰나의 생각이고	無量遠劫卽一念
찰나의 생각이 끝없는 무량겁이네	一念卽時無量劫

세간과 출세간이 함께 어울리되	九世十世互相卽
혼란 없이 정연하네	仍不雜亂隔別成

모든 중생 유익토록 온 누리에 법비 내려	雨寶益生滿虛空
중생들의 그릇 따라 온갖 이익 얻게 하네	衆生隨器得利益

마침내 진여법성 중도 자리 깨달으니	窮坐實際中道床
본래부터 부동하여 그 이름이 부처라네	舊來不動名爲佛

'허공 가득히 보배 비 내려 중생에게 이롭게 하니 중생들은 그
릇 따라 이익을 얻네.'라는 구절은 이타행利他行을 설한 것입니다.
산천초목을 적셔주는 빗물처럼 중생을 적셔주는 법의 비(法雨)가
되어 내리고 있어 중생들의 근기根機에 따라 법수法水를 받아 담게
된다는 것입니다.

화엄의 대가인 이통현李通玄 장자는 '중생의 마음이 근기의
정도에 따라 부처를 나타낼 뿐 다른 것이 없으며, 스스로의 무명을
깨달으면 이것이 바로 부처'라고 설했습니다. 이는 다시 말해 부처
의 근원이 바로 중생의 무명이라는 뜻이기도 합니다.

이처럼 깨닫기 전의 중생이나 깨달은 뒤의 부처가 본질적 근
원에서 볼 때 다른 것이 없습니다. 사실 깨달음이란 참된 자신, 바
로 진아眞我로 복귀하는 것입니다. 법성法性은 불변不變과 수연隨
緣을 원칙으로 하고 있습니다. 가도 감이 없는 것이요, 와도 옴이
없는 것입니다.

의상 스님이 법성게의 가르침을 줄여서 '행행도처行行到處 지지발처至至發處'라고 설한 이유도 이 때문일 것입니다. 흥미로운 사실은 도장에 배열된 법성게는 출발한 곳이 끝나는 자리가 되고, 끝나는 곳이 다시 출발하는 자리가 된다는 사실입니다. '걸어도 걸어도 그 자리, 가도 가도 떠난 그 자리'이니, 그저 '똑바로 가'는 수밖에 없는 게 수행인지도 모르겠습니다.

닦을 것이 없다. 다만 물들지 마라

무엇을 그토록 찾는가,

이미 그대 찾는 것이 갖춰져 있는데

2장

모든 지혜의 시작, 사랑

1

날마다 다시 태어나기

월든 호숫가에 비친 무소유

●

우리는 왜 늘 더 많은 것을 얻으려고만 애쓸 뿐,
적은 것에 만족하는 법을 배우려 하지 않을까

문서포교에 지대한 역할을 한 법정 스님은 헨리 데이비드 소로Henry David Thoreau의 《월든Walden》을 좋아했습니다. 법정 스님은 이 책을 읽고서 무소유 사상을 심화할 수 있었다고 합니다. 책 제목인 월든은 미국 보스턴 근처의 호수 이름입니다. 헨리 데이비드 소로는 월든 호수에 대해 이렇게 평가했습니다.

"월든 호수를 에워싼 풍경은 소박하다. 아름답기는 하지만 장관이라 하기는 그렇고, 오랫동안 자주 찾은 사람이나 호숫가에 살았던 사람이 아니라면 별로 흥미를 품을 거리도 없다. 그러나 그 깊이와 물의 맑은 정도는 상당히 뛰어나기에 구체적으로 묘사할 만한 가치가 있다."

헨리 데이비드 소로는 월든 호숫가에 손수 오두막집을 짓고

1845년 7월부터 1847년 9월까지 홀로 살았습니다. 당시 그의 삶은 외롭고 높고 쓸쓸하였을 것입니다. 그는 월든 호수에 비치는 태양을 보면서 이렇게 말했습니다.

"내가 해 뜨는 것을 도울 수야 없었지만, 해가 뜰 때 그 모습을 지켜봤다는 사실만큼 중요한 게 있겠는가."

헨리 데이비드 소로의 말은 수많은 선사禪師의 게송 내용과 크게 다르지 않습니다. 자연으로 돌아가라는 것입니다. 인류 문명이 발달해 우주선이 우주 공간을 날아다니는 세상이 됐지만, 사람들은 여전히 자연재해에는 속수무책입니다. 자연은 인류가 태어난 곳이자 돌아갈 곳입니다. 헨리 데이비드 소로는 인류의 소비중심의 의식주 문화를 신랄하게 비판했습니다.

"나는 때로 '당신은 무릎이 해져 천을 덧대거나 해진 곳을 박음질한 옷을 입을 수 있겠습니까?'라는 질문을 던져 지인들의 사람됨을 시험해 본다. 대부분은 만약 그런 옷을 입을 정도가 되면 자신의 앞날은 이미 끝장나 버린 것이나 마찬가지라고 믿는 듯했다. 그런 사람은 기운 바지를 입고 다니느니 차라리 부러진 다리로 절뚝거리며 걸어 다니는 게 훨씬 낫다고 여긴다. 무엇이 진실로 존중할 만한가를 따지기보다는, 무엇이 이 세상 사람의 눈에 존중할 만한 것으로 보일까에 더 신경 쓰기 때문이다."

자연의 구성원 중 옷을 입는 것은 인간밖에 없습니다. 아마도 최초의 옷은 추위와 더위를 피하기 위한 나뭇잎이었을 것입니다. 《성경》 창세기에는 아담과 하와가 선악과를 먹은 뒤 수치심을 느끼고 나무 이파리로 몸을 가리는 내용이 있습니다. 이는 불교사상에 입각해 보면, 분별심分別心입니다. 분별하는 마음이 있으므로 옳음과 그름, 아름다움과 추함이 생겨나는 것입니다.

만약 인간이 자연의 구성원이라고 생각했다면, 지금처럼 환경피해가 심각해지지는 않았을 것입니다. 인간의 욕망은 자연을 파괴할 뿐만 아니라 인류의 삶마저도 파괴합니다. 더 좋은 옷을 입고 싶은 부유한 사람의 욕망을 충족시키기 위해 가난한 사람들은 보다 많은 노동을 해야 하기 때문입니다.

잉여란 쓰고 남은 나머지를 일컫습니다. 초기 승가공동체는 의식주 생활에서 잉여를 허락하지 않았습니다. 잉여생활은 탐, 진, 치 삼독심을 불러일으키는 화근입니다. 헨리 데이비드 소로는 잉여사회에 대해 이렇게 비판했습니다.

"한 계급의 호화로운 생활은 다른 계급이 궁핍하게 생활해야만 균형이 맞춰지는 것 아니던가. 한쪽에 궁전이 있으면, 다른 편에는 구빈원救貧院과 침묵하는 빈자貧者가 있을 수밖에 없다. 파라오의 무덤이 될 피라미드를 쌓아 올렸던 수많은 이집트 백성은 억지로 마늘을 먹도록 강요당했다. 죽어서도 무덤은커녕 조촐한 장례조차 치르지 못했을 것이 분명하다. 오늘날에도 궁전의 처마 돌림띠를

마무리하는 석공은 밤이면 원주민의 천막집보다 전혀 나
을 게 없는 오두막으로 돌아간다."

이러한 인류문명의 폐해를 막을 길이 무엇일까요? 욕망은 더
많은 욕망을 양산하지만, 지족知足은 점차 커지기만 하는 욕망의
불길을 소화消火합니다. 헨리 데이비드 소로가 "우리는 왜 늘 더 많
은 것을 얻으려고만 애쓸 뿐, 적은 것에 만족하는 법을 배우려 하
지 않을까."라고 반문하는 것도 같은 이유일 것입니다.

탐욕에 대한 경고를 알리는 신화가 있습니다. 그리스 로마 신
화의 에뤼시크톤(Erysichthon, Erisichthon)과 인도 신화의 영광의 얼굴
이 그 주인공입니다. 그리스 로마 사람들은 나무와 숲을 신성시했
다고 합니다. 그런데 에뤼시크톤이 데메테르Demeter에게 봉헌된
숲을 도끼로 내리쳤습니다. 에뤼시크톤은 데메테르의 신전 가까
이 사는 사람이었는데, 신앙심이라고는 없어서 신전에 향 한 번 피
워본 적이 없었습니다. 데메테르에게 봉헌된 숲에는 아름드리 굵
은 참나무가 한 그루 있었습니다. 이 나무는 한 그루만으로도 가히
숲이라고 불리는 데 모자람이 없었습니다. 이 나무에 비하면 다른
나무들은 하찮은 관목에 지나지 않았습니다.

에뤼시크톤은 하인들에게 이 나무를 베라고 지시했습니다. 하
인들이 망설이자 에뤼시크톤은 하인 중 하나의 손에서 도끼를 빼
앗아 들었습니다. 에뤼시크톤이 참나무에 도끼질을 하자 도끼 자
국에서는 피가 흘렀습니다. 주위에서 이를 지켜보던 사람들이 모
두 두려움에 몸을 떨었습니다. 보다 못한 한 사람이 에뤼시크톤의

도끼질을 말렸습니다. 에뤼시크톤은 둥치에서 뽑아든 도끼로 사내를 내리쳤습니다. 결국 사내의 목까지 찍고 말았습니다. 그러자 참나무에서 이런 소리가 들려왔습니다.

"나는 이 나무에 깃들여 있는 데메테르 여신의 요정이다. 내가 네 손에 찍혀 죽기 전에 말해두겠는데 너는 천벌을 받을 것이다."

에뤼시크톤은 도끼질을 멈추지 않았고, 끝내 참나무는 밧줄에 끌려 쓰러졌습니다. 이 참나무에 깔려 넘어진 나무의 수를 헤아리기 어려웠습니다. 이후 에뤼시크톤의 몸에는 기아飢餓의 독이 스며들었습니다. 그는 식탐을 멈추지 않았습니다. 한 나라의 국민들이 먹을 만한 양식도 그에겐 부족했습니다. 먹으면 먹을수록 식욕은 더 커져 갔습니다. 그의 시장기는 강물이란 강물을 다 마시고도 채워지는 법이 없는 바다와 같았습니다.

그는 식탐을 채우느라 재산을 탕진했습니다. 그의 수중에 남은 것이라고는 딸 하나뿐이었습니다. 에뤼시크톤은 식탐을 채우느라 딸까지 팔아야 했습니다. 아귀 들린 에뤼시크톤은 딸을 판 돈으로 먹을 것을 사들였습니다. 그럼에도 시장기는 가시지 않아 결국은 자기의 팔 다리까지 잘라 먹어야 했습니다. 입술까지 다 먹고서야 에뤼시크톤은 저주에서 풀려날 수가 있었습니다. 에뤼시크톤이 있던 자리에는 이빨만 남아 있었다고 합니다.

에뤼시크톤의 이야기와 유사한 내용이 인도신화에도 전해집니다. 범어로 키르티무카kīrtimukha 라고 불리는 '영광의 얼굴' 이야기입니다.

어느 날 악마가 인도의 신 중 최고의 위치에 있는 시바(Shiva, śiva) 신을 찾아왔습니다. 그러고는 시바 신의 부인이자 여신인 파르바티Parvati 를 달라고 했습니다. 시바가 이마 한가운데 있는 신비의 눈(제 3의 눈)을 뜨자 흉물스러운 아귀가 나타났습니다. 아귀는 피골이 상접하고 사자갈기처럼 엉긴 머리털을 너울거리고 있었습니다. 당황한 악마는 시바 앞에 엎드려 자비를 구했습니다. 신은 자비를 구하는 자를 보호해야 하므로, 시바는 악마를 아귀에게서 보호해 주었습니다. 하지만 아귀에게는 굶주림을 달래줄 어떤 음식도 주지 않았습니다.

아귀는 화를 내며 따졌습니다.

"그럼 저는 누구를 먹습니까?"

그러자 시바가 대답했습니다.

"네 자신을 먹는 것은 어떻겠느냐?"

그 말이 떨어짐과 동시에 아귀는 자신의 손발, 배와 가슴, 목까지 뜯어먹었습니다. 결국 남은 것은 그의 얼굴뿐이었습니다. 이 광경을 본 시바는 매우 기뻐했습니다. 자신을 먹고 산 얼굴은 완벽한 괴물의 형상이었기 때문입니다. 시바는 흡족한 얼굴로 말했습니다.

"내 너를 '영광의 얼굴'이라고 부르리라. 너는 내 모든 사원의 문 위에서 빛을 비추어라. 너를 숭배하지 않는 자는 나를 알지 못하리라."

인도 신화 속에서 키르티무카는 시바 신의 화현인 것입니다. 그런 까닭에 인도의 시바 사원의 문에는 키르티무카의 그림이 조형돼 있습니다. 아귀 들려서 자신의 몸을 먹는다는 점에서 에뤼시크톤과 키르티무카는 동일합니다.

에뤼시크톤과 키르티무카가 남기는 교훈이 무엇일까요? 탐욕이란 놀라워서 채울수록 더 커집니다. 그런 까닭에 결국 그 욕망으로 인해 자신마저 망가지고 맙니다.

사람의 욕망은 타오르는 불과 같아서 점점 커지기만 합니다. 하늘 높이 치솟는 불길도 언젠가는 꺼지기 마련인데, 화마火魔가 지나간 자리에는 잿더미만 남겨져 있습니다. 사람의 욕망도 마찬가지여서 나중에 남는 것이라곤 슬픔의 잔해뿐입니다.

부처님은 부지런히 일해서 돈을 벌라 하셨다

◉

재물의 공덕은 자신을 돌보고, 가족을 돌보고,
이웃을 돌보고, 수행자를 돌보는 것

근·현대사 과정에서 한국사회에는 갈등과 반목이 지속돼 왔습니다. 대표적인 사회 갈등의 예로 계층 간 갈등, 세대 간 갈등, 지역 간 갈등을 들 수 있습니다. 특히 한국사회는 계층 간 갈등이 심각합니다. 2016년에 언론 보도로 드러난 최순실의 국정개입 사건에서 국민이 가장 분노했던 것은 최순실의 딸인 정유라에 대한 엄청난 특혜와 정유라가 SNS에 올린 글의 내용이었습니다. 소위 금수저와 흙수저의 논란을 낳았던 것입니다.

인간은 욕망의 존재인 까닭에 어느 사회나 갈등은 있습니다. 미국 정치학자 E. E. 샤츠슈나이더Elmer Eric Schattschneider는 "정당이 없이는 현대 민주주의는 생각할 수 없다."고 말했습니다. 영어로 정당이 'Party'인 것도 국민의 특정 계급 내지는 집단을 대변하기 때문입니다.

시장경제적인 측면에서 보면, 계층을 가르는 가장 큰 기준은 바로 경제력입니다. 많이 버는 사람과 조금 버는 사람, 많이 소비하는 사람과 조금 소비하는 사람으로 나뉘는 것입니다. 따라서 계층 간 갈등문제는 경제정책과 노동정책에서 기인하는 것이라고 볼 수 있습니다.

'20 대 80 사회'라는 용어가 있습니다. 20%의 부자가 전체 부富의 80%를 차지하고, 80%의 국민이 남은 20%의 몫을 놓고 경쟁하는 사회를 일컫습니다. 이 개념을 처음 주창한 것은 이탈리아 경제학자 빌프레도 파레토Vilfredo Pareto입니다.

최근 많은 정치·경제학자들이 한국사회를 '20 대 80 사회'로 규정하고 있습니다. 자본소득분배율과 노동소득분배율의 양극화가 심각하기 때문입니다. 전체 국민소득에서 근로자들에게 돌아가는 몫이 얼마나 되는지를 보여주는 노동소득분배율은 갈수록 줄어들고 있는 반면, 자본소득분배율은 갈수록 늘어나는 추세입니다. 이런 점이 바로 계층 간의 갈등을 유발했던 것입니다.

노동시장의 이중구조도 계층 간 갈등의 주요 원인입니다. 우리사회의 노동시장은 정규직, 대기업, 공공기관으로 대표되는 중심부 일자리와 비정규직, 저임금 근로, 중소기업으로 대표되는 주변부 일자리로 양분돼 있습니다.

노동인구의 20%는 중심부 일자리(정규직)의 정착민으로, 80%는 주변부 일자리(비정규직)의 유목민으로 살아가고 있는 것입니다. 게다가 두 노동시장간의 이동은 거의 없습니다. 중심부 일자리는 막혀 있고, 한번 주변부 노동시장에 들어가면 평생 주변부 일자리를 전전해야 하는 상황입니다.

대기업과 중소기업의 이중구조도 갈등의 요인이 되었습니다. 대기업은 일자리의 일부를 담당할 뿐인데도 갈수록 성장했던 반면, 중소기업은 일자리의 대부분을 담당하는 데도 갈수록 어려워졌습니다. 10대 그룹의 매출액이 전체 기업 매출의 50%를 넘어선 지 오래입니다. 반면 대기업의 일자리에 대한 기여는 늘기는커녕 줄어들었습니다.

우리나라의 계층 간 갈등을 유발한 데 일조한 것이 신자유주의라고 봅니다. 시카고학파에 의해 주창된 신자유주의 이론은 고전경제학의 창시자로 알려진 아담 스미스Adam Smith의 이론에 기초했기 때문에, 성장에만 중점을 둔 나머지 분배에 대해서는 그다지 괘념치 않고 있습니다. 경제활동과 관련된 정부의 개입을 최소화하고, 국영산업을 민영화하고, 자본과 상품의 국가 간 이동에 장벽을 없앤다는 게 신자유주의 경제이론의 골자입니다. 이는 곧 국가 내 격차뿐 아니라 국가 간 빈부격차를 심화하는 정책이라고 할수 있습니다.

신자유주의는 곧 시장지상주의입니다. 신자유주의의 골자는 모든 게 시장을 통해서 검증되어야 한다는 것이고, 시장을 통해서 모든 것을 검증한다는 것은 결국 무한경쟁을 뜻합니다. 신자유주의는 약육강식의 사회를 부추기는 것입니다.

미국 철학자 노암 촘스키A. Noam Chomsky는《촘스키, 세상의 물음에 답하다》라는 저서에서 "우리 사회에서 진짜 권력은 정치제도에 있는 것이 아니라 민간경제에 있다. 무엇을 생산하고, 얼마를 생산하고, 무엇을 소비하고, 투자를 어디에 하고, 누가 일자리를 가져가고, 누가 자원을 통제하는가 등의 중요한 결정을 민간경제가 하고 있다."고 주장했습니다. 촘스키는 경제권력이 정치권력보다 우위를 점하고 있다는 것을 역설한 것입니다.

촘스키는 고전적 자유주의의 신봉자임을 자처하면서 오늘날 신자유주의 체제에서 벌어지고 있는 임금노동의 부도덕함을 비판하고 있습니다. 고전적 자유주의에 따르면 사람은 누구나 자신의 일을 통제할 권리를 가져야 하며, 창조적인 일을 할 수 있어야 합니다. 반면 무한경쟁 체제인 신자유주의 아래서는 사람들이 그저 임금의 노예로 전락하고 맙니다. 이런 경제구조가 바로 앞서 지적한 20 대 80 사회를 조장하게 됩니다. 세계 경제도 소수의 강대국만 이익을 보고 다수의 약소국은 피해를 보는 결과를 초래하게 됩니다.

그렇다면 계층 간 갈등의 해결방안은 무엇일까요? 더 나아가서 불교사상에 입각해 볼 때 계층 간 갈등의 해결방안은 무엇일까요?

부처님께서 사밧티 거리로 탁발을 나갔을 때의 일입니다. 불을 섬기는 바라문 바라드바자가 부처님이 멀리서 오는 것을 보고서 말했습니다.

"엉터리 사문아. 거기 멈춰라. 이 천한 놈아. 거기 섰거라."

부처님은 바라드바자에게 이렇게 말했습니다.

"바라문이여, 도대체 당신은 어떤 사람이 참으로 천한 사람인지 알고 있소? 또 사람을 천하게 만드는 조건이 무엇인지를 알고 있소?"

바라드바자는 이렇게 대답했습니다.

"고타마여, 나는 사람을 천하게 만드는 조건을 알지 못합니다. 아무쪼록 사람을 천하게 만드는 조건이 무엇인지 알 수 있도록 나에게 그 이치를 말씀해 주십시오."

그래서 부처님께서는 귀한 사람과 천한 사람의 기준을 가르쳐줬습니다.

"바라문이여. 그러면 주의 깊게 잘 들으시오. 화를 잘 내며 쉽게 원한을 마음에 품고 또한 남의 미덕을 덮어버리고 음모를 꾸미는 사람, 생명을 해치고 동정심이 없는 사람, 마을을 파괴하는 것을 일삼아 독재자로 불리는 사람, 남의 재산을 훔치는 사람, 빚이 있어 돌려 달라는 독촉을 받으면 '당신에게 언제 빚진 일이 있느냐'며 발뺌하는 사람, 행인을 살해하고 행인의 물건을 약탈하는 사람, 증인으로 불려 나갔을 때 사익을 위해 거짓 증언을 하는 사람, 친척이나 친구의 아내와 놀아나는 사람, 재산이 풍족하면서도 늙고 병든 부모를 섬기지 않는 사람, 가족을 폭력적으로 대하는 사람, 상대에게 불리하게 말하는 사람, 자신의 잘못을 숨기는 사람, 남의 집에 가서 융숭한 대접을 받았으면서 그쪽에서 손님으로 왔을 때는 예의로 보답하지 않는 사람, 사문沙門에게 욕하고 먹을 것을 주지 않는 사람, 자기를 내세우느라 남을 무시하는 사람, 인덕이 없으면서 존경을 받으려 하고도 부끄러워할 줄 모르는 사람, 사문을 비방하는 사람, 이들이 바로 천한 사람들이오. 그리고 깨닫지 않았으면서 성자라고 자칭하는 사람은 전 우주의 도둑이오. 그런 사람이야말로 가장 천한 사람이오.

태어날 때부터 귀한 사람과 천한 사람이 정해지는 게 아니오. 그 행위에 의해서 천한 사람도 되고 귀한 사람도 되는 것이오. 찬달라족의 아들인 마탕가는 개백정으로 불릴 만큼 천한 사람이었지만 최상의 명예를 얻었소. 많은 왕족과 바라문들이 그를 섬기려고 모여들었소. 그는 신들의 길, 더러운 먼지를 털어버린 성스러운 길에 들어섰으며, 탐욕을 버리고 범천의 세계에 가게 되었소. 천한 태생인 그가 범천의 세계에 태어나는 것을 아무도 막을 수 없었소."

부처님이 생존해 계실 당시 인도에는 사성계급이 있었습니다. 신성의 권위를 갖고 있는 성직자 계급에 해당하는 브라흐만, 왕족인 크샤트리아, 평민 계급인 바이샤, 노예 계급인 수드라로 나뉘어져 있었던 것입니다.

부처님 재세 당시와 달리 지금은 계급제도가 사라졌습니다. 그럼에도 불구하고 황금만능주의 시대를 살다 보니 우리 사회는 그 사람이 지닌 재산만으로 그 사람을 평가하는 경향이 늘고 있습니다.

부처님의 가르침에 따르면 실로 귀한 사람은 재산이 많은 사람이 아니라 그 품행이 반듯한 사람입니다. 여기서 품행이 반듯한 사람이란 공덕을 쌓는 사람입니다. 매우 의미심장한 것은 초기경전이든 대승경전이든 불교 경전에서는 경제활동 자체를 부정하지 않았다는 사실입니다.

초기경전인《앙굿따라니까야(증일아함경)》에는 '다섯 가지 재물의 사용에 관한 경'이라는 내용이 있습니다. 그 내용은 재가자가 부지런히 노력해서 자신의 손으로 돈을 벌고, 정당하게 얻은 재산으로 부모와 처자식, 친척, 이웃과 수행자들에게 공양한다면 모든 사람들이 그의 행복을 빌어주고 축복할 것이므로 이런 사람에게는 오직 번영이 있을 것이요, 실패란 있을 수 없다는 것입니다. 이처럼 부처님은 재가자의 경제활동을 인정할 뿐만 아니라 독려하기까지 했습니다.

부처님이 재가자의 경제활동과 관련하여 강조하신 것은 크게 두 가지입니다. 첫째, 부지런히 일하고 정당하게 일해서 부를 축적할 것. 둘째, 그 부를 가족과 이웃, 승가에게 보시할 것.

《앙굿따라니까야》에는 '재물의 경'이라는 내용도 있습니다. 부처님께서는 재물에는 다섯 가지 재난이 따른다고 했습니다. 그 다섯 가지 재난은 불, 물, 왕, 도둑, 바람직하지 못한 상속자입니다. 아무리 많은 재산을 지닌 사람이라도 화재나 수재를 입으면 걸인이 될 수밖에 없습니다. 돈이 많으면 그 돈을 빼앗으려는 사람이 따를 수밖에 없습니다. 왕은 세금을 매겨서 돈을 빼앗으려고 할 테고, 도둑은 도둑질해서 돈을 훔치려고 할 것입니다. 설령, 운이 좋게 재산을 잘 보호했다고 해도 상속자가 그 돈을 탕진하기 쉽습니다.

그래서 부처님은《앙굿따라니까야》'재물의 경' 말미에서 재물의 공덕에 대해 강조했습니다. 재물의 공덕은 자신을 돌보고, 부모님을 돌보고, 아내와 자식들을 돌보고, 친구를 돌보고, 수행자를 돌보는 것입니다.

지금 우리 시대에 필요한 경제윤리가 담긴 경전도 있습니다. 바로《보살내계경菩薩內戒經》입니다. 이 경전에는 상인의 매매에 대한 윤리가 적혀 있습니다. 그 내용은 남의 재물을 훔치지 말라, 남의 재물을 탐내지 말라, 무거운 저울이나 가벼운 저울을 가지고 남을 속이지 말라, 커다란 말이나 작은 말을 가지고 남을 침해하지 말라, 작은 자를 가지고 남을 속이지 말라는 것입니다.

위 내용에서 '저울'이나 '자尺'라는 단어를 단순히 사전적인 의미로만 생각해서는 안 됩니다. 사법부의 상징인 '정의의 여신'이 들고 있는 것도 바로 저울입니다. 저울은 공정성의 상징입니다. 온갖 편법을 동원해서 부를 축적하면서도 버젓이 법 위에 군림하는 이가 우리 사회에 있어서는 안 됩니다. 노동의 가치가 바로 서고, 땀 흘려 일하는 노동자가 존중받을 수 있는 사회가 되어야 합니다.

강남 부처님과 강북 부처님에게

◉

"불성佛性에 남북이 있겠습니까?"
자타불이의 가르침으로 더불어 잘 사는 사회

한국사회는 근대사 과정 내내 영남과 호남의 갈등이 있었고, 1990년대 이후부터는 수도권과 비수도권의 갈등이 사회문제로 대두되었습니다. 이러한 지역 간 갈등의 원인은 무엇이고 그 해결방안은 무엇일까요?

사실 영남과 호남의 갈등은 정치권이 부추긴 면이 큽니다. 한국의 정치지형은 항상 몇 명의 정치인물을 중심으로 재편되어 왔는데, 영향력이 있는 정치인들이 자신이 뿌리를 두고 있는 지역의 유권자를 이용하기 위해서 영남과 호남의 갈등을 부추겨 왔습니다.

그런데 2016년 치러진 국회의원 선거에서는 영남과 호남에서 지역주의가 완화된 것으로 나타났습니다. 문제는 지역주의가 세대구도로 치환置換되었다는 사실입니다. 언젠가부터 지역을 막론하고 20~40대의 유권자들은 진보 야권 지지 성향을 보였습니다. 영남에서 당선된 야권 후보자들의 주된 지지층도 50대 이하였습니다. 이러한 현상은 한국사회가 중심부와 주변부로 이분화 되어 있고, 그 주변부의 일자리는 대부분 청년 세대들이 차지하는 데서 기인한 것이라고 볼 수 있습니다.

지역갈등에서 영호남 갈등보다 심각한 것은 수도권과 비수도권의 갈등입니다. 정치, 경제, 사회, 문화 등 모든 정책이 수도권에만 집중되다 보니 다른 지역의 발전은 퇴락하거나 정체되어 있는 상황입니다. 문화의 수도권 편중은 우리나라의 오랜 폐해입니다.

한국 인구 5000만 중에 수도권에 상주하는 인구가 무려 2000만 명입니다. 게다가 서울에서 경기도나 충청도로 이주하는 인구들은 점차 느는 반면 경기도에서 서울로 이주하는 인구들은 점차 줄어들고 있습니다. 최근 경기도 신규 유입 인구의 70% 정도가 서울에서 이주해온 사람들이라고 합니다. 서울의 집값이 비싸다 보니 경기도 지역으로 보금자리를 옮기고 있기 때문입니다. 경기도 지역으로 이주하는 것조차 형편이 허락되지 않는 사람들은 충청도로 이주하고 있습니다.

대부분의 국민이 수도권 지역을 선호하는 이유는 수도권 지역에 생활의 터전이 더 잘 마련돼 있기 때문입니다. 청년들은 너나 할 것 없이 대학에 진학하기 위해서, 일자리를 찾기 위해서 서울로 올라오고 있습니다.

지금 한국사회의 지역 간 문제도 중앙과 주변이라는 계층문제의 연장선상에 있습니다. 전국적으로 보면 수도권과 비수도권으로 나뉘고, 수도권 안에서는 서울과 비서울권으로 나뉘고, 서울 안에는 강남과 강북으로 나뉘고 있습니다.

이와 함께 한국사회의 가장 큰 큰 문제는 미래의 주역인 청년에게 희망을 주지 못한다는 것입니다. 대학에 들어가기 전까지는 막대한 사교육비와 학비를 지불해야 하고, 대학에 들어가서는 세계 최고의 대학등록금을 내야 하고, 여기에 더하여 취업을 위한 과외비까지 지불해야 합니다.

언론 기사를 보니, 서울대 합격생의 세 명 중 한 명은 특목고 출신이고, 또 세 명 중 한 명은 서울 사교육 특구 출신이라고 합니다. 강남 8학군의 사교육 과열은 이미 사회문제로 대두된 지 오래입니다. 강남지역에 학원이 최근 몇 년 사이 두 배나 증가했다고 합니다. 더욱 큰 문제는 고교평준화가 사실상 해체됐다는 것입니다. 비평준화 고교는 일반고교에 비해 월등히 학비가 비쌉니다.

하지만 대학에 입학한다고 해서 다 끝나는 것은 아닙니다. 우선 대학 등록금이 만만치 않습니다. 우리나라의 대학 등록금은 세계에서 두 번째로 비싸다고 합니다. 세계에서 대학 등록금이 제일 비싼 나라는 미국인데, 미국 대학생들은 70%가 국공립대학에 다니는 반면, 우리나라 대학생들은 80%가 사립대학에 다닙니다. 따라서 평균적으로 보면 우리나라 대학생들이 세계에서 가장 비싼 등록금을 내고 있는 것입니다. 이렇게 비싼 비용을 들여서 대학을 졸업했지만 대부분의 젊은이들은 계약직 등 주변부 일자리로 편입되고 있습니다.

더 문제가 심각한 것은 소위 SKY라고 불리는 서울대, 고려대, 연세대 등 국내 최고 명문대를 졸업해도 비정규직으로 일하는 젊은이가 제법 많다는 것입니다. 왜 이런 현상이 벌어지는 것일까요? 해외 유학파들이 점차 많아지는 것도 큰 요인입니다. 그래서 강남의 학부모들은 자녀들이 입학할 학교를 고려할 때 SKY를 목표로 하지 않는다고 합니다. 소수의 부유한 학부모들은 일찌감치 미국의 대학진학 능력 기초시험인 SAT(Scholastic Assessment Test) 교육을 시킨다고 합니다. 그런데 강남의 한 학원이 여름방학 기간에 SAT 교육을 하면서 두 달 동안 받는 학원비가 무려 800만 원이라고 합니다. 서민들의 입장에서는 감히 엄두조차 낼 수 없는 돈입니다.

　이상의 예에서 알 수 있듯 엄밀히 말해서 세대 간 갈등은 계층 간 갈등의 연장선상에 서 있는 문제라고 할 수 있습니다. 이러한 상황은 계층 간 갈등의 한 단면을 여실히 보여주는 것일 뿐만 아니라 신자유주의의 폐해를 여과 없이 보여주는 것입니다. 그렇다 보니 한국의 젊은이들은 우리나라를 생지옥처럼 느낄 수밖에 없습니다. 심지어 한국을 벗어나고 싶어 하는 젊은이까지 생기는 것입니다. 이러한 청년문제가 발생한 이유는 무엇보다도 젊은이들이 행복을 기대할 수가 없기 때문입니다.

　한국사회의 중심부와 주변부라는 이중구조는 계층 간에만 존재하는 게 아니라, 기성세대와 청년세대에도 존재합니다. 조금 비약해서 말하면, 한국사회는 마치 경마장 같습니다. 숨이 막힐 정도로 과도한 경쟁사회인 것입니다. 10대에는 '입시 지옥'을 살고, 대학 시절과 대학 졸업 후에는 '취업 지옥'을 살아가고 있고, 간신히 취업을 해도 '승진 지옥'을 살아야 합니다. 결혼도 쉽지 않고, 자신의 집을 갖기 전까지는 월세와 전셋집을 전전해야 합니다. 그리고 아이를 낳으면 자녀 교육에 여념이 없습니다. 그렇게 늙어 가면서 가슴 한 편에 노후 걱정만 쌓여갑니다. 이렇게 한국 사회가 지옥도를 떠올리게 하는 사회가 된 것은 기성세대가 과도한 경쟁을 부추겼기 때문입니다.

부처님의 가르침에 입각해 보면, 중앙과 주변이라는 구분은 있을 수 없습니다.

혜능 대사가 홍인 대사를 처음 찾아갔을 때의 일입니다. 초라한 옷차림에 보잘 것 없는 청년이 찾아와 절을 올리자, 홍인 대사가 물었습니다.

"너는 어디서 온 누구냐?"

"영남에서 온 혜능이라고 합니다."

"무엇을 구하고자 왔는가?"

"부처가 되기 위해서입니다."

"영남의 오랑캐가 어떻게 부처가 될 수 있다는 말이냐?"

홍인 대사가 시험하듯 직설적으로 물었는데도, 청년은 조금도 주눅 들지 않고 답했습니다.

"남쪽 북쪽 사람은 있을 수 있으나, 불성佛性에 남북이 있겠습니까?"

일체 분별이 없는 불성의 진리에 대해 나눈 선문답이지만, 이 선문답이 지금의 한국사회에 주는 교훈이 적지 않습니다. 강남과 강북, 수도권과 비수도권, 영남과 호남, 기성세대와 청년세대, 보수와 진보 등 수많은 이중구조로 병들어가고 있는 한국사회의 구성원들은 홍인과 혜능 대사의 선문답에 귀 기울여야 합니다.

　부처님은 타고난 신분에 의해 귀천이 정해지는 게 아니라 그 사람의 행동에 따라 귀천이 정해진다고 말했습니다. 《법구경法句經》에는 부처님이 사회적으로 덕망이 높은 사람(長老)에 대해 설하신 내용이 있습니다.

　"머리카락이 희다고 해서 장로가 되는 것은 아니다. 단지 나이만 먹었다면 그는 부질없이 늙어버린 속 빈 늙은이에 지나지 않다. 진실과 진리와 불살생과 절제와 자제로써 더러운 때를 벗어버린 사람을 진정한 장로라고 한다."

　더불어 잘 사는 사회를 만들려면 사회 구성원 모두 '자타불이自他不二' 즉, '나와 남은 다르지 않다'는 생각을 가져야 합니다.

김수환 추기경과 법정 스님의 만남

●

여러 악기가 어우러져 하나의 화음을 이루듯
'닫힌 종교'에서 '열린 종교'로

저는 불교계 신문을 즐겨 읽습니다. 불교계 신문들을 즐겨 읽으면서 느낀 것 중 하나는 1990년대 말 이전까지는 종교화합 사례를 다룬 기사가 고작 1년에 1~2개 수준이었던 반면, 1990년대 이후부터 빈도수가 천천히 증가하다가 2000년대에 접어들면서 괄목할 만큼 그 수치가 늘었다는 사실입니다.

아마도 1990년대 말을 전후로 불교계 신문 지면에 종교화합 관련 기사가 증가한 데는 내적인 이유와 외적인 이유가 있을 것입니다. 불교계 신문들은 조계종 총무원장의 성향에 따라 논조가 좌지우지될 수밖에 없는데, 월주 스님이 총무원장이던 1990년대 말은 이전보다 상대적으로 대사회적인 메시지를 내는 데 주력했다고 할 수 있습니다. 특히 당시는 IMF 외환위기 직후여서 국난극복을 위한 종교인의 역할이 그 어느 때보다도 요구됐던 시절이었기에 종교지도자들의 성명서 발표가 잇따랐습니다.

주지하다시피, 1970~80년대의 종교계 진보적 지성인들은 사회평등과 민주화에 주목했습니다. 기독교계의 해방신학이, 불교계의 민중불교론이 그 성과물이라고 할 수 있습니다. 반면, 1990년대에 이르러 종교계 진보적 지성인들은 다원주의에 눈을 돌리게 됩니다. 그 맥락에서 자연스럽게 종교계는 종교간 대화라는 이름 아래 조우하면서 이웃종교를 알아가는 시간을 갖게 됩니다. 불교계도 예외는 아니어서 불교계 신문들도 매년 한두 차례씩 대표적인 종교지도자를 초청해 환경, 노동, 평화 등 사회현안을 놓고 좌담회 기사를 다룬 것을 볼 수 있습니다.

특히 불교와 가톨릭의 만남은 빈번해져서 2006년에 와서는 부처님오신날을 앞두고 조계종 총무원장인 지관 스님이 가톨릭 복지시설인 성가정입양원을 방문했고, 이에 답례하듯 성탄절을 앞두고는 정진석 추기경이 불교 복지시설인 승가원을 방문하는 가슴 훈훈한 모습을 연출했습니다.

불교계 신문들에 나타난 종교지도자의 종교화합 유형을 살펴보면 몇 가지 특징이 있습니다. 첫째, 성탄절을 맞아 조계종 총무원장이 성탄메시지를 발표하고 부처님오신날을 맞아 추기경이 축하 메시지를 발표합니다. 둘째, 불교계지도자와 이웃종교지도자의 만남과 대담이 기사화됐습니다. 일례로 김수환 추기경이 1997년 12월 14일 길상사 개원식에 참석했고, 이에 대한 답례로 법정 스님은 1998년 1월 24일 천주교 서울대교구 명동성당에서 강연회를 가졌던 것을 들 수 있습니다. 또한 제28대 조계종 총무원장 월주 스님은 1997년 12월 21일 충북 음성 꽃동네를 방문해 오웅진 신부에게 500만원을 전달했고, 이듬해인 1998년 화재가 난 서울 중구 중림동 약현성당을 위로 방문하기도 했습니다. 이어 제29대 조계종 총무원장 고산 스님도 1999년 5월 8일 한국기독교교회협의회를 방문했으며, 5월 12일에는 명동성당을 찾아 정진석 대주교와 환담했습니다.

1970년대부터 1990년대까지는 실천불교전국승가회의 지선·청화 스님, 가톨릭정의구현사제단의 함세웅 신부, 대한기독교서회 김상근 목사, 원불교 사회개벽교무단 김현 교무를 중심으로 노동, 평등, 분단 등 당대 사회문제를 해결하기 위한 만남이 지속적으로 이뤄져 왔습니다. 2000년대 와서는 수경 스님과 문규현 신부를 중심으로 오체투지 순례 등 환경운동이 펼쳐졌습니다.

7개 종단으로 구성된 '사형제 폐지 기원 범종교인 연합', 4대 종단 8개 환경단체로 구성된 '종교환경회의' 활동, 24개 종교·시민단체로 구성된 '비전향 장기수 송환 추진위원회' 활동도 주목할 만했습니다.

다만, 한국 대표종교임에도 불구하고 불교와 개신교의 종교대화는 여전히 미흡한 수준에 머물렀습니다.

한국사회는 다종교사회입니다. 유일신교인 까닭에 기독교 신자들은 헌법에 명시된 종교의 자유를 타종교에 대한 박해로 오해하는 게 사실입니다. 그런 까닭에 비교종교학자 오강남 교수는 《예수는 없다》라는 책에서 한국의 개신교가 '닫힌 종교'에서 '열린 종교'로 나아가야 한다고 역설하고 있는 것입니다. 독실한 개신교 신자임에도 불구하고 오강남 교수는 책에서 다른 신자들에게 교리 중심주의에서 깨달음 중심주의로 이동할 것을 강조했습니다.

　말할 것도 없이 다원주의의 반대는 일원주의입니다. 개신교와 가톨릭 신자들이 종교다원주의를 반대하는 이유는 유일신교를 믿기 때문입니다. 부처님의 가르침 중 하나인 원융圓融을 지남으로 삼는 만큼 불교계가 종교화합에 앞장서줄 것을 기대합니다.

> 피리나 거문고같이 생명이 없는 악기도, 음색이 각각 다른 소리를 내지 않으면, 피리를 부는 것인지, 수금을 타는 것인지, 어떻게 알 수 있겠습니까? (-〈고린도전서〉14장 7절)

　각기 악기가 어우러져 하나의 화음을 이루듯 향후 종교간 대화는 서로의 차이를 인정하는 가운데 하나의 보편적 진리를 확보하는 자리가 되길 진심으로 기원해봅니다.

초저녁 풋잠 사이의 꿈

◉

허깨비 놀음에 지나지 않은 사이버 공간의 세상
상생과 순환의 진리를 알면 극복할 수 있다

흔히 세계화의 3요소로 양극체제의 붕괴, 세계금융의 달러화, 인 터넷 혁명을 꼽고 있습니다. 이 가운데 인터넷 혁명은 장단점이 명 백해서 옹호론자와 비판론자가 양립하고 있습니다. 인터넷 혁명 의 최고 장점은 지구촌 반대편의 소식조차도 시시각각 알 수 있다 는 것입니다. 그런가 하면 시시각각 익명의 폭력이 자행되기도 합 니다. 인터넷 혁명은 인권을 신장하는 측면이 있는가 하면 인권을 유린하는 측면도 있는 것입니다. 무엇보다도 인터넷 혁명은 실제 삶의 공간과 사이버 공간의 경계를 허물었습니다.

사이버 공간에 대해 서구의 철학자들은 데카르트René Descartes의 《제1철학에 관한 성찰》이나, 사르트르Jean-Paul Charles Aymard Sartre의 《구토》, 칸트Immanuel Kant의 '지상선', 장 보드리야 르Jean Baudrillard의 《시뮬라르크와 시뮬라시옹》을 언급합니다. 저 는 사이버 공간의 본질을 알려면 불교의 중관학을 알아야 한다고 생각합니다.

주인이 꿈 이야기를 손님에게 하고	主人夢說客
손님이 꿈 이야기를 주인에게 하니	客夢說主人
지금 꿈 이야기를 하는 두 사람 역시	今說二夢客
꿈 속 사람인 줄 누가 알리오	亦是夢中人

서산 대사의 〈삼몽가三夢歌〉입니다. 어느 부분 서산 대사의 〈삼몽가〉는 장자의 호접몽胡蝶夢과 유사합니다. 나비가 되어 훨훨 날아다니는 꿈을 꾸고 나서 장자는 이렇게 생각했다고 합니다. '나비가 내 꿈을 꾸고 있는지, 아니면 내가 나비 꿈을 꾸었는지 알 수가 없구나.'

중국 당나라의 노생은 여관에서 만난 여옹이 준 베개를 베고 잠깐 누웠다가 잠이 들었습니다. 그리고 높은 벼슬에 올라 예쁜 아내와 결혼하고 다섯 아들을 낳아 팔순이 넘도록 장수하며 사는 꿈을 꾸었습니다. 그러나 잠에서 깨어나서 보니 그 영화로운 꿈을 꾼 시간은 여관 주인이 저녁밥을 짓는 짧은 순간에 지나지 않았습니다. 많은 사람들이 삶이 영원한 것처럼 생각하고 살고 있습니다. 하지만 삶이란 고작 저녁밥 짓는 순간에 꾼 꿈처럼 허망한 것인지도 모르겠습니다.

일연一然 스님이 《삼국유사》에 조신調信 설화를 남긴 까닭도 같은 이유일 것입니다. 이 설화에서 조신 스님은 달례라는 여인을 사랑하게 되어, 파계하고 환속합니다. 젊은 날의 애욕은 꿀처럼 달지만, 나이가 들어가면서 둘은 삶의 나락에 빠지게 됩니다. '홍안의 미(紅顏微笑)는 풀 위의 이슬이요, 지란의 약속(芝蘭約束)은 광풍 앞에 놓인 버드나무 꽃일 뿐'이라는 것을 깨닫고 나서 조신은 그간의 모든 일들이 꿈임을 알게 됩니다.

서산 대사의 〈삼몽가〉, 장자의 호접몽, 노생의 이야기, 조신 설화 등 앞서 예로 든 이야기들은 인생의 무상함을 일깨워줍니다. 인생은 '여몽如夢', 즉 꿈과 같다는 《금강경》의 말씀과 같습니다. 《금강경》에서는 인생의 무상함을 '꿈(夢)과 같고, 곡두(幻)와 같고, 거품(泡)과 같고, 그림자(影)와 같고, 이슬(露)과 같고, 번개(電)와 같다'고 비유했습니다. 이를 육여六如라고 합니다.

불교의 가르침에 의하면 이 세상에 변하지 않는 것은 없습니다. 인생이라는 것도 태어나고 늙고 병들어 죽어가는 법칙을 거스를 수는 없습니다. 부처님이 출가를 결심하게 된 계기인 사문유관四門遊觀도 무상의 법칙을 잘 보여줍니다. 사문유관은 부처님이 가비라성迦毗羅城의 밖으로 놀러 나갔다가 동문 밖에서는 노인을 보고, 남문 밖에서는 병든 사람을 보고, 서문 밖에서는 죽은 사람을 보고, 북문 밖에서는 출가사문을 만남으로써 태어나서 늙고 병들어 죽는 인생의 괴로움을 경험한 뒤 출가를 결심했던 네 가지 사건을 말합니다. 부처님은 삶과 죽음을 극복할 수 있는 길을 찾기 위해 출가한 것입니다.

출가한 뒤 부처님은 일체 분별을 여읜 크나큰 깨달음을 얻었습니다. 부처님이 성도를 이룰 수 있었던 것은 세속적인 욕망을 버림으로써 가능했습니다.

부처님께서는 어릴 적에 농경대전에 갔다가 지렁이를 물총새가 쪼아 먹고, 그 물총새를 매가 낚아채가는 모습을 보았습니다. 농경대전의 모습은 전형적인 약육강식의 세상입니다. 하지만 부처님이 이루신 깨달음의 세계는 약육강식이 아니라 상생과 순환을 지향합니다.

나무들은 더불어서 숲을 이룹니다. 새들은 나무에 둥지를 틀고 삽니다. 새들을 키우는 게 나무라면 나무를 키우는 것은 맑은 공기와 시원한 바람과 촉촉한 비와 따뜻한 햇볕입니다. 비는 내려서 나무를 키웁니다. 나무의 이파리가 자라게 하고, 꽃을 피게 하고, 열매를 맺게 합니다. 그런가 하면 나무가 내뿜는 수증기는 다시 하늘로 올라가 구름이 되어 떠돌다가 인연이 닿는 곳에 가서 다시 빗물이 되어 내립니다.

부처님의 일대기에서 우리는 상생과 순환하는 진리를 깨닫고 나면 허깨비에 지나지 않은 몸뚱이나 소유물에 집착하지 않게 된다는 것을 깨닫게 됩니다. 부처님은 무상에 대해 이렇게 설했습니다.

"그대들은 늘 모든 것이 무상하다고 생각을 하고 그 생각을 모든 것에 적용시켜라. 그러면 욕심의 세계(欲界)와 형상의 세계(色界)와 무형의 세계(無色界)에 있는 모든 욕망을 끊고 무명과 교만을 없애게 될 것이다. 비유하면 마치 불로 모든 초목을 태워 남김이 없고 그 자취마저 없도록 하는 것과 같다. 수행자 항상 모든 것이 덧없다는 생각을 하게 되면 욕심이 없어지기 때문이다. 욕심이 없으므로 곧 법을 잘 분별하고 그 뜻을 생각하여 근심과 걱정과 고통과 번민이 없어지고, 법의 뜻을 생각함으로써 곧 어리석음과 미혹이 없어질 것이다." (-《증일아함경》,〈역품力品〉)

깨어난 때와 꿈꿀 때를 뒤집어 생각해 보니   翻思覺時與夢
뒤바뀐 두 견해가 다르지 않구나   顚倒二見不殊

《대승찬大乘讚》의 한 구절입니다. 꿈속의 일뿐만 아니라 현실의 일도 헛것이라는 의미입니다. 언젠가는 썩어서 흙이 될 몸뚱이를 진정한 실체(眞我)라고 여기지 않아 합니다. 온 세상이 꿈이라는 사실을 알면 꿈속에서 꿈꾸는 허망한 짓은 하지 않을 것입니다. 인생은 초저녁 풋잠에 꾼 꿈에 지나지 않다는 것을 알아야 합니다.

2

살아있다는 것은 사랑하고 있는 것

걸인의 얼굴에서 부처님을 보다

◉

구해줄 이가 없는 중생에게 구호가 되며,
집이 없는 중생에게 집이 되리라

조선총독부가 있을 때
청계천변 10전 균일 상 밥집 문턱엔
거지소녀가 거지장님 어버이를
이끌고 와 서 있었다
주인 영감이 소리를 질렀으나
태연하였다
어린 소녀는 어버이의 생일이라고
10전 짜리 두 개를 보였다.

(-〈장편掌篇 2〉, 김종삼)

이 시를 처음 읽었을 때, 저는 중학교 입학시험 고사장에 가는
버스에서 만났던 걸인 모녀가 떠올랐습니다. 그들이 버스에 올랐
을 때, 어머니는 갑자기 제게 내복을 벗으라고 하셨습니다. 이유도

모른 채 저는 추운 버스 안에서 내복을 벗었습니다. 그리고 어머니가 시키는 대로 걸인 모녀에게 내복을 건넸습니다. 빨간 내복을 받아들던 새까맣고 부르튼 걸인 여인의 손이 세월이 흘러도 잊히지 않았습니다. 제가 출가 후 사회복지 업무에 종사하게 된 것도 어쩌면 그 경험 때문인지도 모르겠습니다.

사회복지의 근간은 자비행이라고 볼 수 있습니다. 제2차 세계대전으로 인해 수많은 사상자가 생겼지만, 그 죽음의 폐허 위에서 인류는 '인권'이라는 새 희망의 씨앗을 파종하기 시작했습니다. 민족주의 국가들이 식민지 쟁탈 과정에서 내세운 것은 인종주의였습니다. 그 대표적인 예가 독일의 나치였습니다. 아돌프 히틀러Adolf Hitler는 란츠베르크 요새 감옥에서 《나의 투쟁》을 집필하며 인종주의를 내세웠습니다. 그리고 1933년 히틀러가 이끄는 나치가 독일을 집권한 후부터 인종주의는 국가의 사상적 이념이 되었습니다. 나치는 유대인들의 세계 지배의 음모에 관한 각종 루머를 수집했고, 유대인들이 서유럽의 금권주의 정치의 주인공이라고 주장했습니다. 인종론자들은 유대인을 열등한 인종이라 폄하했는데, 나치들은 선전을 통해 그들을 독버섯, 기생충, 바이러스, 쥐와 같은 더러운 것으로 대중의 의식 속에 낙인을 찍었습니다.

1935년 9월 13일 히틀러가 직접 명령해 제정된 '뉘른베르크 인종차별법'은 순수한 아리안 혈통을 지키기 위해서 유대인과의 혼인은 물론 성관계도 금지시키는 게 골자였습니다. 이 법에 따라 유대교 공동체에 속한 사람, 유대인의 배우자로 혼인한 사람, 유대인의 혼인관계에서 출생한 자녀, 유대인과의 혼외정사에서 출생한 자녀 등 혼혈아들은 독일제국의 시민이 될 수 없었습니다.

히틀러의 전쟁 준비가 가시화될수록 유대인들에 대한 탄압은 더욱 가혹해졌습니다. 유대인들에 대한 박해의 첫 단계가 정치적 권리를 박탈하는 것이었다면, 다음 단계의 목표는 그들의 경제적 기반을 박탈하는 것이었습니다. 모든 유대인의 법인 권리가 박탈당했고, 유대인 의사들은 더 이상 아리안 독일인을 치료할 수 없게 했으며, 유대인 변호사들의 활동도 금지되었습니다. 이후 모든 유대인 남성들은 '이스라엘'이라는 중간 이름을, 모든 유대인 여성들은 '사라'라는 중간 이름을 써야 했습니다. 나치당의 돌격대 대원들이 유대인 교회당에 불을 지르고 상점을 파괴했던 까닭에, 유대인들이 사는 거리는 깨진 상점 유리 조각들이 즐비했습니다. 이후 나치는 유대인 절멸絕滅 정책을 실행하기에 이르렀습니다.

제2차 세계대전이 종전終戰에 이를 때까지 나치는 적어도 580만 명의 유대인을 학살했다고 합니다. 200만 명이 살해된 아우슈비츠에서는 그 과정이 거대한 공장에서 작업하듯이 시행되었습니다. 유대인 희생자를 실은 열차가 도착하면, 건강한 사람들은 노역소로 보내졌고, 연약해 보이는 여인과 아이, 노인 등은 곧장 가스실로 보내졌습니다. 가스실로 가는 유대인 행렬을 환송이라도 하는 것처럼 유대인 음악가로 구성된 악단이 클래식 곡을 연주했습니다. 희생자들은 욕탕이라 지칭된 가스실로 직행했습니다. 목욕하기 전에 모든 유대인은 소유물을 남기고 옷을 벗었습니다. 유대인 수용자들에게는 의학적인 생체실험도 자행되었습니다.

독일의 철학자인 칸트Immanuel Kant는《도덕 형이상의 기초》에서 "도덕은 인간 그 자체를 목적으로 여기고 존중해야 한다."고 역설했습니다. 칸트의《도덕 형이상의 기초》는 미국 독립혁명(1776) 직후와 프랑스 혁명(1789) 직전인 1797년에 나왔습니다. 두 혁명의 파장과 더불어 이 책은 보편적 인권이라고 부르는 개념에 막강한 토대를 제공했습니다. 칸트는 이 책에서 "사람은 누구나 존중받을 가치가 있다."고 주장했습니다. 그 이유는 사람은 그 누구나 희생적 도구나 타인의 행복을 위한 수단으로 취급되어서는 안 되기 때문입니다.

칸트의 철학은 민주주의 국가들이 채택한 보편적 인권의 근간이 되었고, 더 나아가서 현대의 민주주의 국가들이 채택한 차등의 원칙, 즉 사회적 약자를 보호하는 정책의 근간이 되었습니다.

칸트의 주장에 가장 큰 기초를 제공한 것은 성문법 이전의 자연법, 즉 '모든 인간은 신성을 지니고 있다'는 기독교 정신이라고 할 수 있습니다. 이는 불교의 '일체중생一切衆生 실유불성悉有佛性', 즉 모든 중생은 다 부처가 될 자질이 가지고 있다는 가르침과 다르지 않습니다.

법철학자인 조르조 아감벤Giorgio Agamben은《호모 사케르 : 주권 권력과 벌거벗은 생명》에서 주권권력의 경계 밖에는 벌거벗은 생명인 호모 사케르Homo Sacer가 있다고 주장했습니다. 시민이 더이상 정치권력의 대상이 아니라 주체가 되는 근대의 민주주의 탄생 과정에서도 벌거벗은 생명은 있었습니다.

보편적 인권을 주권권력이 압살하는 사회는 폭력과 광기가 판을 치는 파시즘의 사회입니다. 그리고 파시즘의 사회에서는 항상 선과 악이라는 이분법적 구도가 내재해 있습니다.

제2차 세계대전 이후 인류는 비약적으로 인권이 신장되었습니다. 인권이 신장됨에 따라 선진국의 정부들은 국민의 복지증진에 더욱 매진하게 되었습니다. 사회복지는 모든 인간의 존엄성을 인정함은 물론이고, 사회적 약자에 대한 보호로까지 발전하고 있습니다.

불교의 궁극적인 목적은 자비심의 구현이라고 할 수 있습니다. 자비심을 구현하려면 먼저 상대방에 대한 차별심을 없애야 합니다. 나와 너는 다르지 않다는 동질감이 생겨야 비로소 상대방에 대한 자비심도 싹 트는 것입니다. 선과 악을 나누는 이분법적 구도는 민주주의의 다원사회에서 지양해야 하는 논리입니다. 옳고 그름을 나누는 논리는 기본적으로 전체주의의 논리입니다.

프랑스의 철학자인 레비나스Emmanuel Lévinas에 따르면 존재론은 본질적으로 하나의 전체성totality을 만들어내려는 경향이 있습니다. 그 전체성 안에서는 다른 것different과 타자other는 필연적으로 같음sameness과 동일성identity으로 환원됩니다. 레비나스는 전체성을 향한 이러한 욕망을 도구적 이성instrumental reason의 기본적 표현이라고 했습니다.

도구적 이성이란 주어진 목적을 이루기 위한 가장 좋은 수단으로 이성을 사용하는 것을 의미합니다. 도구적 이성을 수용함으로써 서구의 철학은 대상을 파괴하고 사물화 하는 지배에의 의지will to domination를 본격화했습니다.

무엇보다도 도구적 이성은 전체주의의 도래를 초래했습니다. 레비나스가 보기에 존재론은 윤리학에 비해 철학적으로 열등한 것입니다. 레비나스는 윤리학이 인간 상호 간의 모든 실질적 관계를 포괄하는 영역이라고 봤습니다. 레비나스의 윤리학은 '타자의 얼굴the Face of the Other'이라는 용어로 정의될 수 있습니다.

　　인간이 타자에게 진 도덕적 빚은 결코 갚아질 수 없기 때문에 타자는 무한히 선험적이고 이질적이라는 게 레비나스의 생각입니다. 비록 레비나스의 사상은 기독교적인 전통에 기반하고 있음에도 불구하고 불교사상과 상당부분 공통분모가 있습니다.

　　《불본행집경佛本行集經》에 따르면, 부처님은 이러한 원력을 세웠습니다.

> "나는 응당 정진하는 마음을 내어 복덕을 기르고 큰 서원
> 을 일으켜 세간을 건지리라. 구해줄 이가 없는 중생에게
> 구호가 되며, 양육할 이 없는 사람들에게 귀의할 데가 되
> 고, 집이 없는 중생에게 집이 되리라."

　　만약 부처님이 중생을 바라볼 때 열등한 존재라고 여겼다면 중생을 구호하고 양육할 원력을 세우지 않았을 것입니다. 부처님이 중생을 바라볼 때의 시각은 선악이라는 분별을 넘어서는 것이었습니다.

　　저의 어머니가 버스에서 만난 걸인 모녀의 새까맣고 부르튼

손을 가엽게 여겼던 마음과 레비나스가 고통 받는 타인의 얼굴을
외면하지 않았던 마음과 부처님이 집이 없는 중생에게 집이 되고
싶었던 마음이 크게 다르지 않을 것입니다.

바라는 마음이 없는 마음

◉

최상의 덕은 덕이 없음으로 덕이 있고
최하의 덕은 덕을 잃지 않음으로 덕이 없다

"만약 가난한 사람이 보시할 재물이 없는 경우에는 남이
보시를 행할 때에 수희심隨喜心을 일으켜야 한다. 수희하
는 마음은 보시와 매한가지여서 다를 것이 없는 까닭이
다. 이는 아주 행하기 쉬운 일이나 누구나 가능한 것은 아
니다." (-《인과경》)

수희심이란 다른 사람이 착한 일을 할 때 함께 기뻐하는 마음
입니다. 나는 지금 재물이 없어 보시하지 못하더라도 다른 사람이
보시할 때 함께 기쁜 마음을 낸다면 재물을 보시하는 것과 같은 복
의 과보를 받습니다.

사회복지에 종사하면서 제가 몸소 깨달은 것은 "공덕에도 유
루有漏와 무루無漏가 있다."는 가르침입니다. 유루법이란 언젠가는
사라지는 법이고, 무루법이라는 영겁이 다하도록 변치 않는 법을

188

말합니다. 따라서 세속의 영화榮華는 모두 유루법에 속합니다. 아무리 지위가 높고 돈이 많다고 하더라도 이러한 세속의 영화는 오래가지 못합니다. 하지만 수행을 통해 마음을 닦고 남을 위해 자비행을 실천하는 공덕은 영원히 사라지지 않습니다.

《법구경法句經》에서 부처님이 말씀하셨습니다.

"여래께서 이 세상에 오신 것은 가난하고 재난을 당하여 고통 받고 병든 사람들을 구원하기 위함이며 그렇기 때문에 만일 사람들이 병든 사람, 약한 사람, 수행자, 그리고 가난하고 외로운 노인들에게 공양하면 그 복은 한량이 없어 무엇이나 뜻대로 이루어질 것이니라. 비유하자면 복이 오는 것이 모든 강물이 흘러 바다로 모이듯이 그와 같이 복덕이 쌓이게 되며 마침내 공덕이 모이고 쌓이면 영원히 죽지 않는 불생불멸의 해탈을 얻게 될 것이니라."

헐벗고 배고픈 이웃에게 자비행을 펼치는 것만큼 좋은 공덕은 없습니다. 그러나 더욱 중요한 것은 자비행을 펼칠 때는 무엇인가를 바라는 마음이 없어야 한다는 사실입니다. 아무것도 바라지 않는 자비행을 '무주상보시無住相布施'라고 합니다.

《비나야약사毘奈耶藥事》와《현우경賢愚經》에는 빈자일등貧者一燈의 일화가 나옵니다.

밥을 빌어먹을 만큼 가난한 여인이 있었습니다. 그 여인이 사는 나라의 프라세나짓왕(Prasenajit, 파사익왕)은 석 달 동안 부처님과 스님들을 지극정성으로 모셨습니다. 프라세나짓왕이 수만 개의 등불을 밝혀 복을 비는 연등회를 연다는 소식을 듣고서, 여인은 구걸해서 동전 두 닢을 마련하고 기름을 사러갔습니다. 부처님께 등불을 바치려 한다는 여인의 얘기를 들은 가게 주인이 기름을 곱절이나 주었습니다. 여인은 길목에 등불을 걸면서 발원했습니다.

"보잘것없는 등불이지만 이 공덕으로 다음 생에는 지혜의 광명을 얻어 모든 중생의 어둠을 없애게 해주십시오."

밤이 깊어지자 다른 등불은 다 꺼졌지만 여인의 등불만은 환하게 빛났습니다. 등불이 다 꺼지기 전에는 부처님이 주무시지 않을 것이므로 시자인 아난 존자는 여인의 등불을 끄려고 했습니다. 하지만 도저히 등불을 끌 수 없었습니다. 그 모습을 본 부처님이 아난 존자에게 말씀하셨습니다.

"불을 끄려고 하지 마라. 가난하지만 마음 착한 여인이 정성들여 켠 등불이므로 꺼지지 않을 것이다. 저 등불의 공덕으로 여인은 내세에는 반드시 정각正覺을 이루리라."

이 말을 전해들은 프라세나짓왕이 부처님께 여쭈었습니다.

"세존이시여, 저는 석 달 동안이나 부처님과 스님들께 큰 보시를 하고 수만 개의 등불을 켰습니다. 제게도 미래의 수기授記를 내려 주십시오."

부처님이 말씀하셨습니다.

"불법佛法은 그 뜻이 매우 깊어 깨닫기 어렵소. 불법은 때로는 하나의 보시로써 얻을 수도 있지만, 때로는 수많은 보시로도 얻을 수 없습니다. 불법을 깨달으려면 먼저 이웃에게 복을 짓고, 선지식에게 배우고, 겸손하고, 남을 존경할 줄 알아야 합니다. 자신이 쌓은 공덕을 자랑해서는 안 됩니다. 이렇게 하면 훗날 반드시 깨달음을 얻을 것입니다."

부처님의 말씀을 듣고 왕은 속으로 부끄러워하며 물러갔습니다.

보시에서 중요한 것은 보시한 물건의 값어치가 아니라 보시를 하는 사람의 마음입니다. 《성경》에도 빈자일등과 매우 유사한 일화가 실려 있습니다. 이 이야기를 소재로 한 그림이 바로 프랑수와 조제프 나베Francois-Joseph Navez라는 화가가 1840년에 그린 '가난한 과부의 헌금'입니다.

예수님과 제자들이 성전에서 여러 가지 봉헌을 위해 마련된 헌금함 근처에 모여 있습니다. 짓궂게도 헌금함 맞은편에 앉아서 사람들이 어떻게 헌금을 하고 있는지 지켜보던 예수님은 오른손으로 헌금하는 여자를 가리키며 제자들에게 무엇인가 말을 하고 있습니다. 그 여자는 한 아이를 앞에 세우고 다른 한 아이는 한쪽 팔로 안은 채 정성스럽게 헌금함에 동전을 집어넣고 있습니다. 부유한 사람에게는 푼돈에 지나지 않지만, 남편을 잃은 가난한 여인에게는 두 아이와 함께 먹을 수 있는 하루의 양식을 살 수 있는 돈입니다.

예수님은 부자의 헌금보다도 가난한 과부의 헌금을 더 귀하게 여겼습니다. 그 이유는 부자들은 풍족한 재산 중 일부를 헌금했지만 과부는 가난한 형편에도 불구하고 자기가 가지고 있는 생활비 전부를 넣었기 때문입니다. 이처럼 빈자일등과 가난한 과부의 헌금이 주는 교훈은 동일합니다. 지극한 마음으로 올리는 청정한 서원이 참된 공덕이라는 사실입니다. 이와 관련하여 달마 대사와 양 무제가 주고받는 대화도 주목할 필요가 있습니다.

달마 대사는 중국에서는 부처님 가르침을 전파해도 누구도 믿지 않는다는 말을 듣고서 바다를 건넜습니다. 양梁나라 무제가 궁성 밖에까지 나가서 달마 대사를 마중하였습니다. 전각에 오른 뒤 양 무제가 물었습니다.

"화상께서는 그쪽 나라에서 어떤 가르침을 가지고 와서 사람들을 가르치려 합니까?"

달마 대사가 답했습니다.

"한 글자의 가르침도 가져오지 않았습니다."

양 무제가 다시 물었습니다.

"나는 수많은 절을 짓고 수많은 학승들을 절에 살게 했습니다. 또한 나는 불법을 펴기 위해 많은 대학을 세웠습니다. 양나라를 불법의 보배로 가득 채웠습니다. 내 공덕은 어느 만큼이나 되겠습니까?"

달마 대사가 마지못해 대답했습니다.

"공덕이 없습니다. 청정한 지혜의 본체는 원래 비어 있으므로 세상의 유위有爲의 법으로는 공덕을 구하지 못합니다."

이 일화 역시 불법佛法은 청정한 서원誓願이 없이는 얻을 수 없다는 사실을 일깨워줍니다. 베푸는 이와 받는 이, 그리고 그 공덕물이 모두 청정했을 때 비로소 참된 공양이 되는 것입니다. 역으로 유위법有爲法에 의한 보시나 시주는 어떤 욕심이 있어서 억지로 하는 것이기 때문에 청정한 서원이라고 볼 수 없습니다.

이는 《도덕경道德經》에 '낮은 덕행자는 덕을 잃지 않으려고 애를 쓴다. 그러므로 덕이 없게 마련이다(下德不失德 是以無德).'라는 구절과도 일맥상통하는 것입니다. 참된 덕행자라면 굳이 덕을 의식하지 않을 것입니다.

선거 때가 되면 사회복지시설을 찾아서 봉사를 하고 그 봉사하는 장면을 언론이나 방송에 기사화하는 정치인들이 적지 않습니다. 과연 이런 정치인들의 공덕은 얼마나 될까요? 사회복지는 보여주기 위해서 하는 게 아니라 실로 마음에서 우러나서 하는 것임을 잊지 말아야 합니다.

어제는 지나간 오늘, 내일은 다가오는 오늘

◉

누군가의 마음에 오롯이 존재한다면,

육신은 없어도 존재는 사라지지 않는다

동서양을 막론하고 신화 속에는 수 천 년, 수 만 년을 산 사람의 이야기가 나옵니다. 일례로 중국의 천황天皇, 지황地皇, 인황人皇 등 삼황을 들 수 있습니다. 그들은 무려 1만 8,000년을 살았다고 합니다. 삼황의 이야기는 장수를 바라는 사람들의 심리가 반영된 것입니다. 사람은 누구나 오래 살기를 바랍니다. 어디 사람뿐이겠습니까? 목숨을 타고난 모든 생명체들은 죽음을 원치 않습니다.

그런데 중국의 마조도일馬祖道一 스님의 일화를 듣고 나면 장수를 바라는 인간의 심리가 얼마나 부질없는 것인지 깨닫게 됩니다. 마조 스님은 '평상심이 곧 도(平常心是道)'이고, '마음이 곧 부처(卽心是佛)'임을 일깨워준 선사입니다.

마조 스님이 노환으로 몸이 편치 않을 때의 일입니다. 원주스님이 찾아와서 마조 스님께 물었습니다.

"스님, 건강은 좀 어떠십니까?"

마조 스님이 간명하게 답했습니다.

"일면불日面佛 월면불月面佛이지."

마조 스님은 불성佛性을 깨닫고 나면 장수長壽하는 일면불이나 단명短命하는 월면불이나 큰 차이가 없다는 것을 일깨워준 것입니다. 마조 스님의 답변은 '상자殤子처럼 오래 산 이도 없고, 팽조彭祖처럼 일찍 죽은 이도 없다.'는 장자의 말과도 일맥상통합니다. 상자는 단명한 사람이고, 팽조는 장수한 사람입니다.

시간이란 무엇인가요? 흘러간 시간은 과거이고, 지금의 시간은 현재이고, 앞으로 다가올 시간은 미래입니다. 하지만 불교사상에 입각해 보면, 시간은 순차적으로 나뉘는 것이 아니라 순환하는 것입니다.

나무는 가을이 되면 우수수 나뭇잎이 떨어져서 앙상한 가지만 드러내지만, 이듬해 봄이 되면 어김없이 그 가지마다 예쁜 꽃들이 만개해서 바람에 향기를 퍼뜨립니다.

이러한 불교사상은 플라톤, 아우구스티누스, 하이데거, 니체, 베르그송, 들뢰즈로 계승되는 서구철학의 시간론과 유사한 지점이 있습니다. 이 사상들에 따르면, 시간은 균질적인 것도, 선형적인 것도, 직선적인 것도 아닙니다. 시간은 영원한 현재형이므로 과거는 되새겨지는 현재이고, 미래는 끌어당긴 미래가 됩니다.

"내 마음아, 결국 네 안에서 내가 시간을 재는구나. 사실이 그럴진대 너는 결코 이를 부인해서는 안 된다. 거듭 말하거니와 나는 네 안에서 시간을 잰다. 지나가는 사물들이 네 안에서 이뤄놓은 인상들(그것들은 지나가도 남아 있다)을 나는 현재처럼 재고 있는 것이다." (-《고백록》, 아우구스티누스)

아우구스티누스는 인간의 마음 안에서 시간이 지속되는 것을 '상기의 힘'이라고 정의했습니다. 상기想起의 사전적 의미는 지난 일을 다시 떠올리는 것입니다. 하지만 아우구스티누스가 말하는 상기는 다소 의미가 복잡합니다. 단순히 지난 일을 다시 떠올린다는 뜻이 아니라 잊었던 것을 다시 기억한다는 의미입니다. 따라서 무엇을 안다는 것은 잊었던 것을 다시 기억해내는 것에 지나지 않습니다.

불교의 연기사상에 따르면 시간은 이시적異時的 상호의존성과 동시적同時的 상호의존성을 지니고 있습니다. 전자는 시간의 흐름 속에서 하나의 원인에 의해 하나의 결과가 생기는 것을 일컫고, 후자는 동시에 서로의 원인과 결과가 되는 것을 일컫습니다.

《허당록虛堂錄》이라는 고서에는 '호중일월장壺中日月長'의 일화가 소개돼 있습니다. 호중일월장의 일화를 간략하게 소개해 드리겠습니다.

후한 시대 호공이 집으로 돌아가려고 하는 비장방을 불러

세웠다.

"행인들이 없는 심야에 이곳으로 다시 오너라."

호공은 마을에서 약을 파는 노인네였고, 비장방은 관리였다. 심야에 비장방이 그곳을 찾으니, 호공이 "나는 지금이 항아리 속(壺中)으로 뛰어 들어갈 것인데, 너도 내 뒤를 따라 오너라."라고 했다. 말을 마친 호공이 몸을 솟구쳐 항아리 속으로 들어가자, 비장방도 호공의 뒤를 따랐다. 항아리 속에는 신선들의 세계가 있었다. 누각들이 즐비했고, 누각들을 잇는 복도는 마치 무지개처럼 허공에 놓여있었다. 호공은 높은 모자를 쓴 선관仙官의 모습이었고, 그의 좌우를 수십 명이 호위하고 있었다. 호공이 말했다.

"나는 선인仙人이다. 이전에 나는 임무를 소홀히 하여 문책을 받아서 인간 세상에 귀양가게 되었다. 살펴보니 너는 가르칠만한 재목이라서 이곳에 데려왔다."

비장방은 즉시 두 무릎을 꿇고 땅에 머리를 대고 절을 올렸다.

"저는 무지한 속인입니다. 그동안 지은 죄업이 너무나 많았습니다. 다행이 선사仙師께서 연민의 정을 베풀어 주셨습니다. 제가 용렬하고 죄업이 많아 선사님의 가르침을 감당할 수 없는 것이 두려우나, 선사님께서 자비를 베풀어 거두어 주십시오."

이때부터 비장방은 시간이 날 때마다 호공을 모시고 가르침을 받았다. 선술을 전수받고 집으로 돌아오니 오랜 세월이 흘러간 뒤였다.

'호중일월장'은 선방에서 쓰는 화두 중 하나이기도 합니다. '호중일원장'에서 '호중'은 선경仙境을, '일월장'은 유구무한悠久無限한 시간을 일컫습니다. '호중일월장'은 깨달음의 경지(悟境)를 비유한 것으로, 오경悟境에 들면 세속의 세계와 달리 시공을 초월할 수 있음을 일깨워주는 것입니다.

시간은 흘러갑니다. 매우 당연한 이치입니다. 그래서 같은 강물에 두 번 발을 담글 수 없다는 명언도 있는 것입니다. 미처 손 쓸새도 없이 사라져버리는 빛처럼 사라져가는 게 시간입니다. 그런데도 기억 속에서만큼은 흘러간 시간을 되돌릴 수 있습니다. 이 사실을 알고 나면 과거나 미래가 아니라 현재가 중요하다는 것을 깨닫게 됩니다.

부처님께서는 전생의 자신을 알고 싶다면, 지금의 자신을 보면 된다고 했습니다. 내세의 자신을 알고 싶어도, 지금의 자신을 보면 된다고 했습니다.

지나간 과거의 인과因果는 지금 자신의 모습에 남아 있을 수밖에 없고, 앞으로 다가올 미래의 자신의 모습에는 지금 자신의 인과가 남아 있을 수밖에 없습니다.

"내 인생에서 가장 행복하고 귀중한 날은 언제인가? 바로 오늘이다. 그리고 그 자리는 바로 여기다. 어제는 지나간 오늘이요. 내일은 다가오는 오늘이다. 그러므로 오늘 하루를 한 생애의 전부로 여기며 살아야 한다."

《벽암록碧巖錄》에 나오는 말씀입니다.

과학기술의 발달로 인해 바야흐로 100세 시대를 눈앞에 두게 되었습니다. 하지만 100세의 시대가 열렸다고 해서 장수를 바라는 사람들의 욕구가 사라지지는 않을 것입니다. 장구한 우주의 시간에 비교한다면 한 사람의 생애는 하루살이에 지나지 않습니다. 존재의 유한함을 극복하는 길은 관계에서 찾을 수밖에 없습니다. 누군가의 마음에 오롯이 존재한다면, 그의 육신은 가고 없어도 그의 존재는 사라지지 않습니다.

화로 속 한 송이 눈

◉

불교의 깨달음은 잘 사는 법을 배워 실천하고,
잘 죽는 법을 예행 연습하는 것

눈이 부시게 푸르른 날은
그리운 사람을 그리워하자

저기 저기 저 가을 꽃자리
초록이 지쳐 단풍 드는데

눈이 나리면 어이 하리야
봄이 또 오면 어이 하리야

내가 죽고서 네가 산다면
네가 죽고서 내가 산다면

눈이 부시게 푸르른 날은

그리운 사람을 그리워하자

(- 〈푸르른 날〉, 서정주)

사회복지관련 업무에 종사하다 보니 장례식장을 찾아야 하는 일이 적지 않습니다. 승려신분인 만큼 저는 인연이 많든 적든, 깊든 옅든 장례식장에 가면 고인의 극락왕생을 발원합니다. 장례식장을 빠져나올 때 혀끝에 맴도는 시구가 있으니 바로 위에 인용한 〈푸르른 날〉입니다.

온갖 꽃들이 만개하는 봄이고, 꽃들의 초록이 지쳐서 단풍이 드는 가을이고, 나목裸木 위로 눈이 내리는 겨울이고, 그리운 사람을 그리워하는 사람이 있어서 고인은 유한한 삶을 넘어서 영원의 세계로 나아가는 것이 아닐까 하는 생각이 들기도 합니다. 이러한 다분히 감상적인 내 생각과 달리 사랑하는 가족을 떠나보내야 하는 유족의 슬픔은 통입골수痛入骨髓, 뼈에 사무칠 것입니다. 그러나 어쩌겠습니까? 죽음을 피할 수 있는 사람은 아무도 없습니다.

어느 날 부처님께 한 마을의 촌장이 찾아와서 물었습니다.
"서쪽 지방의 브라만들은 죽은 사람을 직접 들어 올려 이름을 부르고 하늘나라로 인도합니다. 부처님께서도 사람들이 죽은 후에 좋은 곳에 태어나게 할 수 있습니까?"
이에 부처님이 대답했습니다.
"커다란 돌을 강물에 던져 넣고 많은 사람들이 모여서 기도하며 '착한 돌멩이야 떠올라라.'라고 하면 그 돌멩이가 물가로 떠오르겠느냐?"

(-《중아함경》, 〈가미니경〉)

촌장은 부처님께 하늘나라로 인도할 수 있는지 물었습니다. 영생永生은 모든 인간이 바라는 소망입니다. 하지만, 태어나서 늙고 병들어 죽는 것을 피했던 이는 동서고금을 막론하고 이 세상에 없었습니다. 중국 최초로 통일국가를 만든 진시황제도 신하를 시켜 불로초不老草를 찾았지만 죽어서 무덤의 한 줌 흙이 되었습니다. 부처님이 시신을 돌에 비유한 것도 같은 이유일 것입니다.

부처님은 승가공동체에 큰 보시를 한 프라세나짓왕에게도 유사한 법문을 했습니다. 프라세나짓왕의 어머니가 목숨을 잃었을 때 부처님은 이렇게 설했습니다.

"예나 지금이나 두려운 일 네 가지가 있다. 태어나면 늙고, 늙으면 병들고, 병들면 죽고, 죽으면 가까운 사람들과 이별하지 않을 수 없다. 사람의 목숨은 언제 어디서 어떻게 될지 알 수 없다. 세상 만물은 덧없다. 마치 강물이 밤낮으로 쉬지 않고 흐르듯이 인생도 빠르게 흘러간다. 우리가 사는 세상은 무상하다. 영원한 것은 아무것도 없다. 모두 죽음에서 벗어날 길이 없다."

부처님이 말씀하신 것처럼, 죽음을 피할 곳은 허공도 아니고 바닷속도 아닙니다. 산 속도 아니고 바위틈도 아닙니다. 죽음을 벗어나 은신할 곳은 그 아무 데도 없습니다. 그런 까닭에 죽음은 모든 사람에게 두려움으로 다가옵니다. 가족을 잃은 유족들이 곡을 하는 것은 망자에 대한 그리움인 동시에 자신에게 닥칠 죽음에 대한 공포이기도 한 것입니다. 그런데 선사들의 일화를 보면 죽음을 조금도 두려워하지 않은 것 같아서 절로 숙연해집니다.

> 삶이란 구름 하나 일어나는 것이고　　生也一片浮雲起
> 죽음이란 구름 하나 사라지는 것이다　死也一片浮雲滅

　함허득통 스님의 임종게입니다. 구름은 본래 형체가 없는 것입니다. 그래서 이곳저곳을 자유자재로 넘나듭니다. 그런데 함허득통 스님은 사람의 몸도 구름과 다를 바가 없다고 자신 있게 말하고 있습니다. 삶과 죽음에 자유로웠던 까닭일까요? 함허득통 스님은 진신 화상이 열반했을 때 '시원하다! 시원하다! 하늘로 올라가 안개 속에 놀며 티끌 밖에서 거니는구나.'라며 춤추며 노래했다고 합니다.

　흔히 불가에서는 죽음을 일컬어 열반涅槃이라고 합니다. 열반은 번뇌를 멸했다는 뜻입니다. 입적入寂이나 적멸寂滅이라는 말도 씁니다. 적요한 경계에 든다는 뜻입니다. 환귀본처還歸本處라는 말도 있습니다. 본래의 자리로 돌아간다는 의미입니다. 물론 이 본래의 자리란 적정寂靜, 즉 번뇌를 떠나 괴로움이 없는 해탈의 경계인 고요하고도 고요한 세계일 것입니다.

　모든 번뇌를 멸하고 공적空寂의 경계에 든다면 두렵지 않고 홀가분할 것입니다. 그러고 보면 많은 사람이 죽음을 두려워하는 이유는 탐욕 때문인지도 모르겠습니다.

어떤 사람은 자신도 언젠가는 죽을 것이라는 너무도 당연한 사실을 애써 부인하려고 합니다.

인간의 고통은 자기 자신과 상대를 비교하는 생각(我慢), 자기 중심적인 사랑의 욕구(我愛), 자기는 독립적으로 영원히 존재한다는 생각(我見), 자신이 연기緣起적 세계의 일부임을 알지 못하는 어리석음(我癡)의 네 가지에서 비롯됩니다. 과도한 자신에 대한 집착에서 모든 고통이 비롯되는 것입니다.

죽음에 대한 공포도 실은 과도한 자기애에서 비롯되는 것이라고 할 수 있습니다. 많은 선사가 산책을 나가듯 초연하게 죽음을 맞이했던 이유는 자신의 존재가 자연의 일부임을 깨달았기 때문입니다.

불교의 깨달음은 어려운 데 있지 않습니다. 잘 사는 법을 배워 실천하는 것이고, 잘 죽는 법을 예행 연습하는 것입니다. 잘 사는 법은 지혜와 자비를 지니는 것입니다. 흔히 '철이 들었다.'라는 말을 곧잘 합니다. 여기서 '철'은 계절을 의미합니다. 따라서 철이 든다는 것은 각기 다른 절기에 대해 인정하는 것이기도 합니다. 자연이 봄, 여름, 가을, 겨울이라는 사계四季에 맞춰 순환하듯이, 인생도 태어나고, 늙고, 병들고 죽는 사고四苦의 법칙에 맞춰 순환합니다.

인간에게는 생生, 노老, 병病, 사死 말고도 네 개의 고통이 더 있습니다. 사랑하는 이와 헤어져야 하는 괴로움(愛別離苦), 미워하는 이와 만나야 하는 괴로움(怨憎會苦), 원하는 것을 얻지 못하는 괴로움(求不得苦), 육체적 쾌락으로 비롯되는 괴로움(五陰盛苦)입니다.

우리는 작고 큰 이별을 숱하게 경험하면서 살 수밖에 없습니다. 태어나서 죽는 동안 수많은 사람과 만나고 헤어져야 합니다.

재가자들의 경우 젊어서는 친구들의 결혼식에 가야 하고, 몇 년 뒤에는 친구들의 아이 돌잔치에 가야 합니다. 조금 더 나이가 들어서는 친구들의 부모가 돌아가셔서 장례식장에 가야 합니다. 친구들의 자녀 결혼식에 가는가 싶으면, 어느새 친구들의 영결식에 가야 합니다. 이러한 순환이 세속의 삶인 것입니다.

출가자도 예외는 아니어서 은사의 다비식에 가는가 싶더니 어느새 도반의 다비식에 가야 합니다. 이런 수많은 만남과 헤어짐 속에서 우리는 살아갑니다. 만나면 반갑고 헤어지면 서운한 게 인생사입니다. 정이 깊으면 그 헤어짐이 견딜 수 없이 가슴 아픈 것도 사실입니다.

천 가지 계책과 만 가지 생각은	千計萬思量
화로 속 한 송이의 눈일 뿐	紅爐一點雪
진흙소가 물 위로 가니	泥牛水上行
대지와 허공이 갈라지네	大地虛空裂

대중에게는 서산 대사로 더 알려진 청허휴정淸虛休靜 스님은 이 임종게를 읊은 뒤 좌탈입망坐脫入亡했습니다. 서산 대사는 임진왜란 당시 승군을 이끌며 전장을 누볐던 인물입니다. 대흥사 문중인 까닭에 저는 서산 대사의 행장에 대해 잘 알고 있습니다. 서산

대사는 밖으로는 왜군과 싸워야 했고, 안으로는 '숭유억불' 정책을 펼친 사대부들과 맞서야 했습니다. 그럼에도 불구하고 서산 대사는 천 가지 계책과 만 가지 생각의 지난 기억들을 화로 속에 떨어지는 한 송이 눈처럼 속절없이 털어버리고 입적에 들었습니다.

저는 서산 대사의 탄신일을 기해 대흥사에서 봉행되는 서산 대제西山大祭 때마다 화로 속에서 화르르 흩날리는 한 송이의 눈과 다비식을 통해서 화택을 벗어나는 서산 대사의 법신이 겹쳐지는 환영을 보곤 했습니다.

죽음은 또 다른 삶의 시작입니다. 인간이 자연에게서 얻을 수 있는 것 중 하나가 바로 죽음에 대한 명상입니다. 자연은 한 곳에 머무는 법이 없습니다. 하지만 변화하면서 다양하게 모습만 바꿀 뿐 자연은 항상 그 자리에 있습니다.

죽음에 대한 두려움은 자신의 존재가 사라진다는 데서 옵니다. 하지만 이 세상에 홀연히 사라지는 것은 아무것도 없습니다. 그저 깊고 깊은 한 뿌리인 자연으로 돌아가는 것일 뿐입니다.

전차의 바퀴보다 부르튼 맨발로 걸어간 길

◉

승조 법사와 서산 대사
한 발 한 발 아래로 내려가 사람들을 보듬다

육체는 내 것이 아니다	四大非我有
오온은 본래 공한 것	五蘊本來空
저 칼날에 목이 잘린다 해도	以首臨白刀
봄바람 베는 것과 같다	猶如斬春風

　중국 동진東晉 때의 스님인 승조僧肇 법사의 임종게입니다. 승조 법사는 구마라집鳩摩羅什 문하에서 수학하며 불교경전을 한문으로 번역하는 역경譯經에 많은 공로를 남겼습니다. "관리가 되라."는 왕의 명령을 거역해 처형당했는데, 처형당하기 직전 읊은 게 바로 이 임종게입니다. 세납 고작 31세 때의 일입니다.

　자신의 목을 벨 칼날을 두려워하지 않을 뿐더러 그 칼날에 베이는 것은 목이 아니라 봄바람일 것이라고 말하는 승조 법사의 태도에 절로 경외심이 듭니다. 많은 사람이 사회적으로 지위가 높아

지길 바랍니다. 그런데 진정으로 사회적으로 지위가 높아지고 싶다면 승조 법사의 임종게에 귀를 기울여 합니다.

만약 공명심이 있는 사람이라면 왕이 "관리가 되라."고 명하였을 때 얼른 관리가 되었을 것입니다. 승조 법사는 세속의 욕망에서 초월하라는 부처님의 가르침을 따르는 불제자였기에 공명심 따위는 불쏘시개쯤으로 여겼는지도 모르겠습니다. 임종게를 보면 승조 법사가 삶과 죽음을 나눠서 생각하지 않았다는 것을 알 수 있습니다. 승조 법사의 임종게를 읽고 나면 죽음은 육신이라는 무거운 짐을 벗고 불멸법신不滅法身을 얻어 참 자유인의 길에 드는 것임을 깨닫게 됩니다. 어쩌면 승조 법사에게 죽음은 일종의 축제祝祭였는지도 모를 일입니다.

한국의 고승들 중에도 세속적인 지위나 욕망이 지닌 추함을 비판한 스님이 많습니다.

환인이 환인의 마을로 들어와서　　　　　幻人來入幻人鄕

오십여 년 미친 광대짓 했네　　　　　　五十餘年作戲狂

인간의 영욕사를 마쳤으니　　　　　　　弄盡人間榮辱事

꼭두각시 모습 벗고 맑고 푸른 곳으로 오르네　脫僧傀儡上蒼蒼

허응당虛應堂 보우普雨 스님의 임종게입니다. 보우 스님은 숭유억불의 조선시대에 불교를 중흥을 이끈 스님입니다. 문정왕후의 절대적인 신임에 힘입어 조선의 선종을 부흥시켰습니다. 만약 보우 스님이 없었다면 조선 후기의 불교문화는 한층 얇아졌을 것입니다.

보우 스님은 문정왕후의 몰락과 함께 제주목사에게 장형杖
刑을 당해야 했습니다. 그렇지만 비극적인 죽음 앞에서도 보우 스
님은 일체 두려움이 없었습니다. '영욕사를 마쳤으니 꼭두각시 모
습 벗었다.'는 구절에서는 질곡의 역사를 살아야 했던 스님의 심정
이 고스란히 전해집니다.

보우 스님의 제자인 서산 대사도 출가자의 길이 무엇인지 정
확히 알고 있었던 스님입니다. 서산 대사는 명종 7년에 실시된 승
과僧科에서 상상품으로 급제했습니다. 선과禪科 대선으로 1년, 중
덕으로 2년, 대덕으로 3개월을 보낸 뒤 교종판사가 되었습니다. 이
어 선종판사까지 겸직하게 됨으로써 승직으로는 최고의 자리에
올랐습니다. 그러나 서산 대사는 40세가 되자 모든 승직을 버리고
홀연히 금강산으로 들어갔습니다. 이후 30여 년간 은둔하면서 수
행했던 것입니다. 임진왜란이 일어나서야 서산 대사는 산문 밖으
로 나서 왜군들과 분연히 맞서 나라를 지켰습니다. 이런 공로를 인
정해 선조는 서산 대사에게 '국일도대선사 선교도총섭 부종수교
보제등계존자國一都大禪師禪敎都攝扶宗樹敎普濟登階尊者'라는 길고
도 장엄한 시호를 내렸습니다. 하지만 서산 대사는 이런 사회적 지
위 따위를 먼지처럼 여겼습니다.

인생은 나이가 귀한 것이니	大抵人生年齒貴
이제 지난날의 행동이 후회 되네	如今方悔昔時行
하늘에 닿은 바닷물을 어떻게 쏟아야	何當手注通天海

산승의 판사 이름을 깨끗이 씻을꼬   一洗山僧判事名

　　서산 대사의 〈자조自嘲〉라는 게송입니다. 서산 대사는 판사 이름을 받았던 과거의 일을 자조하고 있는 것입니다. 서산 대사는 공명심을 좇는 승려들을 '박쥐 중(鳥鼠僧), 염소 중(啞羊僧), 대머리 거사(禿居士), 가사 입은 도둑(袈裟賊)'이라고 비판했습니다. 서산 대사는 출가자로서의 지조志操를 지킨 선지식입니다.

　　물론, 세간의 길과 출세간의 길은 다릅니다. 세간의 길은 자신의 능력을 십분 발휘해 한 발 한 발 위로 오르면서 욕망을 성취하는 것이라면, 수행자의 길은 은둔하고 인욕하면서 한 발 한 발 아래로 내려가면서 어둔 곳에서 신음하는 사람들을 보듬는 것입니다.

　　하지만 분명한 사실은 예수님을 십자가에 매단 정치 지도자보다 예수님의 이름이 더 오래 남았고, 전차의 바퀴로 세상을 정복한 전륜성왕보다 부르튼 맨발로 사막을 걸으며 전법의 길을 나선 부처님의 이름이 더 크게 남았다는 사실입니다.

꽃과 꽃이 어우러져 꽃밭을 이루다

◉

선재동자와 상불경 보살
한 구름에서 내리는 비로 들판의 초목을 키우다

불성이 평등한 까닭에 중생을 보는데 있어서 차별이 없
다. (-《열반경》)

프랑수아 를로르Francois Lelord의 《꾸뻬 씨의 행복 여행》은 멘
토에 대해 숙고하게 되는 소설입니다. 프랑수아 를로르는 소설 속
주인공처럼 정신과 의사입니다. 그래서인지 이 작품은 육화肉化가
잘 되어 있습니다. 그렇다고 해서 현학적으로 정신병의 증세나 임
상 결과를 늘어놓은 것은 아닙니다. 그저 현대인들이 앓고 있는 정
신병적 징후가 실은 마음의 병이고, 그 마음의 병은 탐욕에서 비롯
되는 것임을 일깨워줄 뿐입니다. 소설 줄거리는 대단히 단선적이
지만 그 감동은 깊습니다.
　　환자들을 행복의 길로 안내해야 하는 정신과 전문의가 외려
'자신은 행복한가?' 하고 자문한 뒤 진정한 행복의 길을 찾기 위해

세계 여행을 떠납니다. 여행 과정에서 주인공은 식견 높은 전문가가 아닌 지극히 평범한 사람들의 일상사를 보면서 행복이 무엇인지 깨닫게 됩니다. 주인공인 꾸뻬가 궁극적으로 깨닫는 것은 바로 지족知足의 가르침입니다. 자신을 삶에 만족하지 못하는 것은 남과 자신을 비교하기 때문임을 깨닫는 것입니다.

언젠가부터 멘토mentor라는 단어가 우리 사회에 유행하고 있습니다. 멘토는 삶의 지침이 되는 사람 내지는 조언자를 일컫는 말입니다. 불가에서는 멘토를 일컬어 선지식善知識이라고 합니다. 인생을 길로 비유한다면 선지식은 바른 길잡이에 해당합니다.

길 위에서 스승을 만나 깨달음을 얻는 형식의 원형을《화엄경》〈입법계품〉에서 찾을 수 있습니다. 흥미로운 것은 선재동자가 찾아가는 선지식을 보면 뱃사공, 부호富豪, 현자, 바라문, 이교도, 왕, 도량신, 주야신, 몸 파는 여자 등 신분이 다양하다는 사실입니다. 특히, 53분의 선지식 중 눈에 띄는 이는 바시라 뱃사공과 바수밀다 여인입니다. 이들은 남을 위해 맡은 바 일에 최선을 다하는 게 보살도菩薩道임을 일깨워주고 있습니다.

바수밀다 여인은 선재동자가 찾아왔을 때 이렇게 말합니다.

"어떤 중생이 애욕에 얽매어 내게 오면, 나는 그에게 법을 말해 탐욕이 사라지고 보살의 집착 없는 경계의 삼매를 얻게 한다. 어떤 중생이고 잠깐만 나를 보아도 탐욕이 사라지고 보살의 환희삼매를 얻는다. 어떤 중생이고 잠깐만 나와 이야기해도 탐욕이 사라지고 보살의 걸림 없는 음성

삼매를 얻는다. 어떤 중생이고 잠깐만 내 손목을 잡아도 탐욕이 사라지고 보살의 모든 부처 세계에 두루 가는 삼매를 얻는다."

여기서 중요한 것은 그 누구에게나 분별없이 대하는 바수밀다 여인이기에 중생에게 삼매를 줄 수 있다는 사실입니다. 바수밀다 여인의 해탈 법문은 중생 세계에 들어가지 않고는 중생을 교화할 수 없다는 의미를 담고 있습니다. 바수밀다 여인은 중생의 욕망에 따라 몸을 나타낸다고 합니다. 이는 관세음보살이 온갖 중생의 요청에 따라 다양한 모습으로 나타나는 것과 같은 이치입니다. 청정한 마음을 지닌 바수밀다 여인이기에 오탁악세五濁惡世의 법으로써도 능히 중생을 제도할 수 있는 것입니다.

그런가 하면 선재동자가 찾아왔을 때 바시라 뱃사공은 이렇게 말합니다.

"나는 소용돌이치는 곳과 물이 얕고 깊은 곳, 파도가 멀고 가까운 것, 물빛이 좋고 나쁜 것을 잘 안다. 해와 달과 별이 운행하는 도수度數와 밤과 낮과 새벽 그 시각에 따라 조수潮水가 늦고 빠름을 잘 안다. 배의 강하고 연함과 기관의 빡빡하고 연함, 물의 많고 적음, 바람의 순행과 역행에 대해 잘 안다. 이와 같이 안전하고 위태로운 것을 분명히 알기 때문에, 갈 만하면 가고 가기 어려우면 가지 않는다. 나는 이와 같은 지혜를 성취해 이롭게 한다."

선재동자의 구도에서 바수밀다 여인이 자비의 화현化現이라면, 바시라 뱃사공은 지혜의 화현이라고 할 수 있습니다. 개인에게 길잡이가 되는 것이 멘토라면, 사회집단의 길잡이가 되는 것은 리더입니다. 멘토가 지녀야 하는 덕목과 리더가 지녀야 하는 덕목은 다르지 않습니다.

최근에는 사회 곳곳에서 수직적 리더십보다는 수평적 리더십이 각광받고 있습니다. 대표적인 수평적 리더십이 바로 서번트Servant 리더십입니다. 서번트 리더십의 어원은 헤르만 헤세Hermann Hesse의 소설 《동방으로의 여행》에서 기인합니다. 이 소설은 동방으로 여행을 떠나는 순례단에 대한 이야기입니다. 주인공 레오는 순례단이 여행하는 데 불편함이 없도록 궂은일을 도맡아 합니다. 소설 속에서 레오는 이렇게 강조합니다.

"오래 살고 싶으면 봉사를 해야 한다. 지배하고자 하면 자신의 욕망을 다스리지 못하기 때문에 오래 살지 못한다."

서번트 리더는 인간관계를 수평적으로 봅니다. 그런 까닭에 서번트 리더는 구성원간의 경쟁심을 조장하지 않고 구성원간의 대화를 중시합니다. 어떻게 보면 서번트 리더의 원형은 《법화경》에 등장하는 상불경 보살常不輕菩薩이라고 볼 수 있습니다. 상불경 보살은 그 누구를 만나든 항상 존중하는 태도를 지녔습니다.

다원사회에서의 멘토나 리더는 무엇보다도 문화의 다양성을 인정하는 게 중요합니다. 작은 조직이든 큰 조직이든 한두 사람이 독단적으로 그 조직을 이끌면 그 조직은 오래지 않아서 와해될 수밖에 없습니다. 자기주장이 강한 독선적인 사람은 좀처럼 타인의 의견을 받아들이지 않습니다. 그 어떤 사람도 자신보다 못하다고 생각하기 때문입니다. 그러나 다원사회에서는 한 가지 문화만 존재할 수는 없습니다.

강물과 바다가 교차하는 갯벌에는 생명의 보고寶庫라 할 만큼 다양한 종의 생명들이 살아갑니다. 언뜻 보면 서로 다른 물길이 만나기 때문에 생존에 불리할 것 같지만, 민물과 바닷물이라는 이질적인 두 공간이 만나는 공간이기 때문에 외려 더 많은 종류의 생명이 공존할 수 있는 것입니다. 역사상 가장 화려한 문명이 꽃피었던 시기 역시 서로 다른 문명이 충돌했던 시기였습니다.

《법화경法華經》〈약초유품藥草喩品〉에는 부처님이 마하가섭 존자에게 약초의 비유를 들어 설한 내용이 있습니다.

"한 구름에서 내리는 비지만 그 초목의 종류와 성질에 맞춰서 싹이 트고 자라고 꽃이 피고 열매를 맺느니라. 비록 한 땅에 나고 한 비로 적시어서 주는 것이지마는 여러 초목이 각각 차별이 있는 것이니라."

더불어 살기 좋은 세상을 만들기 위해서는 무엇보다도 문화의 차이를 인정할 줄 알아야 합니다. 같은 비를 맞고서도 각기 다른 꽃과 열매를 맺는 식물들처럼 각기 사람들의 생각들도 천차만별일 수밖에 없습니다. 반목이 아닌 화합을 하려면 상대방을 존중할 줄 알아야 합니다. 그리고 상대방을 존중하려면 먼저 나와 남의 차이를 인정할 줄 알아야 합니다. 대부분의 사람은 자기에게는 아무 문제가 없다고 생각합니다. 그런 까닭에 문제가 발생하면 그 원인을 자신이 아닌 타인에게서 찾으려고만 합니다. 이 역시 근원적으로는 다양성을 인정하지 않기 때문에 발생하는 문제입니다.

고대 그리스의 철학자 헤라클레이토스Heraclitus는《단편》이라는 저서에서 아래와 같이 역설했습니다.

"전체지만 전체가 아니고, 수렴하지만 확산하며, 일치하지만 부조화하고, 모든 것에서 하나가 나오지만 또 하나에서 모든 것이 나온다."

역설적이지만 전체적이면서 개별적이고, 부조화를 이루지만 일치하는 사회, 그곳이 바로 꽃과 꽃이 어우러져 꽃밭을 이루는 화엄華嚴 세계일 것입니다.

3

이 눈부신 삶은 어디에서 오는가

물과 새와 나무, 모두 불법을 노래하네

◉

계곡 물소리에서 부처님 법문 듣고,
산을 보고 부처님 형상을 보네

녹음이 우거질 무렵 산사에 가면 자연의 위대함에 대해 감복하게
됩니다. 자연은 실로 쓰고 또 써도 모자람이 없습니다.

청산은 나를 보고 말없이 살라 하고	青山兮要我以無語
창공은 나를 보고 티없이 살라 하네	蒼空兮要我以無垢
사랑도 벗어놓고 미움도 벗어놓고	聊無愛而無憎兮
물같이 바람같이 살다가 가라 하네	如水如風而終我

선시 중에는 산정시山情詩가 많습니다. 그도 그럴 게 예나 지
금이나 스님들의 수행처는 산중입니다. 그래서 스님들은 산과 자
신이 둘이 아닌 '물아일체物我一體'의 경계를 노래하고 있는 것입니
다. 그 과정에서 자연 그대로가 제법諸法의 실상實相임을 일깨워줍
니다. 수행자들이 바라보는 자연은 불멸의 법신法身일 수밖에 없

습니다.

　무엇이 옳고 그름을 따지기 위해서 꽃이 피는 것은 아니고, 새가 우는 게 아닐 것입니다. 예부터 산에 사는 스님들은 걸으면서는 물을 보고, 앉아서는 구름을 봤습니다. 하여, 걸을 때는 물이 되고 앉아 있을 때는 구름이 되었습니다. 완벽한 자연과의 합일을 이룬 산승에게 부러울 것이 뭐가 있겠습니까?

　중국의 동산양개洞山良价 선사가 운암담성雲巖曇晟 선사를 만났을 때 이렇게 물었습니다.

　"생명 없는 물건이 설법을 할 때는 누가 들을 수 있습니까?"

　"그야 생명 없는 물건이 들을 수 있지."

　동산 선사가 다시 물었습니다.

　"스님도 들으실 수 있습니까?"

　"만일 내가 듣는다면 나는 평범한 인물이 아니므로 너는 내 설법을 듣지 못할 것이다."

　이윽고 운암 선사가 주장자를 들면서 물었습니다.

　"이 소리가 들리느냐?"

　"아니오. 안 들리는데요. 물건이 설법한다는 얘기가 어디에 나옵니까?"

　"《아미타경》에 물과 새와 나무, 모두가 불법을 외운다는 구절이 있다."

　이 대목에서 동산 선사는 크게 깨달았다고 합니다.

흔히 기독교를 사막의 종교라고 하고, 불교를 숲의 종교라고 합니다. 이는 종교 발생지의 자연환경에 따른 해석입니다. 실제로 예수님은 사막에서 구원을 얻었고, 부처님은 숲에서 깨달음을 얻었습니다. 그런 까닭에 기독교는 독생자로서의 절대 고독을 넘어서 절대자 앞에 설 것을 권하고, 불교는 더불어 사는 숲처럼 서로 상생하기를 권합니다.

언젠가부터 사람들은 자연을 개발의 도구로만 여기게 되었습니다. 이는 불교의 연기緣起 사상을 모르는 무지에서 발생한 문제라고 할 수 있습니다. 상호의존성을 지닌 모든 생명을 중생이라고 합니다. 시작도 끝도 없는(無始無終) 연쇄적인 인연의 산물(重緣和合生起)이 중생인 것입니다. 그런가 하면 길가의 이름 없는 풀 한 포기에도 전 우주의 역사가 깃들어 있는 까닭에 우리는 이 우주를 연화장세계라고 합니다.

자연은 순환성과 향상성을 지니고 있습니다. 자연 공동체는 불생불멸不生不滅하고 부증불감不增不減 합니다. 자연의 순환은 선과 악을 넘어선 생명 그 자체에 목적을 두고 있습니다.

꽃웃음 뜰 앞에 비 뿌리듯 흩날리고	花笑階前雨
난간 밖 소나무 바람이 우네	松鳴檻外風
무엇을 그토록 찾는가?	何須窮妙旨
이미 그대 찾는 것이 갖춰져 있는데	這箇是圓通

벽송지엄碧松智嚴 스님의 선시입니다. 사람만 웃고 우는 것이

아닙니다. 꽃도 웃을 줄 알고 소나무도 울 줄 압니다. 진리는 어느 특정한 곳에 있지 않습니다. 어쩌면 별다른 것을 찾는 것 자체가 무명無明 속을 헤매는 것인지도 모르겠습니다. 소동파 거사는 '계곡 물소리는 장광설長廣舌, 산색은 청정신淸淨身'이라고 했습니다.

수행자에게 자연만큼 훌륭한 경전은 없을 것입니다. '문 닫고 온종일 무생無生을 배우는' 은둔자에게도 소유물 하나는 있으니, 그것은 한 잔의 차와 한 권의 경전입니다. 그리고 그 차와 경전은 실은 자연 이상은 아닐 것입니다.

마음이 넉넉하면 자신이 서 있는 곳이 곧 서방정토입니다. 계곡 물소리에서 부처님의 법문을 듣고, 산을 보고서 부처님의 형상을 볼 줄 안다면.

'나무를 심은 사람'

◉

그 자리에서 할 일을 하는 것,
무상한 현실 속에서 영원을 사는 방법

장 지오노Jean Giono의 《나무를 심은 사람》이라는 소설이 있습니다. 프랑스의 소설가인 앙드레 말로André-Georges Malraux는 대표적인 20세기 프랑스 작가로 장 지오노를 꼽았고, 미국의 소설가인 헨리 밀러Henry Valentine Miller는 '프랑스와도 바꿀 수 없는 작가'라고 장 지오노를 칭송했습니다. 《나무를 심은 사람》은 장 지오노의 말년 작품입니다. 장 지오노는 프로방스의 고산지대를 여행하다가 홀로 살면서 해마다 꾸준히 나무를 심고 가꾸는 한 양치기를 만났습니다. 이 양치기가 바로 소설의 주인공으로 등장합니다.

　이야기는 프랑스에 사는 한 젊은이가 양치기 엘제아르 부피에Elzéard Bouffier를 만나는 것에서 시작됩니다. 부피에는 혼자 황무지에 살면서 도토리나무(떡갈나무)를 심었습니다. 도토리 10만 개를 심었는데, 나무로 자란 것은 1만 그루였습니다. 그렇게 34년 동안 나무를 심었더니 황무지는 수십만 그루의 떡갈나무 숲으로 바뀌었고 개울이 흐르고 새가 모여드는 생명의 숲이 되었습니다. 사람들도 약 1만여 명이 함께 사는 마을이 되었습니다. 그리고 노인이 된 부피에는 요양원에서 편안하게 생을 마감합니다.

제가 처음《나무를 심은 사람》을 읽었을 때는 생태주의를 주제로 다룬 작품이라고 생각했습니다. 소설의 주인공인 부피에가 나무를 심는 이유는 인간의 이기심으로 황무지가 된 땅에 희망의 씨앗을 뿌리기 위해서였습니다. 이는 산업자본주의에서 생태주의로의 이행인 것입니다.《나무를 심은 사람》은 애니메이션으로도 만들어졌는데, 이 애니메이션을 보고서 캐나다 사람들은 무려 2억 7천만 그루의 나무를 심었다고 합니다.

현대사회는 더 많이 소비할수록 경제적으로 더 성장할 수 있고, 경제적으로 더 성장할 때 더 행복해질 수 있다는 신념의 기반 아래 운영되고 있습니다. 일례로 선진국과 후진국을 나누는 기준인 GDP나 GNP를 들 수 있습니다. 이 기준에 따르면 더 많이 생산하는 나라는 선진국이고, 그렇지 못하면 후진국입니다. 대량 생산은 대량 소비를 전제로 이뤄지는 것입니다. 따라서 대량 생산 대량 소비 시스템은 기본적으로 지구 자원의 고갈을 야기하게 됩니다. 만약 전 세계 사람들이 선진국 수준의 자원소비를 하게 된다면 9개의 지구가 필요하다고 합니다.

1992년 브라질 리우데자네이루에서 열린 유엔환경개발회의에서는 '경제적으로 건전하고 지속가능한 발전Environmentally Sound and Sustainable Development'이라는 개념이 발표됐습니다. 이는 '대량 생산, 대량 소비, 대량 폐기'라는 자본주의 시스템의 문제점이 전면에 부각된 것이어서 의미가 큽니다.

'대량 생산, 대량 소비, 대량 폐기' 문화의 폐해는 서구의 지배적 세계관Dominant western worldview에서 기인합니다. 자연을 무한하고 광대한 것으로 보았으므로 인류의 진보도 계속될 것이라고 믿었던 것입니다. 서구문명은 인간을 자연의 구성원으로 보지 않았습니다. 자연을 지배할 수 있는 존재로 봤습니다. 이는 자연과 인간을 서로 별개의 존재라고 보고 인간에게 우월성을 부여하는 이분법적 세계관에 기초하고 있습니다.

법정 스님은《아름다운 마무리》라는 저서에서 아쇼카 왕의 일화를 인용했습니다.

"아쇼카는 모든 국민들이 최소한 다섯 그루의 나무를 심고 돌보아야 한다고 선포했다. 그는 국민들에게 치유력이 있는 약나무와 열매를 맺는 유실수와 연료로 쓸 나무, 집을 짓는 데 쓸 나무, 꽃을 피우는 나무를 심을 것을 권장했다. 아쇼카 왕은 그것을 '다섯 그루의 작은 숲'이라고 불렀다고 한다. 이 글을 읽는 당신은 지금까지 몇 그루의 나무를 심고 돌보았는가."

'당신은 지금까지 몇 그루의 나무를 심고 돌보았는가.'라는 법정 스님의 질문에 저는 불교사상의 연관성에 대해 숙고하게 됐습니다.

생태학이라는 말을 처음 사용한 독일의 생물학자 에른스트

헤켈Ernst Haeckel은 생태학을 '유기체와 그 유기체들을 둘러싼 외부 세계 사이의 관계에 대한 과학'이라고 정의했습니다. 따라서 생태학은 단순히 인간의 풍요로운 삶이나 멸종 위기에 처한 개체 생물에 대한 연구에 한정되지 않고, 수많은 존재들의 상호관계를 연구하는 데 목적이 있습니다. 그런 면에서 보면 불교의 연기사상은 생태사상의 한 철학적인 원형이라고 볼 수 있습니다.

불교에서는 생태계生態界라는 용어 대신 법계法界를 씁니다. 여기서 '법法'은 '사물(事)'이라는 의미와 '진리(理)'라는 의미가 함께 함유돼 있습니다. 또한 불교에서는 모든 존재는 법성을 지녔다는 의미에서 존재 일반을 제법諸法이라고 부릅니다. 불교사상에 입각해 보면 법계와 생태계라는 개념은 다르지 않습니다. 부처님이 성도成道 후 처음으로 말한 내용은 연기緣起 사상입니다.

"이 세상은 이것이 있으므로 저것이 있고, 저것이 있으므로 이것이 있는 것이다. 따라서 어느 하나를 떼어내면 다른 한쪽도 넘어지는 갈대 묶음처럼 이것이 없으면 저것이 없고 저것이 없으면 이것 또한 없게 된다."

부처님의 가르침에 입각해 볼 때 법계의 모든 존재는 개별적으로 존재할 수 없습니다. 소설의 주인공인 부피에가 심고 가꾸는 나무는 일종의 선업善業이라고 볼 수 있습니다. 여기서 중요한 것은 선업이든 악업惡業이든 그 과보를 받는 것은 한 개인에게 국한되는 게 아니라는 사실입니다.

제2차 세계대전 이후 각 나라가 산업화되면서 지구의 온난화 현상이 생겨났고, 해마다 기상 이변이 속출하고 있습니다. 과학자들은 북극의 빙하가 급격하게 녹아내리고 있어서 머지않아 뜻밖의 재난을 당하게 될 것이라고 경고하고 있습니다. 이처럼 자신의 행위와 관계없이 피해를 입는 일이 전 지구적으로 나타나고 있는 것입니다. 이는 과거 세대들이 지은 업을 우리가 받고 있는 것이기도 합니다.

악행을 하는 사람보다 선행을 하는 사람들이 많아지면 세상은 낙원이 될 것이고, 거꾸로 선행을 하는 사람들보다 악행을 하는 사람들이 많아지면 세상은 지옥이 될 것입니다. 연기緣起적인 사고로 보면 개체와 전체는 다르지 않고, 개인적인 업인 별업別業과 전체에 미치는 공업共業이 다르지 않습니다.

설령 미래의 희망을 기약할 수 없다고 하더라도, 내일을 살아갈 후대 사람을 위해서 부단히 씨를 뿌리고 거두는 것이 바로 삶의 지혜일 것이고, 맡은 바 위치에서 자신이 해야 할 일을 하는 것이 바로 무상한 현실 속에서 영원을 사는 방법일 것입니다. 마치 황무지에 나무를 한 그루 한 그루씩 천천히 심고 가꾸었던 소설 속 주인공 부피에처럼.

이 눈부신 음식은 어디에서 왔는가

◉

우주의 역사가 깃든 쌀 한 톨
이 몸을 거쳐 다시 우주로 돌아가나니

이 음식은 어디서 왔는가
내 덕행으로 받기가 부끄럽네
마음의 온갖 욕심 버리고
육신을 지탱하는 약으로 알아
깨달음을 이루고자 공양을 받습니다*

이 음식이 어디서 왔는지
나는 두려워 헤아리지 못합니다
마음의 눈 크게 뜨면 뜰수록
이 눈부신 음식들
육신을 지탱하는 독으로 보입니다

하루 세 번 식탁을 마주할 때마다

내 몸 속에 들어와 고이는
인간의 성분을 헤아려 보는데
어머니 지구가 굳이 우리 인간만을
편애해야 할 까닭은 어디에도 없습니다

우주를 먹고 자란 쌀 한 톨이
내 몸을 거쳐 다시 우주로 돌아가는
커다란 원이 보입니다
내 몸과 마음 깨끗해야
저 쌀 한 톨 제자리로 돌아갈 터인데

저 커다란 원이 내 몸에 들어와
툭툭 끊기고 있습니다
마음의 온갖 욕심 버린다 해도
이 음식으로 이룩한 깨달음은
결코 깨달음이 아닙니다

● 지리산 실상사 공양간(식당) 배식대에 붙어 있는 공양게송이다.
  인용하면서 '보리'를 '깨달음'으로 바꾸었다.

　이 시는 2003년 소월시문학상을 받은 이문재 시인의 〈지구의
가을〉입니다. 시인은 1연 끝에 "지리산 실상사 공양간(식당) 배식대
앞에 붙어 있는 공양게송이다."라고 인용하면서 "'보리'를 '깨달음'

이라고 바꾸었다."고 주석을 달았습니다. 시를 읽고 나면, 우주를 먹고 자란 쌀 한 톨이 사람의 몸을 거쳐 커다란 원을 그리면서 다시 우주로 환원되어야 하는데, 인류의 탐욕으로 말미암아 지구의 육신에는 독버섯이 퍼지고 있다는 것을 깨닫게 됩니다.

《중아함경》제48권에 따르면, 부처님과 제자들은 동이 터 오면 옷을 입고 발우를 가지고 마을에 들어가 걸식을 했습니다. 탁발한 음식은 정오가 되기 전 돌아오는 길에 다 먹어야 했습니다. 당시 승가공동체는 시간이 정오를 넘어서면 애써 탁발을 했어도 먹을 수 없도록 불비시식(不非時食: 때 아닌 때에 밥 먹지 말라는 계율)을 규정하였습니다.

《보우경寶雨經》에는 '보살이 걸식하는 열 가지 이유'가 실려 있는데, 그 내용은 아래와 같습니다.

첫째, 생명 있는 존재들을 다 포용하기 위해서

둘째, 차례로 평등함을 베풀기 위해서

셋째, 피곤하거나 나태심을 없애기 위해서

넷째, 만족함을 알기 위해서

다섯째, 나누어 베풀기 위해서

여섯째, 탐착하지 않기 위해서

일곱째, 스스로의 양을 알기 위해서

여덟째, 원만하고 선한 품성을 나타내기 위해서

아홉째, 선근善根을 원만하게 심기 위해서

열째, 자아에 대한 집착을 버리기 위해서

'보살이 걸식하는 열 가지 이유'에서 알 수 있듯 초기 승가공동체는 잉여剩餘를 금지함으로써 무소유를 실천했습니다. 그런가 하면, 지역과 역사를 초월해 불교의 모든 승단이 불살생계를 강조해 왔습니다. 그 이유는 불교사상의 근간이 연기, 자비, 윤회사상이기 때문입니다. '생명을 해하지 말라.'는 계율은 《자따까》의 주된 교훈이기도 합니다. 부처님은 이 경전에서 자신이 전생에 토끼, 백조, 물고기, 메추라기, 원숭이, 딱따구리, 코끼리, 사슴 등 동물이었음을 밝혔습니다. 일례로 〈니그로다미가 자따까〉를 들 수 있습니다.

부처님이 사슴으로 태어났을 때의 일입니다. 당시의 왕은 사냥을 무척이나 좋아했고, 식사 때마다 고기를 먹었습니다. 때문에 그는 백성들에게 사냥을 해 오라며 내몰았습니다. 참다못한 백성들이 한 무리의 사슴을 우리에 가둬 놓았습니다. 사슴들은 순번을 정해 죽기로 했습니다. 어느 날 임신한 암사슴 차례가 되었습니다. 암사슴은 자신의 순서를 바꾸어 줄 것을 사정했습니다. 하지만 우두머리 사슴과 무리는 암사슴의 요청을 거절했습니다. 그때 한 사슴이 암사슴을 대신해 죽기를 자처하였습니다. 그 사슴은 바로 부처님의 전신입니다. 사슴의 자기희생은 왕의 자비심을 불러일으켰습니다. 이후 왕은 불법을 배워 오계를 수지하고 남은 생은 선업을 쌓으며 살았습니다.

윤회설에 기초한 이 우화의 교훈은 협의적으로는 불살생이지만, 광의적으로는 자비사상이라고 할 수 있습니다. 윤회설에 따르면 인간과 동물은 자타의 경계가 없는 하나의 자연구성원인 것입니다.

불살생 계율은 생명의 존엄사상과 크게 다르지 않습니다. 육식문화의 폐해를 고발한 제레미 리프킨Jeremy Rifkin의《육식의 종말》따르면, 소의 사육면적은 전 세계 토지의 24%를 차지하고 있으며 그 소들은 수억 명을 넉넉히 먹여 살릴 만한 양의 곡식을 먹어치우고 있습니다.

소의 수는 갈수록 증가하는 추세이며, 이는 지구의 생태계 파괴를 가중하고 있습니다. 특히 소의 증가는 현재 남아 있는 열대우림을 파괴하는 주요한 원인이 되고 있습니다. 중앙·남아메리카의 수백 만 에이커에 달하는 고대 열대우림 지역이 소 방목용 목초지로 개간되고 있고, 소 방목은 사하라 사막 이남 및 미국과 호주 남부 목장 지대에서도 활발히 진행되고 있습니다. 소의 증가는 사막화의 주요 원인이 되었습니다.

이처럼 육식문화는 지구 토양의 황폐화도 초래하고 있습니다. 미국의 소실된 표토表土가 75%인데 그중 가축사육과 직접적으로 연관된 것이 85%라고 합니다. 육류 생산을 위한 농지조성 때문에 사라진 미국 산림의 면적만 약 1조 2천억 m^2(제곱미터)에 달하는 것입니다. 0.25lb(파운드)의 쇠고기를 생산하기 위해 사라지는 열대우림이 55ft^2(제곱피트)이며, 동물사육과 다른 여러 용도로 사용하기 위해 파괴되는 열대우림으로 인해 멸종되는 생물이 1천 종에 달한다고 합니다.

뿐만 아니라 반건조 지역과 건조 지역에서의 과잉 목축으로 인해 4대륙에는 불모지가 생기고 있고, 사육장에서 흘러나온 축산 폐기물로 인해 지하수가 심각하게 오염되고 있습니다.

또한 소가 내뿜는 메탄은 지국 온난화를 초래하고 있다고 합니다. 2010년 유엔식량농업기구(UN FAO: Food and Agriculture Organization of the United Nation) 보고서에 따르면, 축산으로 동물을 사육하는 것이 기후 변화를 초래하는 가장 큰 원인이 된다고 합니다. 지구온난화를 초래하는 모든 배출가스의 20%는 축산업에서 나오며, 이는 전 세계의 모든 자동차, 트럭, 배, 비행기, 그리고 기차가 내뿜는 배출가스를 합한 것보다도 더 많은 수치입니다.

육식문화는 대기오염뿐만 아니라 수자원 오염의 주범이기도 합니다. 미국에서 소비되는 물의 절반 정도가 소와 다른 가축을 기르는 데 쓰이고 있으며, 가축사료용 곡물을 생산하는 텍사스 북부의 관개용 수자원은 이미 고갈돼 가고 있다고 합니다. 현재 미국에서 쓰이는 물의 50%가 가축사육에 들어갑니다. 전문가들은 소 사육이 지금과 같이 진행된다고 하면, 미국 전역에서 심각한 물 부족 현상이 발생할 것이라고 경고하고 있습니다.

이처럼 환경피해가 심각함에도 불구하고 소수의 인류는 자신들의 혀를 만족하기 위해서 육식을 탐하고 있습니다. 더 큰 문제는 이 소수 인류의 탐식을 위해서 다수의 인류는 기아에 허덕여야 한다는 사실입니다.

《화엄경華嚴經》에는 음식을 대하는 마음의 자세가 쓰여 있습니다.

"맛있는 음식을 얻으면 만족할 줄 알고 욕심을 줄이고 집
착을 벗어나기를 원하고, 맛없는 음식을 얻으면 길이 이
세상의 욕심을 멀리하기를 원해야 한다."

수행자에게 음식은 수행을 위한 최소한의 식량일 따름입니다.
만약 탐식이라는 집착에 빠지게 되면 좋은 것(맛있는 것)과 나쁜 것
(맛없는 것)이라는 분별심이 들고, 그렇게 되면 수행은 소원해지게
됩니다. 수행자에게 음식은 영양분을 보충함으로써 수행을 돕는
수단일 뿐입니다.

　이 시대에 공양게가 주는 교훈은 명확합니다. 공양게에는 음
식이 자신에게까지 온 수많은 인연에 감사하는 마음과 중생의 고
통을 깊이 생각하고, 먹고 얻은 힘을 다시 모든 중생에게 회향하겠
다는 다짐이 모두 깃들어 있습니다.

　화엄사상의 요체만을 간추린 의상 스님의 〈법성게法性偈〉에
는 '일미진중함시방一微塵中含十方 일체진중역여시一切塵中亦如是'
라는 구절이 있습니다. '작은 한 티끌 속에 온 우주가 담겨 있고, 낱
낱의 티끌마다 온 우주가 들어 있다.'는 의미입니다.

　이 〈법성게〉 구절은 윌리엄 블레이크의 〈순수를 꿈꾸며Auguries
of Innocence〉라는 시편에서 '한 알의 모래 속에서 세계를 보고To see
a World in a grain of sand, 한 송이 들꽃 속에서 천국을 본다And a Heaven
in a wild flower.'라는 구절과 의미상 일맥상통합니다. 자연이라는 법
계 혹은 생태계에서는 '하나가 모두이고 모두가 하나'일 수밖에 없
습니다. 이러한 연기적인 시각에서 세상을 보면, 이 지구의 모든 생

명 하나하나는 소중하지 않은 게 없습니다.

　인류의 환경 문제 역시 무엇보다도 사회와 자연 구성원의 다양성을 인정하고 존중하는 것이 중요합니다.

원숭이가 떨어뜨린 콩 한 줌

◉

"요즘 여릉의 쌀값이 얼마인가?"
방하착 할 것인가? 착득거 할 것인가?

"바보야, 문제는 경제야It's the economy, stupid!"

1992년 미국 대통령 선거 당시 민주당의 빌 클린턴 후보가 버스를 타고 미국 전역을 돌면서 외친 슬로건입니다. 당시 공화당의 후보는 대통령 재선을 도전하는 조지 H. W. 부시George Herbert Walker Bush였습니다. 부시가 이라크를 상대로 한 걸프전에서 승리하고 구소련 붕괴 이후 안정적으로 국제관계를 조율한 대외치적을 내세웠음에도 불구하고 빌 클린턴은 370 대 168로 대선에서 승리했습니다. 빌 클린턴의 구호가 효과적일 수밖에 없었던 이유는 군수산업 불황 등 경기 부진으로 인해 실업률이 7%를 넘는 상황이었기 때문이었습니다.

대선 당시 빌 클린턴은 아내 힐러리의 뛰어난 정책 능력을 두고 '하나를 사면 하나가 공짜Buy one, get one free'라는 슬로건을 내세우기도 했습니다. 이 역시 대단히 경제적인 구호가 아닐 수 없습니다.

1992년 미국 선거 이후 한국에서도 크고 작은 선거 때마다 경제관련 구호가 쏟아졌습니다. 대중의 입장에서는 경제만큼 중요한 것은 없습니다.

중국의 청원행사靑原行思 스님에게 신회神會 스님이 물었습니다.
"불법佛法의 참뜻이 무엇입니까?"
청원 스님이 반문하였습니다.
"요즈음 여릉廬陵의 쌀값이 얼마나 하는가?"

청원 스님이 주석했던 청원사 인근에 여릉이라는 지역이 있는데, 이 여릉 지방이 당시 중국의 곡창지대였습니다. 쌀은 식생활에 없어서는 안 되는 생필품입니다. 청원 스님은 여릉의 쌀값이라는 화두를 통해서 깨달음은 먼 데 있는 게 아니라 우리의 일상생활에 있음을 일깨워준 것입니다.

'여릉의 쌀값'은 지금 이 시대를 살아가는 정치인들도 가슴에 새겨야 하는 화두일 것입니다. 특히, 한국은 단기간 내에 산업화와 민주화를 이룩하느라 계층갈등, 세대갈등, 지역갈등을 겪어야 했습니다. 이러한 다양한 사회갈등은 경제민주화가 제대로 구현되지 못한 데서 비롯됐다고 해도 과언은 아닐 것입니다.

흔히 경제문제에 대한 해결책으로 아담 스미스Adam Smith의 '보이지 않는 손'과 칼 마르크스Karl Marx의 '자본론'을 내세웁니다.

전자를 신봉하는 사람은 정부가 최소한으로 경제를 통제하는 시장을 주장하고, 후자를 신봉하는 사람은 정부가 최대한으로 경제를 통제하는 시장을 주장합니다.

하지만 우리가 주목해야 할 것은 자유방임시장을 주창한 아담 스미스라고 해서 자본가를 대변하기 바빴던 것은 아니고, 과학적 사회주의를 주장한 칼 마르크스라고 해서 자본가를 비판하기 바빴던 것은 아니라는 사실입니다. 아담 스미스는 《국부론》에서 "국가는 자본가의 일상사를 처리하는 위원회에 불과하다."고 비판하면서 아래와 같이 주장했습니다.

> "어떤 부문의 상인 또는 제조업체의 이익은 어떤 면에서 공공의 이익과 다르며, 때로는 반대되는 경우까지 있다. 그러므로 이 계급이 제출하는 상업에 관한 어떤 새로운 법률이나 제안도 주의 깊게 검토한 후가 아니면 채택하지 말아야 한다. 왜냐하면 일반적으로 대중을 속이고 억압하는 것까지 그들에게 이익이 되고, 또 이제까지 그런 짓을 해온 계급에서 나온 제안이기 때문이다."

자본가 계급에 대한 비판 수위가 높은 까닭에 언뜻 봐서는 아담 스미스의 주장이 아니라 칼 마르크스의 주장인 것처럼 느껴집니다. 그런가 하면, 칼 마르크스는 저서에서 자본가들이 인류 역사에 끼친 영향에 대해 아래와 같이 높이 평가하기도 했습니다.

"자본가들은 인간의 행위가 무엇을 이룩할 수 있는지를 처음으로 보여 주었다. 그들은 이집트의 피라미드와 로마의 수로水路들, 그리고 고대 대사원을 훨씬 능가하는 숱한 경이로운 업적을 달성했다. 자본가 계급은 모든 국민을 문명 안으로 끌어들였다. 어마어마한 도시들을 만들어 냈고, 그럼으로써 인구의 상당한 부분을 농촌생활이라는 백치상태에서 구출해냈다. 자본가들은 불과 백 년밖에 안 되는 그들의 지배 기간 동안에 그 이전의 모든 시대의 업적을 합친 것보다 더 많은, 더 거대한 생산력을 만들어 냈다. 자본가들은 자신의 지배권을 확립한 곳에서는 어디서나 모든 봉건적, 가부장적, 전원적 관계를 종식시켰다. 자본가 계급은 인간을 '타고난 상하관계'에 묶어 놓는 여러 가지 봉건적 유대를 가차 없이 잘라 버렸다."

아담 스미스가 때로는 자본가 계급의 역할에 대해 비판했고, 칼 마르크스가 때로는 자본가 계급의 역할에 대해 찬양했다는 것은 놀랍습니다. 그렇지만 인류는 근·현대사 과정에서 자본주의와 사회주의라는 경제체제로 이원화됐고, 이러한 양립은 양극체제라는 반목의 역사를 야기했습니다.

부자가 되고 싶은 것은 많은 사람의 희망입니다. 그래서인지 여러 신도들이 내게 이런 질문을 합니다.

"부처님은 무소유無所有를 강조했는데, 불교신자인 제가 부자가 되고 싶어 하는 것은 잘못인가요?"

부처님 재세 당시 승가공동체가 무소유를 실천하기 위해 걸식을 했던 것은 사실입니다. 부처님은 승가공동체를 꾸리면서 가장 기본적인 계율로 사의법四依法을 정했습니다. 사의법이란 출가자는 걸식乞食으로 살아야 하며, 분소의(糞掃衣: 세속사람이 버린 헌 천을 주어다가 세탁해서 지은 옷, 새 천은 안 됨)를 입어야 하며, 수하좌(樹下座: 주택이 아닌 나무 아래나 동굴에서 생활하며 수행하는 것)에서 생활해야 하며, 진기약(陳棄藥: 소의 변으로 만든 약)에만 의존하여 살아가야 한다는 것입니다.

사의법 중 걸식, 분소의, 수하좌는 인류의 기본생활에 해당하는 의, 식, 주와 관련된 계율이고, 진기약은 긴급한 의료행위와 관련된 계율이라고 할 수 있습니다. 결국 사의법은 승가공동체가 지켜야 하는 무소유의 실천 계율입니다.

하지만 불교의 계율은 출가 수행자를 기준으로 만든 것이지 일반인에게도 적용되는 기준은 아닙니다. 출가자가 아닌 재가자까지 무소유의 삶을 살 수는 없는 노릇입니다. 그리고 사회의 환경이 바뀌면 계율도 바뀔 수밖에 없습니다. 승가공동체의 무소유 정신을 오늘날 일반인들에게 적용한다면 소욕지족所欲知足의 가르침이 될 것입니다.

중국 선불교禪佛敎에 와서는 걸식을 하지 않고 농사를 짓거나 시주를 받아서 생활을 하게 됩니다. 문헌을 보면, 스님들이 농사를 짓기 시작한 것은 4조 도신道信 스님 때부터입니다. 스님들이 농사를 지으면서 자연스럽게 '선농일여(禪農一如, 선과 농사는 하나다)'라는 가르침을 중시하게 됩니다.

승가의 농작農作 문화는 '일일부작一日不作 일일불식一日不食'이라는 백장회해百丈懷海 스님의 가르침으로 요약될 수 있습니다. 하루 동안 일하지 않는 사람은 하루 동안 먹지 말라는 가르침입니다. 노동의 신성함을 일깨워주는 가르침입니다. 물론 승가의 생산 활동은 부를 축적하기 위한 것이 아닙니다. 승가공동체의 자립경제와 보시를 위한 것이었습니다.

앞서도 강조했다시피 이 시대를 사는 불교신도들이 실천해야 할 덕목은 소욕지족입니다. 과욕을 부리지 않고 자신의 노력이나 능력만큼 대가를 받는다면 하등 문제될 것이 없습니다. 문제는 자신이 노력한 것이나 능력보다 더 갖고자 하는 욕망입니다. 이런 욕망이 생기게 되면 땀 흘려 일하지 않고, 덫을 놓아서 남의 것을 빼앗으려고 합니다.

《백유경百喻經》에는 이런 우화가 실려 있습니다.

원숭이 한 마리가 콩 한 줌을 쥐고 있다가 잘못하여 콩 한 알을 떨어뜨렸다. 원숭이는 떨어뜨린 콩을 잡기 위해 손을 펼쳤다. 그 바람에 쥐고 있던 콩들이 모두 땅에 떨어졌고 옆에서 기웃거리던 닭과 오리가 서둘러 달려와 바닥에 떨어진 콩들을 먹어치웠다.

이 우화에는 일부를 놓쳤다고 아쉬워하다가 전부를 잃는 어리석음을 경계하라는 교훈이 담겨 있습니다. 이야기 속의 원숭이처럼 실수를 하는 사람들이 많습니다. 사람들이 이런 실수를 반복하는 이유는 두 가지입니다. 하나는 탐욕이고, 다른 하나는 게으름입니다. 원숭이처럼 소탐대실小貪大失하지 않으려면 방하착放下着할 줄 알아야 합니다.

방하착이란 집착하는 마음을 내려놓는 것을 뜻합니다. 그런데 중국의 조주 스님은 '착득거着得去'라는 화두를 남겼습니다. 착득거는 '짊어지고 가라.'는 뜻으로 방하착의 반대말입니다.

엄양 스님이 조주 스님에게 물었다.
"한 물건도 가지고 있지 않을 때 어떻게 합니까?"
조주 스님이 말했다.
"내려놓아라. 방하착 하라."
엄양 스님이 다시 물었다.
"한 물건도 가지고 있지 않은데 무엇을 내려놓는다는 말입니까?"
그러자 조주 스님이 말했다.
"그렇다면 짊어지고 가라. 착득거 하라."

조주 스님은 엄양 스님에게 아상我相을 없애라고 에둘러 가르치고 있는 것입니다. 그런데도 말귀를 못 알아들은 엄양 스님은 무엇을 내려놓느냐고 반문했습니다. 그래서 조주 스님은 짊어지고 가라고 힐난하는 것입니다.

진정한 부자가 되고 싶다면, 사회적 지위가 높은 사람이 되고 싶다면 내려놓을 줄 알아야 합니다. 많은 사람이 자신이 지닌 것이 영원할 것이라고 생각합니다. 천금 만금을 지녔어도 그 돈을 바른 데 쓸 줄 모르면, 많은 지식을 지녔어도 그 지식을 바르게 쓸 줄 모르면 사람들로부터 존경을 받을 수 없습니다.

처음 만나는 인연, 가족

◉

지옥까지 내려가서 어머니를 구한 목련 존자
부모가 있으면 해가 뜬 것이고 계시지 않으면 해가 진 것

"선의 최상은 효보다 큰 것이 없고, 악의 최상은 불효보다
큰 것이 없다." (-《인욕경》)

"삶은 사랑이다. 살아있는 것은 사랑하고 있다는 것이다."
(-철학자 피히테 Johann Gottlieb Fichte)

비록 위경의 논란이 있는 경전이지만, 저는《부모은중경父母
恩重經》을 즐겨 읽습니다. 수행자 신분임에도 불구하고, 특히 아래
구절을 암송할 때면 경구가 폐부를 찌르는 듯 아릿하게 다가올 때
가 많습니다.

"어머니의 은혜는 다음 열 가지로 나눌 수 있다. 첫째, 아
이를 잉태하여 열 달 동안 온 정성을 기울여 보호해준 은

혜. 둘째, 해산할 때 겪는 은혜. 셋째, 자식을 낳고 모든 근심을 잊는 은혜. 넷째, 입에 쓴 음식은 삼키고 단 음식은 아기에 먹여주는 은혜. 다섯째, 마른자리 골라 아이 눕히고 자신은 젖은 자리에 눕는 은혜. 여섯째, 때맞추어 젖을 먹여 길러준 은혜. 일곱째, 똥오줌 가려 더러운 것을 빨아주는 은혜. 여덟째, 자식이 먼 길을 떠나면 생각하고 염려하는 은혜. 아홉째, 자식을 위해 나쁜 일 하는 은혜. 열째, 늙어 죽을 때까지 자식을 사랑해 주신 은혜."

매해 음력 7월 15일은 세속의 절기로는 백중百中이고, 승가의 계율로는 백중白衆입니다. 백중은 승가공동체(衆)에 아뢴다(白)는 의미입니다. 하안거夏安居 해제解制에 맞춰 대중 스님들이 한곳에 모여 자자自恣를 통해 서로의 잘잘못을 허심탄회하게 털어놓는 날인 것입니다.

또한 백중을 우란분절盂蘭盆節이라고도 합니다. 우란분은 범어 '우람바나Ulambana'의 음역으로, 그 의미는 '거꾸로 매달린 것을 풀어주고 바르게 세운다.'는 것입니다. 좀 더 자세하게 나누어 보면, 우란盂蘭은 '거꾸로 매달려 있다.'는 뜻이고 '분盆'은 '구제한다.'는 뜻입니다.

우란분절의 기원이 된 것은 목련 존자 설화입니다. 부처님의 제자인 목련은 천안天眼으로 우주의 모든 현상을 꿰뚫어 볼 수 있었습니다. 효심이 지극한 목련은 어머니가 돌아가시자 천상과 인간계를 두루 살펴보았습니다. 그러나 아무리 살펴보아도 어머니가 보이지 않아 혹시나 하는 생각에 지옥계를 살펴보았습니다. 어머니는 아귀도에 떨어져 고통을 받고 있었습니다. 그 형상이 얼마나 흉측한지 입에 담기조차 끔찍했습니다. 목련 존자는 가슴이 찢어지는 듯이 아팠습니다. 그래서 목련 존자는 부처님께 간청하였습니다.

"세존이시여, 돌아가신 저의 어머니를 찾기 위해 33천天과 인간계를 두루 헤맨 결과 아귀도에서 고통 받으시는 어머니를 보았습니다. 이는 어떤 과보로 그리된 것입니까? 그리고 제가 신통력으로써 다른 아귀의 인과는 훤하게 알면서 어찌하여 제 어미의 인과는 볼 수가 없는 것입니까? 자비를 베풀어 일러주십시오."

부처님께서는 목련의 이야기를 들으시고 안타까운 표정으로 묵묵히 계시다가 말씀하였습니다.

"목련아, 너무 슬퍼하지 마라. 너의 어머니는 이 세상에 있을 적에 출가사문을 비방하고 미신을 믿으며 축생들을 죽여 귀신에게 바치는 등 바른 법과 인과를 믿지 않았을 뿐만 아니라, 이웃의 많은 사람들을 삿된 길로 이끌어 들인 죄로 아귀보를 받게 된 것이다. 다른 아귀들은 보면서 너의 어머니의 인과를 보지 못하는 것은 모자의 정이 앞서서 너의 눈이 흐려졌기 때문이다."

세존의 말씀을 들은 목련 존자는 더욱 목이 메었습니다.

"목련아, 네 어머니의 죄가 너무 크고 무거워서 네가 비록 도력이 있고 신통력이 있다고 하지만 그 죄업을 대신하거나 구제할 수는 없을 것이다. 삼보를 비방한 죄는 어찌할 수 없기 때문이다. 너의 측은한 마음을 헤아려 내가 한 가지 법을 일러 주겠다. 시방十

方의 출가 대중에게 지성으로 공양을 하라. 그러면 삼보를 공양한 공덕의 힘으로 네 어머니의 죄는 가벼워져서 아귀도는 면하게 될 것이다."

슬픔에 휩싸여 있던 목련 존자는 한 줄기 빛을 보는 것 같았습니다.

"목련아, 부모 형제의 곁을 떠나 대도大道를 성취하기 위해 출가한 사문들이 정진을 풀고 자유로운 수행으로 들어가는 날인 7월 보름날에 진수성찬과 신선한 과일 등을 정성껏 마련하여 많은 사문들에게 공양하면, 그 공양으로 일곱 생 동안의 부모와 현세의 부모들이 모든 재앙에서 벗어나게 된다. 또 악도에 떨어졌더라도 악도를 벗어나 천상이나 인간 세상에 태어나게 된다. 그뿐 아니라 현세의 부모들은 의식이 넉넉하고 장수하며 복을 누리게 될 것이다."

부처님의 말씀을 듣고서 목련 존자는 7월 보름날을 기다렸다가 부처님의 가르침대로 공양을 올렸습니다. 그러고 나서 관하여 보니 그의 모친은 그날로 아귀도를 벗어나 고통의 옷을 벗고 있었습니다. 이 일을 계기로 불교에서는 7월 보름날 우란분절 행사를 지켜오고 있는 것입니다.

목련 존자 설화 때문인지 백중이 되면 절로 효孝의 가르침에 대해 떠올리게 됩니다.《부모은중경》에는 아래와 같은 구절이 있습니다.

"부모의 은혜라고 하는 것은 아버지는 자애한 은혜(慈恩)
가 있고 어머니는 자비한 은혜(悲恩)가 있느니라. 만일 내가 이 세상에서 1겁 동안 머물며 부모의 은혜에 대하여 말할지라도 능히 다하지 못할 것이니라. 설사 어떤 사람이 한 어깨에 아버지를 지고 한 어깨에 어머니를 지고 그 목숨이 다하도록 잠시도 잊지 않고 의식과 의복 등 가지가지 구하시는 것을 공급해 드릴지라도 오히려 부모의 깊은 은혜는 갚지 못한다."

또한《심지관경心地觀經》에는 아래와 같은 구절이 있습니다.

"선남자야, 세상에서 어떤 것이 가장 부자이고 어떤 것이 가장 가난한 것이냐 하면, 부모님 계시는 것을 부자라 하고 부모님이 계시지 아니한 것을 가난하다고 한다. 부모님 계실 때를 해가 한낮이라고 하고 부모님께서 돌아가신 때를 해가 졌다고 한다. 그러므로 너희들은 부지런히 더욱 닦아서 부모님께 효도로 봉양하라. 부처님께 공양한 것과 그 복이 평등하여 다름이 없나니 마땅히 이와 같이 부모의 은혜를 갚아야 한다."

《대집경大集經》에 이르길 "만일 세상에 부처님이 계시지 않으시거든 부모를 잘 섬길지니 부모를 섬기는 것이 부처님을 섬기는 것과 같으니라."라고 하였습니다.

소매 자락만 스쳐도 오백생의 인연이고, 같은 나라에 태어나면 일천겁의 인연이고, 하루를 동행하면 이천겁의 인연이고, 한 고향에 동족으로 태어나면 사천겁의 인연이고, 한 마을에 태어나면 오천겁의 인연이고, 하룻밤을 동침하면 육천겁의 인연이고, 한집에서 생활하면 칠천겁의 인연이고, 부부가 되면 팔천겁의 인연이고, 형제간이 되면 구천겁의 인연이고, 부모와 자식의 인연은 만겁의 인연이라고 합니다.

부모와 형제, 부부는 모두 팔천겁 이상의 인연이 있어야 만날 수 있는 것입니다. 가족은 실로 소중한 인연이 아닐 수 없습니다. 가족은 인간이 가장 먼저 만나는 인연이자 가장 나중에 이별하는 인연입니다. 불교에서 말하는 자비란 타자를 사랑하고 가엾어하는 마음입니다. 부모님이 자식에게 가졌던 자비심을 자식들도 때가 되면 갚을 줄 알아야 합니다.

가정은 수도원이자 자비수행공동체

◉

부처님과 아들 라훌라 이야기

때로는 선연이 되고, 때로는 악연이 되는 끈

최인호 작가는 《산중일기》라는 산문집에서 가족의 중요성을 이렇게 강조했습니다.

"서로 모르는 타인끼리 만나서 아이를 낳고, 그 아이들과 더불어 온전한 인격 속에서 한 점의 거짓도 없이 서로서로의 약속을 신성神聖하게 받아들이고, 손과 발이 닳을 때까지 노동으로 밥을 빌어먹으면서 서로를 사랑하고 아끼면서 살다가, 마치 하나의 낡은 의복이 불에 타 사라지듯이 감사하는 생활 속에서 생을 마감할 수 있는 가족이라면, 그들은 이미 가족이 아니라 하나의 성인聖人인 것이다. 그렇게 보면 우리가 살고 있는 가정이야말로 하나의 엄격한 수도원인 셈이다. 그 가정에서 살고 있는 가족들은 이미 종신서약을 약속한 수도자들인 것이다. 가족이라

는 수도원에서 우리는 일상을 공유하며 사랑을 수양하고
있다."

　최인호 작가의 말대로 가족은 또 하나의 수행공동체입니다.
그리고 그 수행법은 다름 아닌 사랑일 것입니다. 이 사랑을 불교
적인 용어로는 자비慈悲 내지는 사무량심四無量心이라고 합니다.
자비란 남을 사랑하고 가엾이 여기는 마음입니다. 그리고 사무량
심이란 불교의 보살이 가지는 네 가지의 자비심으로, 자慈·비悲·
희喜·사捨 등 네 가지 무량한 마음입니다.

　자무량심은 모든 중생에게 즐거움을 베풀어 주는 마음가짐이
며, 비무량심은 중생을 불쌍히 여기는 마음으로 고통의 세계에서
구하여 깨달음으로 인도하려는 마음가짐입니다. 그래서 자무량심
을 어머니의 마음으로, 비무량심을 아버지의 마음으로 비유하기
도 합니다.

　희무량심은 중생으로 하여금 고통을 버리고 낙을 얻어 희열
하게 하려는 마음가짐이며, 사무량심은 모든 중생을 구별하지 않
고 평등하게 보는 마음가짐입니다.

　세상의 모든 어머니처럼 자무량심을 지니고 세상의 모든 아
버지처럼 비무량심을 지닌다면, 모든 관계에서 옳고 그름을 따지
지 않을 것입니다. 그리고 희무량심과 사무량심을 지닌다면 어떤
관계에서도 차별하지 않을 것입니다.

　가족은 한 개인이 최초로 가지는 공동체이자 최후로 가지는
공동체입니다. 부처님도 예외는 아니었습니다. 부처님은 성도 후

전법교화의 길을 나섰는데 아들인 라훌라와 사촌인 아난과 데바닷타, 어릴 적 대모代母 역할을 했던 이모인 마하파자파티(大愛道)도 수행공동체의 일원으로 받아들였습니다.

부처님이 수행공동체의 일원으로 받아들인 혈족에 대한 일화를 보면 가족의 의미가 무엇인지 보다 명확해집니다.

마하파자파티는 부처님께는 사실상 어머니와 같은 존재였습니다. 부처님이 탄생하신 뒤 일주일 만에 돌아가신 어머니를 대신하여 어린 부처님을 키워주신 분이고, 승가 최초의 여성 출가자로서 대애도 비구니가 되었습니다. 이러한 대애도 비구니의 열반 소식을 들은 부처님은 아난 존자에게 장례를 준비시켰습니다. 아난 존자는 야수제耶輸提라는 대장을 찾아가 장례에 필요한 평상과 기름과 꽃과 향과 수레를 부탁했습니다.

부처님은 대애도 비구니의 시신을 직접 수습했습니다. 대애도 비구니의 시신은 평상에 모셔졌습니다. 부처님은 몸소 평상의 한쪽 다리를 들고 교외의 화장터로 향했습니다. 제자들이 민망히 여겨 대신하려고 했지만 부처님은 이를 허락하지 않았습니다. 부처님은 대애도 비구니의 몸 위에 꽃과 향을 뿌리고 이렇게 게송을 읊었습니다.

"일체의 현상은 덧없는 것, 한 번 나면 반드시 다함이 있네. 태어나지 않으면 죽지 않나니 이 열반이 가장 큰 즐거움이네."

화장터의 불길이 한 번 크게 일어남으로써 생과 사의 경계가 나뉘는 현장에서 부처님은 인생사의 덧없음을 설했습니다. 부처님도 각자覺者이기 전에 한 사람으로서 세간에서 맺은 모자母子의 정情과 출세간에서 맺은 수행자로서의 인연을 속절없이 벨 수 없어 직접 화장터로 향했을 것입니다.

부처님의 깨달은 자로서의 면모뿐만 아니라 인간적인 면모까지도 느낄 수 있는 이야기입니다. 이러한 부처님의 일화에서 가족의 소중함과 함께 그토록 소중한 가족과 헤어져야 하는 법도 배우게 됩니다. 이렇듯 가족은 가장 비장하면서도 숭고한 삶의 유전流轉이 깃든 공동체인 것입니다.

그런가 하면, 부처님이 아들인 라훌라를 가르치는 장면도 인상 깊습니다. 라훌라는 8세에 출가했던 까닭에 대중으로부터 과한 사랑을 받았습니다. 그런데 라훌라에게는 거짓말을 하는 버릇이 있었습니다.

부처님이 왕사성에 머물 때였습니다. 왕사성에는 영축산과 죽림정사가 있었고 그 중간쯤에 수행처소가 있었습니다. 라훌라는 부처님의 관심을 끌고, 칭찬을 받고 싶어서 특별히 수행에 뜻이 없으면서도 이 수행처소에 머물렀습니다. 대중이 부처님이 계신 곳을 물으면 라훌라는 사실과 반대로 알려줬습니다. 가령 부처님이 영축산에 계시면 죽림정사에 계신다고 알려주는 식이었습니다. 이 사실을 들은 부처님이 라훌라를 직접 찾아왔습니다.

라훌라는 멀리서 부처님이 오시는 것을 보시고 기쁜 마음에 부처님의 발 씻을 물을 준비했습니다. 부처님이 오시자 예를 갖춰 인사드린 후 부처님의 발을 씻었습니다. 이윽고 부처님이 라훌라에게 물었습니다.

"발 씻은 물을 마실 수 있겠느냐?"

라훌라가 답했습니다.

"이 더러운 물을 어떻게 마십니까?"

그러자 부처님이 이렇게 일깨워주었습니다.

"너도 이 더러운 물과 같다. 사문으로서 아무 쓸모가 없다. 수행자임에도 불구하고 정진하지도 않을 뿐더러 말도 조심하지 않고 있다. 너의 마음은 삼독심의 더러움으로 물들었다."

부처님이 다시 물었습니다.

"그 발 씻은 물을 버리고 그 대야에 음식을 담아 먹을 수 있겠느냐?"

라훌라가 답했습니다.

"어떻게 이 더러운 대야에 음식을 먹을 수 있습니까?"

그러자 부처님이 이렇게 일깨워주었습니다.

"너도 이 더러운 대야와 같다. 이 대야가 더러운 물이 담겨져 있던 까닭에 음식을 담을 수 없듯이, 너 역시 삼독심의 더러움으로 물든 까닭에 진리를 담을 수 없는 것이다."

라훌라는 아버지인 부처님의 칭찬을 들어보려다가 오히려 호된 꾸지람만 받았습니다. 그것으로 끝이 아니었습니다. 부처님은 대야를 발로 찼고, 대야는 데굴데굴 굴러갔습니다. 부처님이 다시 물었습니다.

"라홀라야, 너는 대야를 찼을 때 저 대야가 깨질까 봐 걱정을 하였느냐?"

라홀라가 답했습니다.

"아닙니다, 저것은 싼 물건이기 때문에 걱정하지 않았습니다."

그러자 부처님이 다시 이렇게 일깨워주었습니다.

"사문이 되어서 몸과 입과 뜻을 함부로 하여, 나쁜 말로 장난을 하고 남에게 해를 끼치면 대중으로부터 사랑을 받을 수 없고, 자비심 많고 지혜로운 분들로부터 가르침을 배울 수가 없다. 그렇게 하면 괴로움에서 벗어나지 못하고 윤회를 거듭하게 될 것이다."

부처님의 말씀을 듣고서 라홀라는 크게 뉘우치고 수행자로서 자신의 본분을 다했다고 합니다. 그리하여, 철저한 수행 끝에 20세에 깨달음을 얻었습니다.

부처님이 라홀라에게 전한 가르침은 캥거루족이 늘어가는 이 시대의 모든 부모가 귀감 삼아야 하는 덕목일 것입니다. 자식의 미래를 위해서라도 자식이 잘못된 행동을 할 경우 무조건 보호할 게 아니라 따끔하게 경책할 필요가 있습니다.

부처님은 두 사촌을 승가공동체의 일원으로 받아 들였는데, 하나는 부처님의 열반 때까지 부처님을 가까이에서 모신 아난 존자이고, 다른 하나는 부처님을 시기해 교단을 분열한 데바닷타입니다. 그러니까, 아난 존자와 데바닷타는 형제지간인 것입니다. 아난 존자는 부처님을 지근에서 모셨던 까닭에 부처님의 가르침을 누구보다도 많이 들을 수 있었고, 그 가르침을 후대에 경전을 통해서 남길 수 있었습니다. 아난 존자는 부처님 세수가 55세 되던 해에 시자가 되어, 부처님께서 열반하실 때까지 25년 동안 부처님을 모셨습니다.

반면 아난 존자의 형인 데바닷타는 반역을 일으켜 승가공동체에서 영구히 추방되었습니다. 데바닷타는 석가족이고, 부처님의 근친이어서 대중으로부터 신망이 두터웠습니다. 하지만 그는 세속적 욕망을 떨치지 못했던 까닭에, 교단 안에서 지위가 향상될수록 부처님에 대한 시기는 커져갔습니다. 결국 데바닷타는 승가를 파괴하고, 부처님 몸에 피를 내고, 술 취한 코끼리를 풀어 놓고, 자신의 잘못을 충고하는 법시法施 비구니를 죽이고, 열손가락에 독을 묻혀 부처님을 살해하려는 죄를 저질렀습니다.

아난 존자와 데바닷타의 대비되는 일화에서 두 가지 교훈을 깨닫게 됩니다. 첫째 교훈은 어른을 모시는 자세입니다. 자신의 성공을 위해 어른의 지위를 이용하는 사례가 많습니다. 하지만 그 결과는 자신은 물론이고 어른의 입장마저도 곤경에 빠지게 합니다. 두 번째 교훈은 가족이라는 인연의 소중함입니다. 가족만큼 두터운 끈으로 맺어진 인연도 없을 것입니다. 하지만 그 인연도 자신이 하기에 따라서 때로는 한없이 좋은 선연善緣이 되기도 하고, 때로는 한없이 나쁜 악연惡緣이 되기도 하는 것입니다.

사미, 사미니계 교육 회향식 때 사미, 사미니들은 부모님을 향해 이런 게송을 읊습니다.

같이 사랑하며 오래 산다 하여도

때가 되면 헤어지나니,

이렇게 삶은 무상하며 순간임을 알았으니
저는 이제 해탈을 구하나이다.

처음 두 구절은 아릿하고, 나중 구절은 유원幽遠합니다. 삶은
태어나는 순간부터 죽음을 향해 달릴 수밖에 없습니다. 그 시간 속
에서 우리는 수많은 이별을 해야 합니다. 그 수많은 죽음 중에는
가족 구성원의 죽음도 포함됩니다.

가족은 인간이 가장 먼저 만나는 인연입니다. 무인도에 표류
하게 된 사람이 아니고서는 그 누구도 혼자 살아갈 수 없습니다.
그래서 인간을 사회적 존재라라고 합니다. 사람은 살아가면서 수
많은 집단에 소속됩니다. 한 사람의 존재를 증명해줄 수 있는 것도
그 사람과 관계된 집단입니다.

4

닦을 것이 없다. 다만 물들지 마라

파랑새와 소 찾기

●

처마 밑에 사는 파랑새 보지 못하고
소 등에 타고 앉아서 소를 찾는 어리석음

노벨문학상 수상 작가인 마테를 링크Maurice Maeterlinck의 《파랑새》
는 서사가 단선적임에도 불구하고 감동이 큽니다. 파랑새를 찾으
려고 세상을 돌아다니다가 집으로 돌아와 보니 집안에 파랑새가
있었다는 게 이야기의 골자입니다.《파랑새》가 우리에게 주는 교
훈은 두 가지입니다. 첫째 교훈은 일상에서 행복을 찾으라는 것이
고, 둘째 교훈은 자신만큼 소중한 존재도 없다는 것입니다.

예부터 우리 불가佛家에서는 수행자들을 깨달음으로 인도하
기 위해 〈심우도尋牛圖〉를 활용해왔습니다. 심우도의 다른 말은 십
우도十牛圖입니다. 다소 이견이 있으나 〈십우도十牛圖〉는 곽암지
원廓庵志遠 스님이 지은 것으로 전해지고 있습니다. 곽암 스님은 소
를 찾는 과정을 열 단계로 나눴습니다. '십우도'라는 이름도 여기에
서 기인합니다.

그러고 보면 불교 경전에는 소에 대한 이야기가 많습니다.《유

교경遺教經》에는 수행하는 것을 소먹이는 것(牧牛)에 비유하는 대목이 있고,《법화경法華經》에는 불승佛乘을 '흰 소가 이끄는 수레(大白牛車)'로 비유하고 있습니다. 이는 아마도 불교의 발생지가 인도이고, 인도에서는 예부터 소를 신성시했기 때문이 아닌가 싶습니다. 중국 선사들도 종종 소를 제재로 선문답을 나눴습니다. 남악회양南嶽懷讓 선사가 마조도일馬祖道一 선사를 일깨우면서 "소에 채찍질을 할 것인가? 아니면 수레에 할 것인가?"라고 설했던 것을 예로 들 수 있습니다.

〈십우도〉는 심우尋牛로 시작합니다. 동자가 망과 고삐를 들고 소를 찾기 위해 산속을 헤매는 내용입니다. 이는 발심한 수행자가 본래면목을 찾으려고 하는 상태를 일컫습니다.

두 번째 단계는 견적見跡으로, 동자가 소발자국을 발견한다는 내용입니다. 고양이가 쥐를 잡듯 열의를 갖고 용맹정진하다 보면 본성을 어렴풋이나마 보게 된다는 뜻입니다.

세 번째 단계는 견우見牛로, 동자가 멀리서 소를 발견하는 내용입니다. 본성을 찾는 것이 눈앞에 다다랐음을 뜻합니다.

네 번째 단계는 득우得牛로, 동자가 소를 붙잡아서 막 고삐를 끼우는 내용입니다. 흔히 선종禪宗에서 말하는 견성見性의 상태를 일컫습니다.

다섯 번째 단계는 목우牧牛로, 거친 소를 길들이는 내용입니다. 삼독심을 없애는 보임保任의 단계입니다.

여섯 번째는 기우귀가騎牛歸家로, 동자가 소를 타고 구멍 없는 피리를 불면서 고향으로 돌아오는 내용입니다. 이제 소는 특별한 지시를 하지 않아도 동자의 뜻대로 나아가게 됩니다.

일곱 번째 단계는 망우존인忘牛存人으로, 집에 돌아와 보니 애써 찾은 소는 온데 간 데 없고 동자만 남아있다는 내용입니다. 소는 궁극적인 목적지에 도달하기 위한 방편이므로 목적지인 고향 집(本鄕)에 돌아왔으면 소를 잊어야 한다는 뜻입니다.

여덟 번째 단계는 인우구망人牛俱忘으로, 동자가 자신마저도 잊어버리는 내용입니다. 소를 잊었듯 동자도 자신을 잊어야 비로소 완전한 깨달음을 이룰 수 있다는 의미입니다.

아홉 번째 단계는 반본환원返本還源으로, 일원상의 자연에 동자가 하나가 된다는 내용입니다. 온전한 깨달음을 이루고 나면 자연과 합일돼 어떤 행동을 해도 자연에 거슬리지 않게 된다는 의미입니다.

마지막 단계는 입전수수入廛垂手로, 동자가 큰 포대를 메고 저 자거리로 가는 내용입니다. 여기서 큰 포대는 중생에게 베풀어줄 복덕을 뜻합니다. 불교의 궁극적인 목적은 중생제도에 있다는 것을 의미합니다.

곽암 스님의 〈십우도〉는 열 편의 그림과 함께, 각각의 그림에 붙인 7언 절구의 게송 10수가 있습니다. 이 중에서 아홉 번째 단계인 '반본환원'에 대한 게송을 소개합니다.

집에 간다, 짐 챙긴다, 날뛰는 것은   返本還源已費功
눈멀고 귀 먹은 것보다 못한 행동거지   爭如直下若盲聾

암자에 앉아 암자 아래는 보지 못하네   庵中不見庵前物
물은 절로 아득하고 꽃은 절로 붉어라   水自茫茫花自紅

'암자에 앉아 암자 아래는 보지 못하네.'라는 대목에서 그간 자신이 그토록 찾아 헤맸던 무릉도원이 바로 자신이 사는 암자 아래였음을 깨닫게 됩니다.

정토는 다름 아닌 바로 우리가 살고 있는 바로 이 자리인 것입니다. 《파랑새》도, 〈심우도〉도 본향은 먼 데 있는 게 아님을 알려줍니다. 봄이면 꽃 피고 새 울고, 여름이면 소나기 퍼붓고, 가을이면 낙엽지고 겨울이면 폭설에 설해목 가지가 부러지는 모든 산야가 바로 본향인 것입니다.

'차나 한잔 마시게'의 뜻

◉

보배구슬을 너의 옷 속에 넣어줬는데,
너는 아직도 고생하며 살고 있구나.
그 보배구슬로 필요한 것을 얼마든지 살 수 있는데…

앞서 저는 《파랑새》 동화와 〈심우도〉의 교훈은 두 가지이고, 그 교훈 중 하나는 자신만큼 소중한 존재는 없다는 것이라고 강조했습니다. 사람은 누구나 마음속에 보물을 지니고 있습니다. 바로 불성佛性이라는 보물입니다.

그대 몸속에 있는 여의주를 얻게 되면 　　　身得家中如意寶
세세생생 써도 끝이 없음을 깨닫게 될 것이니 世世生生用無窮
물건마다 서로 밝게 감흥하고 있으나 　　　雖然物物明明現
찾아보면 원래 흔적조차 없네 　　　　　覓則元來卽沒蹤

나옹혜근懶翁惠勤 선사의 선시입니다. 나옹 선사는 불성을 몸속에 있는 여의주로 비유하면서 세세생생 써도 끝이 없다고 강조했습니다. 그렇다면 불성이라는 여의주를 찾는 방법은 무엇일까요?

이상과 현실이라는 이원론적 세계가 아니라 현실 안에 이상이 투영돼 있는 일원론적 세계를 지향하는 것입니다. 서구 철학사조의 하나인 급진적 구성주의에 따르면, 인간의 인식이란 세계 자체에 대한 인식이 아닙니다. 스스로에게 유리하도록 파악한 세계에 대한 인식일 뿐입니다. 이를 일컬어 서구철학에서는 '인지적 순환'이라고 합니다.

그리고 서구철학에서 말하는 인지적 순환은 "그때 여래가 걸림이 없는 청정한 지혜의 눈으로 온 법계의 모든 사람들을 두루 살피시고 이런 말씀을 하셨다. '신기하고 신기하여라. 이 모든 사람들이 여래의 지혜를 다 갖추고 있구나. 그런데 어리석고 미혹하여 그 사실을 알지 못하고 보지 못하는구나.'"라는 《화엄경》〈여래출현품如來出現品〉의 구절과 크게 다르지 않습니다.

중국불교에 와서 이러한 가르침은 일상성 혹은 평상심의 철학으로 발전합니다. 그 대표적인 예가 조주종심趙州從諗 스님입니다. 조주 스님의 공안인 '끽다거喫茶去'는 평상심이 무엇인지를 일깨워줍니다.

조주 스님이 자신을 찾아온 한 남자에게 물었습니다.
"이전에 이곳에 와 본 적이 있는가?"
"와 본 일이 없습니다."
"차나 한 잔 마시게."

또 다른 납자가 찾아 왔을 때도 똑같은 질문을 던졌습니다.

"이전에 이곳에 와 본 적이 있는가?"

"와 본 적이 있습니다."

"차나 한 잔 마시게."

이를 보고서 의아하게 여긴 원주가 물었습니다.

"화상께서는 그 대답이 달라도 '차나 한잔 마시게.'라고 하시니, 무슨 뜻으로 그렇게 말씀합니까?"

이번에도 조주 스님의 말씀은 같았습니다.

"차나 한 잔 마시게."

흔히 불법佛法에는 신묘한 것이 숨겨져 있을 것이라고 지레짐작하는 이가 많습니다. 하지만 조주 스님은 불법佛法의 요체는 차나 한 잔 마시는 일상사에 지나지 않다고 말하고 있습니다.

조주 스님은 120세를 살았습니다. 그의 이름 앞에 고불古佛이 붙는 것도 이 때문입니다. 그는 세납만큼이나 불교계에 많은 업적을 남겼습니다. '개는 불성이 없다(狗子無佛性)', '뜰 앞의 잣나무(庭前栢樹子)' 등 수많은 선어를 남겼습니다. 그 선어들은 수행하는 제방의 납자들에게 여전히 화두로 참구되고 있습니다. 또한 조주 스님의 선풍을 '구순피선口脣皮禪'이라고 하는데, 임제의 '할'이나 덕산의 '방'처럼 다른 방편을 사용하지 않고 입으로만 교화했기 때문입니다.

한 학인이 조주 스님에게 물었습니다.

"어떤 것이 화상의 가풍입니까?"

조주 스님이 대답했습니다.

"안으로 한 생각도 없고 밖으로 구하는 바도 없다."

실제로 조주 스님은 티끌만큼의 인위人爲도 없는 자연 그대로의 삶을 산 것으로 전해지고 있습니다. 열반할 때까지 고불심古佛心을 여의지 않은 조주 스님이었기에 '평상심이 곧 깨달음'이라는 구경의 경지에 오를 수 있었던 것인지도 모르겠습니다.

많은 사람이 깨달음은 먼 곳에 있는 줄 압니다. 하지만 이런 생각이 잘못된 것임을 《법화경》을 보면 알 수 있습니다.

한 가난한 이가 부자인 친구의 집을 찾았다가 술이 잔뜩 취해 잠이 들었다. 부자인 친구는 외출하면서 가난한 친구를 위해 값진 보배구슬을 옷 안에 넣어주고 갔다. 하지만 자신의 주머니에 보배가 들어있는지 알지 못한 가난한 이는 계속해서 힘들게 살고 있었다. 오랜 세월 뒤 다시 만난 친구가 말했다.

"예전에 네가 나를 찾아왔을 때 값비싼 보배구슬을 너의 옷 속에 넣어줬는데, 너는 아직도 옷과 먹을 것을 구하기 위해 고생하며 살고 있구나. 그 보배구슬로 네가 필요한 것을 얼마든지 살 수 있었다."

《법화경》에서 말하는 보배구슬과 나옹 선사가 말한 여의주는 다르지 않을 것입니다. 이 세상의 모든 사람은 마음속에 보배구슬을 지니고 있습니다. 어쩌면 자신의 마음속에 숨겨져 있는 보배구슬을 찾는 것이 수행인지도 모르겠습니다.

《화엄경華嚴經》에는 '종일수타보終日數他寶 자무반전분自無半錢分'이라는 구절이 있습니다. '종일토록 남의 보배를 세어도 자기에게는 반 푼어치의 이익이 없다.'는 뜻입니다. 아무리 많은 경전을 읽어도 스스로 체득해 실천하지 않으면 의미가 없습니다. 무슨 일이든 아는 것보다 중요한 것이 실천입니다. 실천이 바로 남의 보배를 내 것으로 만드는 지름길일 것입니다.

거울 속의 '나'와 거울 밖의 '나'

◉

물에 비친 자신과 상사병에 빠진 나르키소스
물에 비친 자신을 보고 말없이 웃는 진각 스님

나르시시즘narcissism은 자기애 혹은 자기도취를 의미합니다. 그 어원은 그리스 신화의 나르키소스Narcissus로부터 비롯됩니다. 한 처녀가 잘 생긴 나르키소스의 마음을 끌려고 무던히 애썼지만 매정한 나르키소스에게는 아무런 소용이 없었습니다. 크게 상처를 받은 처녀는 나르키소스도 사랑 받지 못하는 아픔을 알게 해달라고 기도를 올렸습니다. 복수의 여신 네메시스Nemesis가 그 기도를 들어주었습니다.

어느 날 나르키소스는 갈증을 풀기 위해 맑은 샘을 찾았습니다. 몸을 굽히고 물을 마시려다가 나르키소스는 물에 비친 아름다운 자신의 모습을 보았습니다. 하지만 그것이 샘에 살고 있는 물의 요정인 줄 알고 사랑에 빠진 나르키소스는 물의 요정을 안으려고 하였습니다. 하지만 손이 물에 닿는 순간 물의 요정은 사라졌습니다. 잠시 후에야 물의 요정이 다시 나타났습니다. 나르키소스는 도

저히 샘을 떠날 수 없었습니다. 먹는 것도, 잠자는 것도 잊은 채 나르키소스는 샘가를 서성거렸습니다. 수면 위에 나타난 물의 요정을 보고서 나르키소스는 사랑고백을 했습니다.

"아름다운 물의 요정이여, 많은 님프들이 나를 연모하는데 왜 그대만 나를 피하는가? 내가 손을 내밀면 그대도 손을 내밀고, 내가 미소를 지으면 그대도 미소를 짓는 것을 봐서는 그대도 내게 무관심하지 않은 것 같은데."

나르키소스의 눈물이 떨어져 수면 위의 그림자를 흔들었습니다.

"제발 부탁이니 떠나지 마오. 그저 바라보게만 해주오."

사랑하는 대상을 보지 못하는 나르키소스는 점차 안색이 창백해졌습니다. 결국 나르키소스는 가슴을 태우는 사랑에 몸이 말라 죽었습니다. 죽어서도 나르키소스는 물의 요정을 보고자 했습니다.

불교 유식학唯識學의 정수라고 평가받은《유식 30송》에 따르면, 사람의 근원적인 고통은 아치我痴, 아견我見, 아만我慢, 아애我愛 등 네 가지 번뇌에서 비롯된다고 합니다. 이 네 가지 번뇌는 과도한 자기애라는 점에서 같습니다.

나르키소스의 비극은 현실의 자신과 물에 비친 자신을 구분하지 못한 데서 비롯됩니다. 나르키소스는 과도한 자기애로 말미암아 그 둘이 다르지 않음을 깨닫지 못했습니다. 영혼과 육체라는 구분도 다르지 않을 것입니다. 우리는 어리석게도 이런 질문을 곧잘 갖고는 합니다. 영혼이 육체를 떠났다면, 육체가 자기 자신인가? 아니면 영혼이 자기 자신인가?

　독일에는 도플갱어Doppelganger 전설이 있습니다. 전설에 따르면 자신과 똑같은 외모를 가진 이를 만나게 되면 오래지 않아 죽는다고 합니다. 이와 유사한 전설이 세계 곳곳에서 발견됩니다. 우리나라에도 '옹고집전' 이야기가 있습니다. 심리학에서는 '더블Double'이라는 용어를 쓰는데, 인간 육체에 대응하는 영체를 뜻합니다. 그런 사실에 비쳐봤을 때 인류는 꾸준히 자신과 똑같은 존재가 있길 바라면서도 그 존재를 만나길 두려워했다는 것을 알 수 있습니다.

　오조법연五祖法演 스님이 이와 비슷한 질문을 던졌습니다.

　"천녀倩女의 혼이 떠났다는데, 어느 쪽이 진짜인가?"

　《무문관無門關》에는 '천녀이혼倩女離魂' 이야기가 실려 있습니다. 중국에 내려오는 설화인데 이야기가 흥미롭습니다.

　옛날 중국 형량에 사는 장감에게는 천녀라는 딸이 있었는데 절세의 미인이었다. 장감은 외조카인 왕주에게 천녀와의 결혼을 약속했다. 그러던 어느 날 새로 부임한 현령이 천녀를 보고 한눈에 반하여 청혼하였다. 장감은 왕주에게 했던 약속을 잊고 현령에게 결혼을 승낙하였다.
　상심한 왕주가 마을을 떠나려고 하는데, 천녀가 그 뒤를 따라나섰다. 두 사람은 배를 타고 이웃 나라로 가서 오순도순 행복하게 살았다. 몰래 집을 떠난 것이 죄스럽고 부모님이 잘 사는지 걱정이 된 두 사람은 몇 년 만에 고향으로 돌아왔다.

왕주는 장감에게 그간의 일들을 아뢰고 용서를 빌었다. 그런데 장감이 깜짝 놀라며 지난 몇 년간 천녀가 병이 깊어 누워만 있었다고 말했다. 드디어 왕주의 아내인 천녀와 방에 누워 있는 천녀가 만나자마자, 둘은 한몸이 되었다.

오조법연 스님이 물은 것은 "누워 있는 천녀, 즉 육체뿐인 천녀가 진짜인가? 아니면 왕주를 따라간 천녀, 즉 영혼뿐인 천녀가 진짜인가?" 하는 것입니다. 천녀의 혼이 진짜일까요? 천녀의 몸이 진짜일까요? 하지만 이런 의문이 드는 순간 이미 오조법연 스님의 덫에 걸려든 것인지도 모릅니다. 부처님은 영혼과 육체의 관계를 설하면서 '모닥불'의 비유를 들었습니다.

"장작을 떠나서는 불이 있을 수 없다."

부처님은 영원히 변치 않는 숭고한 본질인 브라만과 그 본질의 반영체인 아트만이 있다는 힌두교의 이분법적 사고를 부정했습니다. 대신 부처님은 연기 사상을 설했습니다. 플라톤Platon으로부터 데카르트Descartes까지 이어지는 서구철학의 물심이원론物心二元論은 힌두교의 이분법적 사고와 다르지 않습니다. 서구철학은 마음과 물질이 서로 환원불가능하다고 여겨왔습니다. 뉴턴의 기계론적 물질관 역시 마음과 물질을 서로 대립하는 양극으로 간주

했습니다.

하지만 이러한 서구철학과 고전물리학적 패러다임은 한계에 봉착했음은 물론이고 새롭게 해체되고 수정된 지 오래입니다. 절대적 구성주의는 상대적 해체주의로 대체되고, 절대공간, 절대시간, 인과율 등에 기초한 고전물리학은 관찰자의 시각에 따라 물질의 반응이 달라진다는 원자물리학으로 대체된 것입니다.

이 땅에 나고부터 너를 의지하였더니	我生落地卽憑渠
그대와 서로 의지하며 오십 년 살았네	渠我相將五十餘
그대와 이제 잡은 손 놓게 되면	秖恐與渠分手日
백 년 동안 사귄 정 하루아침에 멀어지리	百年交道一朝疎

기암법견奇巖法堅 스님이 육신과 이별하면서 읊은 선시입니다.

묘향산 원적암에서 설법을 마친 뒤 서산 대사는 자신의 영정을 꺼내어 그 뒷면에 '80년 전에는 네가 나이더니(八十年前渠是我), 80년 후에는 내가 너로구나(八十年後我是渠).'라는 글을 남기고 입적했습니다.

그런가 하면 진각혜심眞覺慧心 스님은 수면에 비친 자신의 모습을 보고서 이렇게 읊었습니다.

못가에 홀로 앉아	池邊獨自座
물 밑의 그대를 우연히 만나	地底偶逢僧
묵묵히 웃음으로 서로 바라볼 뿐	默默笑相視

혜심 스님은 연못가에 홀로 앉았다가 물비늘에 비친 자신의 모습을 봤습니다. 그런데 스님은 수면에 비친 자신에게 그저 묵묵히 웃을 뿐입니다. 서산 대사가 자신의 초상화에 붙인 영찬影讚과 마찬가지로 혜심 스님도 주객主客이라는 양변을 여읜 것입니다.

'나는 누구인가?'하는 질문은 마치 거울에 비친 자신의 모습을 거울 밖의 자신이 바라보면서 '너는 누구인가?'라고 묻는 것과 같습니다. 우주 만물의 형상은 그 대상을 바라보는 주체의 마음 상태에 따라서 달라질 수밖에 없습니다. 분별심을 갖지 않는다면 나도 없고 너도 없습니다.

"범부와 성인에 대해 '다름'과 '같음'을 말하는 것은 이 모두가 거울 속의 영상에 대해 분별하는 것과 같다. 이 하나의 거울만이 원만하게 온 세상을 두루 담나니 '거울' 밖에 법이 없고, '그'와 '나'는 하나이니라."

영명연수永明延壽 스님의 《종경록宗鏡錄》의 한 구절입니다. 그러니 수면 위에 자신의 모습을 보더라도, 거울 속의 자신의 모습을 보더라도 자기애나 자기혐오에 빠질 게 아니라 그저 묵묵히 바라본 뒤 웃어야 합니다.

마음, 마음 참으로 알 수 없네

◉

도는 닦을 것이 없다. 다만 물들지 말라
나고 죽는 마음에 물들지 말라

"마음이란 두 개의 방이 있는 집과 같다. 한쪽 방에는 괴
로움이 한쪽 방에는 즐거움이 살고 있다. 따라서 사람은
너무 큰 소리로 웃어서는 안 된다. 옆방의 괴로움이 잠을
깨게 된다."

(-《카프카와의 대화》, 구스타프 야누흐)

원효 스님이 중국의 당나라로 유학을 갈 때 있었던 일이라고
합니다. 동굴에서 잠을 자다가 목이 말라서 어둠 속에서 더듬더듬
물이 있는 곳을 찾았습니다. 때마침 물그릇이 손에 잡혀서 벌컥벌
컥 물을 마셨습니다. 이튿날 깨어보니 달게 마셨던 물그릇이 다름
아닌 사람의 해골이었던 것입니다. 원효 스님은 구역질을 하다가
크게 깨치게 되었습니다. 어젯밤에 달게 마셨던 물이 오늘 아침에
는 욕지기를 일으킨다는 사실이 놀라웠던 것입니다. 따지고 보면

모르고 알고 차이만 있지 원효 스님이 해골에 고인 물을 마셨다는 것은 분명합니다. 그런데 그 사실을 몰랐을 때는 달디 달게 느껴졌고, 그 사실을 알았을 때는 구역질이 일어났습니다.

해골에 고인 물은 애초 더럽거나 깨끗한 것이 아닙니다. 더럽다고 생각하면 더러운 것이 되고 깨끗하다고 생각하면 깨끗한 것이 됩니다. 따라서 본래 더럽고 깨끗한 것은 없습니다. 모든 것이 객체에 있는 것이 아니라 이 마음에 달려 있었던 것입니다. 사물 자체에는 정淨도 부정不淨도 없는 것입니다. 하여, 원효 스님은 세상의 모든 것은 그 대상에 따라 달라지는 게 아니라 마음에 따라 달라진다(一切唯心造)는 것을 깨달았고, 아래와 같은 게송을 남겼습니다.

마음이 일어나므로 갖가지 현상이 일어나고
마음이 없어지므로 동굴과 무덤이 둘이 아니다
心生故種種法生
心滅故龕墳不二

일체유심조라는 가르침은 행복과 불행이 사람의 마음에 따라 결정된다는 것을 일깨워줍니다. 좋은 생각을 하면 좋은 일이 생기고, 나쁜 생각을 하면 나쁜 일이 생깁니다. '불행하다'고 생각하면 불행해지는 것이고, '행복하다'고 생각하면 행복해지는 것입니다. 살다 보면 수많은 장애에 봉착하게 됩니다. 그럴 때 '할 수 있다'고 생각하는 사람이 있는가 하면, '할 수 없다'고 생각하는 사람이 있습니다.

중요한 것은 인간의 마음은 변화무쌍하다는 사실입니다. 좋은 사람은 보고 싶고, 싫은 사람은 보기 싫은 게 인지상정人之常情입니다. 그런데 여기서 좋다는 생각, 싫다는 생각을 하는 주체는 '나'라는 것을 간과해서는 안 됩니다. '나'라는 존재는 불완전하기 짝이 없습니다. 그런데도 우리는 끊임없이 나를 중심으로 생각하고, 말하고, 행동합니다.

영국 철학자 줄리언 바지니Julian Baggini는《에고 트릭Ego trcik》이라는 저서에서 자아self에 대해 심도 깊게 연구하면서 "우리가 세계 안의 어느 위치에 있느냐 하는 것이 우리 자신의 정체성을 규정한다."고 주장하였습니다. 변하지 않는 확고한 본질이란 없다는 게 줄리안 바지니의 결론입니다. 줄리안 바지니의 에고트릭에서 에고는 자아이고, 트릭은 속임수이니, 자아라고 여기는 것 자체가 속임수라는 의미입니다.

《화엄경華嚴經》〈야마궁중게찬품夜摩宮中偈讚品〉 사구게에도에도 나오는 내용입니다.

만약 어떤 사람이	若人欲了知
삼세의 모든 부처님을 알려면	三世一切佛
마땅히 법계의 성품 모든 것이	應觀法界性
마음으로 된 줄을 알아야 한다	一切唯心造

무명無明, 즉 아무것도 보이지 않는 캄캄한 어둠 속에서 본 환

영을 사실인 것으로 착각하는 것을 미망迷妄이라고 합니다. 이러한 미망迷妄을 만드는 것도 마음心이며, 이러한 미망을 없애는 것도 마음心입니다.

《화엄경》에는 또 '심불급중생心佛及衆生 시삼무차별是三無差別'이라는 구절이 있습니다. 마음과 부처와 중생, 이 셋은 차별이 없다는 뜻입니다. 부연하자면, 미혹한 중생의 눈에는 마음(心), 부처(佛), 중생衆生이 차별이 있어 보이지만, 깨달음에 의한 진여眞如의 입장에서는 본질적으로는 차별이 없다는 것입니다. 그런데 차별하는 마음을 만드는 것은 무엇일까요? 바로 탐진치貪瞋癡 삼독심三毒心입니다.

함허득통 선사는 《금강경오가해金剛經五家解》를 통해 이렇게 설했습니다.

"여기 한 물건이 있으니 이름과 모양이 없으나 고금古今에 통하고 티끌 속에 있어도 온 우주를 싼다. 안으로 여러 가지 덕 갖추어서 밖으로 뭇 생명과 삼계의 주인이 되고 만법萬法의 왕이 된다. 탕탕하여 그 무엇에도 비할 수 없으며 외외하여 그 누구도 짝할 이 없도다. 신기하다. 그 무엇이 이렇게 맑고 밝으며 보고 들음에 은은자적하여 그 오묘함이 깊고 깊도다. 천지 이전에도 시작됨이 없고 천지 이후에도 끝이 없으니 공하다고 할까? 있다고 할까? 나는 그 까닭을 알 수 없다."

서산 대사도 《선가귀감禪家龜鑑》을 통해 함허 선사와 유사한 가르침을 펼쳤습니다.

"여기 한 물건이 있으니 과거로부터 현재에 이르도록 밝고 신령스러워서 일찍이 난 바도 없고 일찍이 죽은 바도 없으며 이름을 붙일 수도 없고 모양을 그릴수도 없다. 이 것이 진정 무엇인가?"

함허 선사와 서산 대사의 말씀은 심지법문心地法門에 바탕을 두고 있습니다. 마음은 신묘한 것이어서 마음이 무엇이냐고 묻는다면 뭐라고 답해야 할지 말문이 막히는 게 사실입니다. 마음은 모양도, 소리도, 냄새도, 맛도, 감촉도 없습니다. 그런데도 우리는 마음을 통해서 모양을 보고 소리를 듣고 냄새를 맡고 맛을 보고 감촉을 느낍니다.

마음은 넓기도 하고 좁기도 합니다. 때로는 지평선 끝까지 펼쳐져 있는가 하면, 때로는 바늘 하나 꽂을 자리가 없을 지경입니다. 마음은 빠르기도 하고 느리기도 합니다. 미처 손쓸 새도 없이 사라지는 빛처럼 급작스럽게 움직이기도 하고, 천 년 동안 산을 지키는 바위처럼 미동조차 않기도 합니다.

마음은 그 크기를 자로 젤 수도 없고, 그 형상을 그림으로 그릴 수도 없습니다. 실로 마음은 텅 비어서(眞空) 신묘하게 존재(妙有)하는 것입니다. 우리의 몸은 마음이 시키는 대로 할 뿐입니다.

보조국사普照國師 지눌知訥 스님은 《수심결修心訣》에서 이렇게 강조했습니다.

"삼계(三界: 욕계·색계·무색계)를 윤회하는 고통은 마치 불
난 집과 같은데, 어찌 그대로 참고 머물면서 그 오랜 고통
을 받으려 하는가. 그 윤회를 벗어나려면 부처를 찾는 길
밖에 없다. 만약 부처를 찾으려면 이 마음이 곧 부처이니,
마음을 어찌 멀리서 찾을 것인가. 바로 이 몸을 떠나 있는
것이 아니다. 그러나 이 몸은 무상하여 나기도 하고 죽기
도 하지만 이 진심眞心은 허공과 같아서 끊어지지도 않고
변하지도 않는다. 그러므로 육체는 죽으면 흩어져 흙, 물,
불, 바람 등 자연으로 돌아가지만 한 물건(마음)은 영원히
신령하여 하늘과 땅을 덮는다."

'수심결'이라는 경전명은 '마음을 닦는 방법'이라는 뜻입니다.
지눌 스님의 말씀은 후학들에게 두고두고 회자되는 지남指南의 가
르침이 되었습니다.

또한《화엄경》에 이르길, "마음은 원하는 대로 되기 때문에 화
가와 같아서 가지가지 그림을 그려낸다."고 하였습니다. 생각만 하
면 무엇이든지 되는 게 바로 마음입니다.
'풍요 속의 빈곤'이라는 말이 있습니다. 21세기 현대사회는 물
질문명이 발달하여 인류는 문명의 이기 속에서 살아가고 있지만,
정신세계는 점차 황폐화되고 있습니다. 세상의 모든 가치를 물질

에 두기 때문입니다. 마음과 몸은 바늘과 실의 관계와 같습니다. 최근 유행하는 병명을 보면 신경질환 내지는 정신질환이 많습니다. 이런 질병들은 마음을 다스리지 못한 데서 오는 것입니다.

불교는 자기를 탐구하여 실상을 깨닫는 종교입니다. 그런데 자기를 탐구하기 위해서는 사유가 선행돼야 합니다. 한 생각이 밝으면 밝은 생활이 열리고, 한 생각이 어두우면 나락으로 떨어지고 맙니다.

달마 대사가 말했습니다.

"마음, 마음 참으로 알 수 없구나. 너그러울 때는 온 세상을 다 받아들이다가도 한번 옹졸해지면 바늘 하나 꽂을 자리도 없다."

마음은 모든 선행과 악행의 근원이기도 합니다. 열반의 즐거움도 마음에서 오는 것이고, 윤회의 고통도 마찬가지로 한 마음에서 일어나는 것입니다. 그러므로 마음은 세간을 뛰어 넘는 문門이고 해탈로 나아가는 나루터입니다.

달마 대사의 법을 네 번째로 이어 받는 도신道信 선사는 우두산牛頭山에서 토굴을 짓고 정진하는 우두법융牛頭法融 스님을 만나 "이곳에서 무엇을 하고 있는가?" 라고 물었습니다. 법융 스님이 서슴없이 "마음을 찾는다."고 대답을 했습니다. 그러자 도신 선사는 "관시하인觀是何人 심시하물心是何物이냐?"고 반문을 했습니다. 마음을 찾고 보려는 자는 누구이고, 그 마음은 어떤 물건인가라고 물은 것입니다. 마음을 찾는 자의 마음과 찾고 있는 대상인 그 마음은 같은지 다른지 날카롭게 지적한 것입니다. 도신 스님의 질문에 법융 스님은 깨달음을 얻고자 찾고 있는 마음이 다름 아닌 자기 마음이란 것을 깨닫게 됩니다.

마음은 사람의 삶을 이끌어가는 수레입니다. 사람은 누구나 닦지 않으면 오염되는 마음을 갖고 있습니다.

중국 선종禪宗의 혁신적 변화를 가져온 마조 선사는 "부처가 곧 마음"이라고 선언한 선사입니다. 마조 선사의 가르침은 '즉심시불卽心是佛', 즉 '마음이 곧 부처'라는 말로 요약됩니다. 특히 마조 선사는 "도는 닦을 것이 없다. 다만 물들지 말라. 나고 죽는 마음에 물들지 말라."고 강조했습니다.

앞에서 말씀드린 것처럼, 마음은 크다고도 할 수 없고 작다고도 할 수 없습니다. 다만 깊고 고요할 뿐입니다. 마음의 작용에 따라 크게 펼치면 법계를 감싸고도 남음이 있고 작게 거두어들이면 실오라기만큼도 허용치 않습니다.

우리가 지닌 마음은 참으로 두렷하고 호젓이 밝아 조금도 모자람이나 부족함이 없습니다. 이를 일컬어 조사들은 한결같이 '한 물건'이라 했습니다. 마음이 곧 부처이니 마음 밖에서 깨달음을 찾는 우(어리석음)를 범하지 말아야 할 것입니다.

이 눈부신 삶은 어디에서 오는가

몸은 음식을 먹고 마음은 기도를 먹는다

3장

붓다와 지혜와 사랑은 하나이다

선을 행하고 마음을 청정하게 하면 이것이 수행이다

대담 : 법인 스님(대흥사 일지암)
정리 : 유철주(작가)

남도의 사찰은 봄에도 좋고 여름에도 좋고 가을에도 좋고 겨울에도 좋다. 경내를 장엄하는 대중들의 기도 소리와 참배객들의 유쾌한 목소리가 하나로 어우러져 하모니를 이룬다.

 강진 백련사와 다산초당을 잇는 길목에는 천연기념물 제151호 동백숲이 있다. 그리고 사람과 나무가 함께 호흡하는 동백숲 속에는 마음을 쉴 수 있을 만큼 넉넉한 오솔길이 있고, 그 사이에는 또 숲의 역사와 함께했을 6개의 이름 없는 부도가 있다. 숲길을 걷다보면 멀리 바다가 보인다. 다시 눈을 돌려 백련사로 돌아오면, 일주문 앞에서 걸음이 저절로 멈춘다. '萬德山 白蓮社'.

✦

백련사는 진리眞理와 법향法香이 가득한 도량

'만덕산 백련사'라는 여섯 글자 안에 절의 역사가 다 들어 있는 듯
하다.

백련사는 신라 문성왕 때 무염 국사가 산 이름을 따라 '만덕사'
라는 이름으로 창건했다고 전해진다. 이후 쇠락했다가 1211년에
원묘국사 요세 스님에 의해 중창되었고, '백련결사白蓮結社'의 중심
도량으로서 혼란한 시대에 민중의 의지처가 되었다. 고려 조정에
서는 결사를 이끈 여덟 명의 스님을 국사로 모실 정도로 크게 흥하
였지만, 전란을 겪으며 대부분의 전각이 소실되었다. 조선시대 때
는 행호 대사가 세종대왕의 형인 효령 대군의 후원으로 20여 채의
전각을 다시 세웠다. 오늘날 백련사는 팔국사 다례재八國師茶禮齋
를 봉행하며 민중과 함께 했던 결사의 정신을 계승하고 있다.

또 백련사는 차로 유명한 사찰이다. 만덕산은 고려시대 때부
터 자생해온 야생 차밭이 있어서 다산茶山이라고 불렸다. 강진으
로 유배 온 정약용 선생이 호를 '다산'으로 한 연유이다. 당시 백련
사 주지인 아암혜장 선사는 다산 정약용 선생에게 도움을 주면서
깊이 교류하였고, 다성茶聖 초의 선사와의 만남도 주선하였다.

이처럼 천여 년의 세월을 고스란히 품은 채 역사와 전통을 이
어온 백련사다. 근대에도 선지식善知識들이 한 번쯤은 방부를 들이
고 싶어 했던 수행도량의 면모를 굳건히 지켜왔다.

백련사의 역사를 설명하고 있는 보각 스님

더불어 행복한 세상을 꿈꾸는 자비행자

지금 백련사는 시대의 고통을 어루만지는 자비 실천의 열린 도량을 자처한다. 21세기형 백련결사라 불러도 좋을 이러한 변화는 주지인 보각 스님의 원력에서 시작되었다. 2018년 9월부터 백련사 주지 소임을 맡은 보각 스님은 평생 연구와 후학양성에 매진해온 학자이자 실천가이다.

○ 스님 뵈러 오는 길이 참 좋았습니다. 동백숲의 아늑함도 좋았고, 차밭의 푸르름도 좋았고, 또 스님께서 내 주신 차맛도 참 좋습니다.

● 허허. 고맙습니다. 우리나라의 많은 전통사찰들이 자연과 벗해 있지만, 백련사는 더욱 주위가 아름답습니다. 향기로운 도량이지요. 여름에는 백일홍이 피고 겨울부터 봄까지는 동백꽃이 경내에 향기를 전합니다. 저도 대부분 도시에서 지내다 내려오니 더욱 실감하게 됩니다.

예전에는 바다도 좋았지요. 저 앞에 보이는 강진만 앞 논들은 다 간척한 땅입니다. 1980년대에 제가 처음 백련사를 찾아왔을 때는 강진에서 꽤 오랜 시간 배를 타고 왔던 기억이 납니다. 다산초당 쪽으로 올라와 부도전을 지나 왔지요. 그때 백련사는 지금보다 훨씬 작은 규모였습니다. 대웅전과 요사채, 사적비 정도만 있었습니다. 그럼에도 천년고찰로서의 웅장한 기운과 백련결사의 치열한 구도심이 느껴지는 곳이었습니다.

　저는 오래 전부터 중앙승가대에서 퇴직을 하면 속가 고향(전남 나주)쪽에 와 부처님 법을 전하고 싶었는데, 오랜 시간을 돌아 백련 사와 좋은 인연이 됐습니다.

○　출가 후 주지 소임을 처음 맡으셨다고 들었습니다. 말하자면 '첫 경험'인데, 어색하거나 부담되지는 않으셨는지요?

●　어디든 처음부터 쉬운 것은 없습니다. 함께 할 소임자부터 한 분 한 분 모셔오고 있습니다. 앞으로도 어려움이 없지 않겠지만 큰 일은 아니라고 생각합니다. 대학에서 많은 학인들을 가르쳐왔고 또 큰 사회복지시설을 운영해왔던 경험을 바탕으로 하나하나 이뤄나가려 합니다.

○　백련사의 역사와 전통도 지켜야 하고, 현 시대의 사회 변화 흐름에도 대응해야 하는 어려운 소임을 맡으셨습니다. 말씀대로 스님의 경험이 큰 도움이 되겠군요.

●　저는 '규모'나 '겉모습'을 내세우지는 않으려고 합니다. 저는 백련사를 부처님의 진리와 백련결사의 법향이 영원히 머무는 도량으로 가꾸고 싶습니다.

　우선 백련사 정기법회와 강진불교회관 법회를 활성화하고, 강진불교대학도 경전반과 교리반으로 재구성해 체계적으로 운영하는 데 집중하려고 합니다. 기본부터 탄탄히 다져 놓으려는 것입니다. 그 후에야 어떤 일이든 도모할 수 있겠지요.

물론 사찰의 고유 프로그램을 개발할 생각도 합니다. 다행히 요즘에는 남도기행 프로그램들이 많이 있습니다. 그중 백련사 참배가 포함되어 있습니다. 다산초당과 연계해 다도실습을 백련사에서 합니다. 템플스테이 체험을 하는 사람만 연간 6천 명 이상 됩니다. 일반 관광객들도 많이 옵니다. 절을 찾는 분들에게 무언가 의미 있는 것들을 드리려 계속 고민하고 있습니다.

하지만 요즘 제가 느끼는 걱정은 따로 있습니다. 호남불교가 너무 침체되어 있다는 것입니다. 지금 제 머릿속은 호남불교, 남도불교를 어떻게 활성화할지에 대한 고민으로 가득합니다. 다행히 강진사암연합회 모임이 비교적 잘 되고 있고 공무원불자회도 신심 있게 움직입니다. 지역사회에 살아 있는 불심佛心을 더 넓게 확장시켜 보고자 합니다.

✤
옛집으로 가듯 자연스럽게 찾아온 출가 인연

스님의 말씀을 듣다보니, 백련사의 과거 미래 현재가 지금 이 순간에 펼쳐지는 듯했다. 더 자세하게 차근차근 이야기를 들어보고 싶어졌다. 스님의 출가 인연도 궁금했다. 스님의 포교 원력이 언제부터 시작되었는지 알고 싶었기 때문이다. 스님은 "별거 없는데…." 라면서도 인연의 실타래를 풀기 시작했다.

○ 부처님과의 인연이 궁금합니다.

● 저는 7남 1녀 중 여섯째인데요, 형제들과 함께 어머니를 따라 절에 자주 다녔습니다. 영암 망월사와 나주 다보사에 자주 다녔지요. 어머니의 지극한 기도와 신행을 보며 자연스럽게 불교에 귀의하게 되었습니다.

어렸을 때 어머니한테 저의 태몽 이야기를 들은 적이 있습니다. 어느 날 가사장삼을 수한 노스님이 산에서 내려와 집 앞에 오셨다고 합니다. 그 스님께서 갑자기 바랑을 열어 큰 목탁을 꺼내 주셔서 어머니가 그것을 받아 가슴에 안았다고 했습니다. 그리고는 제가 태어났다고 해요. 지금 그 태몽을 생각해 보면 아마 저는 전생부터 절에 살던 스님이 아니었나 싶습니다.

제가 초등학생일 때도 비슷한 일이 있었습니다. 어머니가 버스를 타고 시장에 가시는데 몇 정거장 지나 지역에서 유명한 무당이 그 버스에 탔다고 합니다. 그 무당이 어머님 앞으로 오더니 '향내가 지독하게 난다. 향내 나는 아들이 있네!'라고 했답니다. 어머니는 그 순간 기분이 묘했다고 합니다. 10여 년 뒤 제가 고등학교를 졸업하고 출가하는 것을 보시더니 '보통 인연은 아니었던 것 같다.'고 한 말씀 하셨습니다.

○ 그래도 출가할 때 부모님은 좀 서운하시지 않았을까요?
● 그런 것은 거의 없었어요. 어머니께서는 제가 戒계를 받을 때 직접 가사장삼을 해주셨습니다. 어찌나 정성을 들여 만들어 오셨는지 참 정갈했습니다. 출가하고 한참 뒤에 속가 집에 갔더니 유학儒學을 공부하셨던 아버지가 유언처럼 말씀하셨습니다. '불도佛

대학 졸업식에서 어머니와 함께.
"은사스님은 나에게 네 어머니만큼만 살라고 하셨지요."

道도 도道이고 네가 좋아서 출가했으니 반대는 안 한다. 다만 중도 속인도 아닌 것처럼은 살지 말라.'고 말입니다. 출가했으니 확실하게 수행하고 정진하라는 당부의 말씀으로 지금까지 생각하고 있습니다.

○ 은사스님이신 천운 큰스님과는 어떻게 인연이 닿으셨는지요?
● 저는 고등학교를 마치고 영암 망월사로 가 출가를 했습니다. 어렸을 때부터 자주 다니던 절이라 익숙했으니까요. 고향 나주에서 초등학교를 졸업하고 중고등학교를 광주에서 다녔는데, 고등학생 시절 방학 때는 망월사에 들어가 공부도 하고 스님들을 모시기도 했던 기억이 납니다.
　　머리를 깎고 행자생활을 시작할 때쯤 나중에 사형師兄이 된 스님들이 광주 향림사에 주석하며 후학들을 제접하던 천운 스님을 은사로 추천했습니다. 그래서 사형스님들과 함께 향림사로 향했지요.

○ 당시 향림사의 풍경이 궁금합니다.
● 허름한 '하꼬방'이었습니다. 공동묘지 밑에 있었는데 인법당 한 채뿐이었습니다. 그런데도 아이들만 한 서른 명 넘게 있었습니다. 물론 그때는 다른 절에서도 아이들을 많이 키웠습니다. 경제적으로 어려울 때이니 절에 꼬마들이 많았어요. 고아도 있고, 집이 가난해 절에 가면 밥은 굶지 않을 것 같아 부모님이 보내기도 하고 그랬어요. 작은 집에 워낙 사람이 많으니 매일 칼잠을 자면서 생활

했습니다.

○ 행자생활은 고되지 않으셨나요?

● 특별히 힘든 것은 없었어요. 그때 한창 불사를 하고 있어서 벽돌과 모래 등 자재들을 짊어지고 날랐던 기억들이 많이 납니다. 그리고 천운 큰스님께서는 늘 자비로 대중을 제접하셨으니, 큰스님을 스승으로 모시고 출가한 사람들이 적지 않았습니다. 큰스님은 저희들에게 화합和合과 철저한 계행戒行을 늘 강조하셨지요. 그래서 우리 행자들은 '계가 수행의 근본이다.'는 말씀을 지키고 화합하며 지냈습니다.

○ 은사스님에 대한 마음이 각별하신 것 같습니다.

● 천운 큰스님은 호남불교를 대표하는 선지식이십니다. 2001년에 종단 원로의원으로 추대되셨고 2004년에 대종사 법계를 받으셨지요. 수행과 포교가 두 길이 아니라고 생각하셨던 큰스님께서는 지역사회를 위해서도 많은 일을 하셨습니다. 1983년 향림유치원을 시작으로 향림어린이집, 향림사신용협동조합, 향림출판사, 광주불교대학, 사회복지법인 향림원 등을 설립하셨고, 정신지체장애인 및 노인, 아동보호 전문 생활시설을 운영하셨습니다.

또 구례 화엄사와 해남 대흥사 주지, 중앙종회의원, 광주사암연합회장 등을 역임하셨지만, 종단의 이러저러한 일에는 관여를 하지 않으셨지요. 사찰이 지역에서 도움이 되어야 한다는 생각을 실천하는 데 모든 노력을 기울이셨습니다. 총무원장 공로패와 포교대상, 법무부장관 표창장과 국민포장國民褒章 등 종단 내외에서 포교 및 사회통합에 기여한 공로로 받은 포상 및 감사패 등이 50여 건에 이르는 것만 보더라도, 큰스님의 덕행이 얼마나 넓고 깊었는 지 알 수 있습니다.

2010년 7월에 열반에 드실 때에도 큰스님께서는 전 문도들에 게 '제악막작諸惡莫作 중선봉행衆善奉行 자정기의自淨其意 시제불교 是諸佛教'라는 유훈을 남기셨습니다. "악한 일 행하지 말고 선행을 받들어 실천하라. 그리고 마음을 늘 청정하게 수행하면 이것이 부 처님의 가르침이니라." 우리 제자들은 그저 이 말씀을 지키기 위해 노력할 뿐입니다.

✤
운명과 같았던 사회복지학 연구의 길

은사이신 천운 큰스님의 가르침을 받으며 행자를 마친 보각 스님 은 계戒를 받은 후 해남 대흥사 동국선원에서 정진했다. 정진이 끝 날 때쯤 대학공부를 하고 싶은 마음이 생겨 은사스님의 허락을 받 고 입시에 도전했다. 스님의 연구와 수행, 포교 여정이 본격화된 것 이다.

○ 스님께서는 불교계 최초로 사회복지학을 전공하셨습니다. 동 국대 승가학과도 있었는데 일반 대학으로 진학하신 이유가 궁금 합니다.

● 출가 전부터 경영학에 관심이 많았습니다. 그래서 고민 없이 일반대학의 경영학과에 입학했습니다. 처음에 대학에 간다고 하니, 절 어른들은 제가 장가 갈 준비한다며 걱정을 하시기도 했습니다. 저는 그럴 마음이 추호도 없는데 말입니다. 그런 생각을 하셔서인지 사실 스님들께서 장학금을 거의 주지 않으셨어요. 하하.

○ 그럼 어떻게 학비를 마련하셨어요?

● 아는 사찰에서 기도, 부전 소임을 보며 학교에 다녔습니다. 정신없이 아르바이트를 하면서 낯선 경영학 공부를 하느라 정말 힘들었습니다. 그래도 사정이 여의치 않아 2학년을 마치고 휴학을 했습니다. 학비를 벌기 위해 본격적으로 아르바이트를 할 수밖에 없었거든요. 팍팍하고 때로는 서럽기도 한 시절이었습니다.

○ 출가자 신분으로 아르바이트를 하는 것도 만만치 않으셨을 것 같습니다.

● 부산 사리암에서 부전을 살았습니다. 남영동 대공분실에서 원통하게 죽은 박종철 열사 부모님이 다니시던 절입니다. 기도하고 불공하고 제사 지내는 소임입니다. 덕분에 지금 염불과 기도를 제법 잘 합니다. 심지어 월부책 장사도 했습니다.

○ 아니! 승복을 입고 책 외판원을 했다는 말씀입니까?

● 그만큼 절박했지요. 일반인이 아니라 절을 돌아다니며 스님들에게 책을 사 달라고 부탁했지요. 당시 외판 전문으로 꽤 유명했던

휘문출판사의 책이었는데, 그때 돈으로 18만 원을 벌어서 한 학기 학비를 냈습니다. 당시 서러움도 많았지만, 지금 생각해 보면 하심과 인욕 수행의 공덕을 쌓았던 것 같습니다.

○ 어른 스님들께는 공연한 걱정도 들으시고, 학비 마련하랴 공부하랴 정말 정신없는 대학 시절을 보내셨네요. 하지만 지금 돌이켜보면 재미있는 일들도 꽤 많으셨을 것 같습니다.

● 교생실습에 나갔을 때의 일인데요. 남자 고등학교에 교생으로 갔더니 하루는 교장 선생님이 저를 부르십니다. '스님! 여기는 일반 인문계 고등학교이니 앞으로 출근하실 때 양복을 입고 오면 안 되겠습니까?' '저는 출가한 사람입니다. 그에 맞는 의복을 갖추어야 합니다.' 그렇게 말하고 교생 실습을 나가지 않았습니다.

　　얼마 뒤에 다시 여자중학교 교생으로 갔습니다. 거기서는 학생들 상담도 해주고 수업도 가르치면서 재밌게 지냈습니다.

○ 경영학과로 입학해서 사회복지학으로 전공을 바꾸신 계기가 있으신지요?

● 아르바이트로 학비를 마련해서 복학신청을 했더니, 제적 처리가 돼 있어서 복학을 할 수가 없었습니다. 다행히 사회복지학과에 결원이 있어서 과를 바꿔 2학년으로 재입학하게 되었습니다. 그때의 '역경'이 제 운명이 되어버렸습니다.

○ 당시에 사회복지학은 일반인에게도 낯선 전공이었을 텐데, 고

장성 백양사에서 은사 천운 스님(가운데), 사형 몽산 스님(오른쪽)과 함께.
"악한 일 행하지 말고 선행을 받들어 실천하라. 그리고 마음을 늘 청정하게 수행하면
이것이 부처님의 가르침이니라." 은사스님의 유훈이다.

민은 없으셨나요?

● 당연히 고민했습니다. 그래도 사회복지학에 전혀 관심이 없었던 것이 아니어서 오히려 홀가분하게 결정을 했습니다. 은사스님과 속가 어머니의 가르침이 사회복지와 인연의 끈을 이어준 게 아닌가 생각도 듭니다.

어머니는 8남매 집안의 맏며느리로 시집 오셔서, 8남매를 키우시며 치매에 걸린 시아버지를 정성껏 보살피셨어요. 말년에는 향림사에서 봉사하며 지내셨는데, 천운 큰스님께서도 제 어머니를 보며 저에게 "네 어머니만큼만 살라."고 말씀해 주시곤 하셨습니다.

○ 저도 향림사에서 뵈었던 스님의 어머님을 기억하고 있습니다. 참 후덕하고 신심이 깊으신 보살님이셨습니다.

● 제 평생의 복福이 바로 훌륭한 어머니를 모셨다는 것입니다. 어찌 보면 관세음보살님의 자비심을 어머니에게 배웠다고 해도 과언이 아니지요. 아직도 생생한 기억 하나가 있습니다.

제가 초등학교를 졸업하고 중학교 입학시험을 보러 광주로 나갔습니다. 외가에서 하룻밤을 자고 시험을 보러 가는 일정이었습니다. 그때 어머니가 당신이 입으시던 빨간 내복을 빨아서 저한테 주셨어요. 제가 입기 싫다고 했는데도 끝까지 입으라고 하십니다. 밖이 너무 춥다고 하시면서요. 마지못해 내복을 입고 학교로 가는 버스를 탔습니다.

광주 시내 구경을 하면서 버스에 앉아 있었는데 거지 아줌마가 어린애를 업고 차에 오릅니다. 어머니가 그들을 보시더니 제 옆구리를 툭툭 칩니다. '얼른 내복 벗어라.'고 하세요. 어머니의 눈빛을 보고 저는 그 자리에서 옷을 벗었어요. 버스에 탄 사람들은 무슨 일인가 하고 또 저를 봐요. 갑자기 버스 안에서 학생이 옷을 벗으니 무슨 일이 났나 싶었겠죠. 결국 내복을 벗어 그 거지 아줌마한테 건네줬습니다. 버스에 있던 어른들이 저를 보며 '착한 놈이네.'라고 칭찬을 해주셨습니다.

생각해 보니, 어머니는 어려운 사람들이 집에 오면 꼭 상을 차려서 밥을 주셨어요. 반찬이 하나일지라도 꼭 상에 차려 주셨습니다. 한 사람 한 사람을 소중하게 대하셨기 때문이지요. 동체대비同體大悲가 바로 이런 마음이 아닐까요? 어머니는 이웃의 아픔이 곧 내 아픔으로 느껴지는 마음을 가지신 분이셨어요.

항상 따뜻하게 이웃을 대해 주셨던 어머니의 모습이 제 머릿속에 있었기 때문에 전공을 사회복지학으로 바꾸는 것에 큰 거부감이 없었던 것 같습니다. '어려운 이웃을 도우며 살아야 한다.'고 그렇게 강조하셨던 어머니의 말씀이 아직도 귓가를 맴돕니다. 지금 생각해 보면 그때 탁월한 선택을 한 것 같습니다. 하하.

○ 세속의 공부를 한다고 눈총을 받으면서 힘들게 학부를 졸업하셨는데, 또 대학원에 진학하여 학업을 이어가셨습니다. 그때는 형편이 좀 나아지셨는지요?
● 그럴 리가요. 하하. 대학원에 입학해서도 아르바이트를 계속해야 했습니다. 새벽에 기도를 하고 낮에는 학교에 갔다가 저녁에

는 다시 기도를 하는 생활을 반복했지요. 그래도 무사히 석사과정을 마쳤으니 참으로 고마운 일입니다.

✠

중앙승가대학교와의 인연

보각 스님이 석사과정을 마치고 난 뒤 종단에는 큰 일이 생겼다. 10·27 법난이 일어난 것이다. 법난을 수습하면서 중앙승가대에는 사회복지학과가 신설됐다. 당시 중앙승가대에서 학인스님들을 가르치던 호진 스님과의 인연으로 스님은 중앙승가대에서 본격적으로 후학양성을 시작했다. 1985년 3월 수행관장 겸 사회복지학과 강사로 중앙승가대와 인연을 맺은 스님은 2년 뒤 전임강사가 되었고 박사학위를 받았다.

○ 스님께서는 중앙승가대 설립 초창기부터 인연을 맺으셨습니다. 중앙승가대의 분위기는 어떠했는지요?

● 저는 중앙승가대학교가 한국불교 승가교육의 요람이라고 자부합니다. 1979년 설립된 이래 강원을 졸업한 많은 학인들이 중앙승가대에서 공부를 이어오고 있습니다. 석주 큰스님을 학장으로 모시고 부학장 현해 스님과 월운 스님, 송산 스님, 종범 스님 그리고 제가 교수로 있었습니다. 불교학과는 월운, 종범 스님이 맡으셨고 송산 스님과 저는 사회복지학과에서 학인들을 가르쳤어요. 3기 때까지는 불교학과만 있었고 4기 때부터 사회복지학과가 개설

됐습니다.

2001년에 현재의 김포학사로 이전했지만, 그 전까지만 해도 서울 돈암동 보현사, 구의동 영화사, 안암동 개운사 등 해마다 학사를 옮기기도 했지요. 1981년 학사를 옮긴 개운사는 비구 기숙사도 있었고, 비구니 기숙사는 대원암이었습니다.

○ 1980년대에는 중앙승가대의 정식 인가가 나지 않은 상태였는데요, 정상적인 학사운영이 어렵지는 않았는지요?

● 1990년 입학생부터 졸업자에게 사회복지사 자격증이 주어졌습니다. 1980년대에 다닌 스님들은 방송통신대 등에서 다시 공부해 자격증을 취득했습니다. 그때도 그렇고 지금도 공부하는 학인스님들은 열의가 있습니다. 앞으로도 불교사회복지에서 큰 역할들을 해줄 것으로 믿고 있습니다.

○ 1980년대는 격동의 시대라 할 만큼 사회적으로나 교단으로나 혼란의 시기였습니다. 당시 학인스님들이 공부에 집중할 수 있는 상황은 아니었을 것 같습니다.

● 그렇지요. 1980년대는 민주화운동이 거세게 일어나던 사회 분위기와 법난을 극복하고자 했던 교단 내의 움직임이 맞물려 그야말로 역동적인 시대였다고 할 수 있습니다.

우리 학인스님들도 정말로 사회운동을 열심히 했습니다. 요즘 말로 치면 '전문 시위꾼'들이 많았어요. 하하. 4명의 교수스님들이 학인들 찾으러 여기저기 참 많이 다녔습니다. 집회 나가서 연행된

보각 스님이 교단에서 선 초기의 강의 모습.
중앙승가대 사회복지학과에서 공부한 스님이 1천여 명,
현재 불교사회복지시설 대표자의 60% 이상이 스님의 제자들이다.

학인스님들 데리러 성북경찰서는 물론 검찰청도 수시로 드나들었습니다.

해인사승려대회에 참석하고 온 뒤 학교에서 연행된 학인스님을 데리러 창원지검까지 간 적도 있습니다. 그 스님이 창원지법에서 재판을 받았는데, 변호인을 구하러 부산에 갔습니다. 거기서 노무현 전 대통령과 상담을 했고, 문재인 대통령이 그 스님의 변론을 맡았습니다. 문 대통령께서 그때 아주 성실하게 변론에 임했던 기억이 생생합니다.

✠

지금 부처님이 계시다면 사회복지사로 나투셨을 터

스님은 중앙승가대에 대한 사랑이 각별했다. 중앙승가대 대학원장과 교학처장, 불교사회복지연구소장, 김포불교대학 학장 등을 비롯한 여러 보직을 맡아 학교 발전에도 정성을 보탰다. 그동안 중앙승가대 사회복지학과에서 공부한 스님은 1천여 명이 넘는다. 현재 불교사회복지시설을 책임지고 있는 대표자의 60% 이상이 스님의 제자들이다.

○ 이미 30여 년 전에 중앙승가대에 불교학과 다음으로 사회복지학과가 개설된 것은 상당한 의미가 있습니다.

● 저는 중앙승가대에 사회복지학과가 있다는 것이 자랑스럽습니다. 스님들이 본격적으로 복지에 관심을 갖고 다양한 방식으로

복지를 실천하고, 나아가 불교계 곳곳에서 복지 보살행을 할 수 있게 된 계기가 중앙승가대 사회복지학과 개설이 아닐까요? 수십 년 동안 학인스님들이 졸업하고 곳곳에서 복지 보살행을 하는 모습을 보면 환희심을 느낍니다. 교수로서 보람과 자부심도 있고요.

○ 복지 보살행이라는 말씀을 하셨는데요, 후학들에게 특별히 강조하시는 덕목은 무엇인가요?

● 사회복지도 수행의 일환이라는 것을 강조합니다. 직업으로 생각하면 안 됩니다. 스님들도 마찬가지입니다. 우리는 수행자입니다. 언젠가부터 '직업 승려', '직업 수좌'라는 말이 생겼습니다. 정말로 부끄럽고 부끄러운 표현입니다. 보살행을 실천한다는 자긍심을 가지고 수행자로서 더 열심히 정진해야 한다는 당부를 항상 하지요.

○ 사회복지는 보살행을 실천하는 일이고 곧 수행이라는 말씀이군요.

● 그렇습니다. 부처님께서 깨달음을 이루시고 45년간 쉬지 않고 중생을 교화하셨습니다. 중생교화의 가장 구체적인 방법이 사회복지입니다. 부처님께서 평생 보여주신 행보가 결국은 사회복지입니다. 부처님 가르침이 사회복지입니다. 그렇기 때문에 불교와 사회복지를 따로 생각하는 것은 전혀 맞지 않는 말입니다. 지금 우리 시대에 부처님이 계셨다면 아마 사회복지사의 모습으로 출현하셨을 것입니다. 불교를 비롯한 종교의 궁극적 목적은 중생구

중앙승가대 5기 졸업생들과 함께 한 모습.
둘째 줄 왼쪽에서 여섯번째가 현 조계종 총무원장 원행 스님이다.
(보각 스님은 앞줄 오른쪽에서 두 번째)

제입니다. 그 구체적 실천이 사회복지라고 생각합니다.

○ 사회복지에 관심을 가진 스님들이 점점 많아지고 있고, 교구 본사나 단위사찰에서도 다양한 복지사업을 하고 있습니다. 참으로 다행입니다. 학인스님들뿐 아니라 현장의 스님들도 사회복지가 곧 수행이라는 스님의 말씀을 잊지 않으셨으면 좋겠습니다.

● 제가 처음 사회복지를 전공할 때, "거지들에게 빵이나 나눠 주는 일을 왜 하느냐?"는 말을 들은 적이 있습니다. 그런데 지금은 "참으로 선견지명이 있다."고 말씀들을 하시지요. 요즘은 스님들이 복지 보살행을 하는 일에 어떤 편견도 없습니다. 일반화되고 보편화 되었다는 뜻이 아니겠습니까?

복지는 그 자리에서 검증 받는 현장 수행입니다. 대승불교의 핵심이 보살행 아닙니까? 법보시法布施, 재보시財布施, 무외시無畏施를 통해서 중생에게 지혜와 행복을 주는 보살행의 현장이 복지의 현장입니다.

○ 말씀처럼 우리 불교계의 복지는 예전에 비해 놀랍도록 발전했습니다. 그럼에도 여전히 장애에 대한 편견이 있는 것 같습니다. 예를 들면 업業의 관점에서 장애인이나 사회적 약자를 평가하는 경우입니다.

● 당연히 그런 편견은 사라져야 합니다. 업보를 그리 해석하면 교리에 대한 왜곡이고 편견입니다. 장애를 가진 분들 중 선천적인 장애는 20% 미만입니다. 80% 이상이 후천적으로 장애를 갖게 된

경우입니다. 이것만 보아도 업의 관점으로만 장애를 설명할 수 없다는 것이 분명합니다. 그런데도 장애로 인한 고통을 업보 때문이라고만 한다면, 이는 부처님의 가르침을 제대로 이해하지 못한 것입니다.

우리는 생로병사의 흐름을 거역할 수 없습니다. 아무리 신체적, 정신적으로 건강한 사람일지라도 점점 노화되고 퇴화하면서 삶에 장애를 안고 살아가게 됩니다. 냉정하게 말하자면 노인 자체는 장애덩어리입니다. 어르신들은 불편한 곳이 한두 개가 아니잖아요? 그래서 정상이니 비정상이니, 비장애인이니 장애인이니 하며 구분하는 것도 맞지 않습니다.

그리고 곰곰이 생각해 보세요. 대부분의 장애인들은 남에게 피해는 안 줍니다. 반면에 비장애인 중에 세상에 피해를 주는 사람은 또 얼마나 많습니까?

더불어 공존하는 것이 중요합니다. 겸손하고 사려 깊은 불자의 자세가 필요하다고 봅니다.

○ 최근 승려노후복지 문제도 관심이 높아지고 있습니다. 조계종에서는 종단 차원에서 승려노후복지에 심혈을 기울이고 있습니다. 이에 대한 스님의 생각을 알고 싶습니다.

● 저는 오래전부터 승려노후문제를 개인에게 맡기는 것은 맞지 않다고 강조해왔습니다. 일반 세속인들이야 가족이 있어 부양에 큰 어려움이 없지만 승려사회는 그렇지 않습니다. 노후복지의 3대 요소는 주거와 의료, 소득입니다. 최근 들어 조계종이 승려복지에

관심을 기울이면서 의료와 소득 문제는 점차 해결되고 있다고 봅니다.

　문제는 주거입니다. 스님들의 주거를 안정화시키는 것이 큰일이 될 것입니다. 그렇게 절이 많은데 스님들의 주거가 불안정하다는 것이 큰 아이러니입니다. 빠른 시간 안에 해결해야 합니다.

✤
연구실 밖에서도 피어나는 복지 보살행

보각 스님의 사회복지에 대한 애정은 끝이 없었다. 스님은 그동안 《불교사회복지 사상사》와 《불교사회복지 개론》, 《초기경전과 해결중심 접근》을 비롯한 다양한 저서와 논문 수십 편을 발표하면서 불교사회복지학 연구에 이바지했다. 스님의 연구와 후학양성은 연구실 안에만 머무르지 않았다. 사회적 실천도 결코 소홀히 하지 않은 것이다.

○ 스님께서는 후학양성과 연구 활동에 매진하시면서, 여러 복지 단체와 시설을 운영하고 계십니다. 사회적 물의를 일으켰던 소적 새마을을 인수하여 정상화시키고 중앙승가대 복지법인 승가원으로 변모시킨 분도 스님이십니다.

● 불교사회복지의 이론적 토대를 구축하는 학자로서의 역할이나 강의를 통해 후학을 양성하는 일과 더불어 사회복지를 펼치고자 하는 분들에게 도움을 드리는 일도 제겐 중요합니다.

그동안 지구촌공생회와 나눔의집 이사를 맡았었고 삼전종합사회복지관, 소쩍새마을, 장애아동요양시설 상락원, 행복의 집 등에서 이사장으로 시설을 운영했습니다. 지금은 화성에서 자제공덕회 산하 시설들을 돌보고 있습니다.

○ 자제공덕회는 노인 요양시설과 중증장애인 요양시설 3곳을 운영하는 법인으로 알고 있습니다.

● 잘 알고 계시네요. 노인 요양시설인 묘희원과 상락원, 중증장애인 요양시설인 불이원이 있습니다. 이 외에도 비구니스님들을 위한 시설도 하나 있고요. 세 동이었던 건물이 지금은 9동으로 늘어서, 어르신이 약 2백여 명, 장애인이 50여 명, 비구니스님이 20여명 계십니다. 직원은 약 150명 정도가 근무하고 있습니다. 일종의 복지타운이라고 할 수 있겠습니다.

자제공덕회의 모태가 됐던 불교자제공덕회를 설립한 비구니 묘희 스님이 부탁을 해 2003년 말부터 이사장 소임을 보고 있어요.

○ 지난 2016년에 인도 쉬라바스티에 보광학교가 개교했다는 기사를 보았습니다. 어떻게 인도에 학교를 설립하실 원력을 세우셨는지요?

● 제가 교수와 수행자로 평생을 살 수 있었던 것은 다 부처님 은혜 덕입니다. 보은報恩의 의미로 부처님 나라에서 뭔가 할 수 있는 일이 없을까 고민하다 아이들을 교육시킬 수 있는 학교를 짓기로 결심했습니다. 인도에 있는 한국사찰인 천축선원과 상의하고,

인도 보광학교 전경.
인도에 부처님의 씨앗을 새롭게 심다.

2013년에 본격적으로 공사를 시작했습니다.

학교와 관련하여 제가 내세운 조건은 두 가지입니다. 하나는 학교 이름을 '보광普光'으로 하겠다는 것인데, '보'는 제 법명에서, '광'은 어머님의 법명 광대행光大行에서 따왔습니다. 다른 하나는 불교와 관련된 과목을 반드시 정규수업으로 진행하라는 것입니다.

○ 알고 보니 스님께서 보광학교 건립기금 전액을 보시하셨고, 매해 6천 달러 이상의 장학금을 꾸준히 보시하고 계십니다. 인도의 교육에 관심을 가지신 이유는 무엇인지요?

● 아시다시피 지금 인도에서 불교는 극히 미미합니다. 그래서 부처님 가르침의 씨앗을 다시 심어보고 싶었어요. 인도를 변화시킬 수 있는 힘은 그래도 교육에 있다고 생각하고 있습니다.

학교 시설이나 교구재도 최대한 최신으로 갖춰놓으려 노력했습니다. 지상 2층짜리 건물 2개 동에는 20명의 학생들을 수용할 수 있는 교실 12칸과 교무실, 화장실 등이 있고, 학생 1명당 1대씩 사용할 수 있도록 컴퓨터 20대와 대형스크린을 갖춘 시청각실도 갖췄지요. 학비도 전액 무료입니다.

지난번 개교기념일에 가서 보니 학교 입학경쟁률이 6대 1이었다고 합니다. 무슬림 복장을 입은 학부모도 있었습니다. 학교가 좋으니 주변에 좋은 소문이 나고, 종교가 다른 집에서도 아이를 보내고 있는 것입니다. 학생들은 학교 교복을 입는 것만으로도 자랑스러워합니다.

현재는 설립한 지 얼마 안 돼 유치원 30명, 1학년부터 3학년까지는 각 20명씩 학교에 다니고 있습니다. 세월이 지나면 인도와 지역사회에 기여할 인재가 나올 것으로 기대하고 있습니다.

✤

교계 밖에서도 인기 있는 '법문 잘 하는 스님'

보각 스님은 우리시대의 부루나 존자로 알려질 만큼 감동을 주는 법문으로 유명하다. 청중을 즐겁게 하는 법문이 불교 밖까지 소문이 나서, 일반 대기업이나 관공서 등에서도 초청받는 인기 법사다. 10년, 20년의 기간 동안 정기적으로 법문을 하는 곳이 있을 정도로, 스님의 법문을 청하는 곳도 여러 곳이다.

○ 저는 스님께 부러운 것이 하나 있습니다. 혹시 주실 수 있으신지요?
● 그게 뭔가요? 드릴 수 있는 것이라면 드려야죠.

○ 법문 잘하는 비결입니다. 하하. 한 교계신문에서 뽑은 '불교계에서 법문 잘 하는 스님 베스트 5'에 포함되셨던 걸 알고 계신지요?
● 아! 그러고 보니 저도 생각이 납니다. 무진장 스님, 암도 스님, 정락 스님, 종범 스님, 그리고 영광스럽게도 저를 거론했지요. 특별한 비결은 없고요, 말 잘하는 재주는 타고난 것 같습니다.

○ 단순히 타고난 재주만은 아닐 텐데요, 처음 대중법문을 하신

때를 기억하십니까?

● 음, 출가 후 10년이 채 안 되었을 때니, 아마 29세 때였을 것입니다. 조계사에서 소임을 보던 시절인데요, 일요법회에 어느 큰스님을 초청했는데 그만 펑크가 났습니다. 법문하실 스님을 갑자기 어디서 모셔올 수 있겠습니까. 총무스님이 시키셔서 제가 대타로 법문을 하게 됐는데, 호응이 아주 좋았습니다. 그때부터 법문에 자신감을 갖게 된 것 같아요.

○ 준비도 없이 법석에 오르셨을 텐데, 어떤 법문을 하셨나요?

● 당시 조계사신도회에서 〈법회요전〉이라는 법문 교재를 만들어 신도들에게 널리 보급하려고 노력했던 때였어요. 그런데 초청을 받으신 큰스님들은 법문하시면서 교재에 대해 한 말씀도 하지 않으셨던 모양입니다. 그런데 저는 항간에 전해오는 진주 강부자 댁 이야기로 법문을 시작했지요.

천하의 부자면서 인색하기로 소문난 강부자 어른에게 며느리가 있었는데, 이 며느리도 인색하기로는 나름 내공이 있었지요. 강부자 집에서 밥상에 고기반찬이 오르는 건 꿈도 꾸지 못할 일입니다. 그런데 하루는 저녁 밥상을 받은 강부자가 '국에 왜 생선 기름기가 있느냐'고 며느리에게 물었습니다. 며느리는 시장 어물전에서 물건을 살 것처럼 이 생선 저 생선을 손으로 만지고는 집으로 돌아와 손을 국에 담갔다고 대답했습니다. 은근히 칭찬을 기대했는데, 웬걸, 시아버지가 며느리를 나무랐습니다. "애야. 이왕이면 가마솥에 손을 담그지 그랬냐. 그럼 훨씬 많은 양의 고깃국을 먹었을 것 아니냐."

○ 그 당시 법문 내용으로는 상당히 파격적이네요.

● 그런데 저는 한 술 더 떠서 말했습니다. "나 같으면 손을 우물에 씻었을 것이다." 순간 신도분들이 박장대소를 했지요.

○ 하하.

● 그 다음 제가 이렇게 말씀드렸어요. "부처님의 지혜도 그렇습니다. 〈법회요전〉은 지혜의 우물입니다. 수지하고 독송하면 인생을 지혜롭게 살아가는 우물이 됩니다." 제 말이 끝나자마자 우레와 같은 박수를 받았습니다. 그날 그 자리에서 무려 3백 권이 넘는 〈법회요전〉이 팔렸다고 합니다. 이 일을 계기로 조계사 일요법회를 맡게 돼 교무를 한 2년 보고, 총무를 한 6개월 살기도 했습니다.

○ 정말 대단하십니다. 스님의 법문은 전국에 소문이 났지요.

● 화엄경에 '불청우不請友'라는 말이 있습니다. 보살은 불러주지 않아도 기꺼이 찾아가야 한다는 뜻입니다. 그런데 고맙게도 여기저기서 불러주는데 기쁜 마음으로 가야지요. 불러주는 곳은 어디든 마다않고 달려갑니다.

언젠가는 초파일 하루에만 7번 법문을 한 적도 있습니다. 낮에 4번, 밤에 3번 법문을 했습니다. 또 언젠가는 하루 몇 번의 법문을 위해 퀵서비스 오토바이를 타고 서울 시내를 다닌 적도 있습니다. 빠르긴 했지만 정말 무서웠습니다. 하하. 제가 잘 한다기보다 들어주는 불자들이 정성스럽게 듣기 때문에 더 신심이 나는 것 같습니다.

조계사청년회 법문은 25년간 법문을 했고, 서울 오류동 관음사와 옥수동 미타사, 보문동 미타사도 20년 넘게 법문을 해 왔습니다. 서울 불교청년회는 20년에서 1년이 모자란 19년 동안 했고요. 이 외에도 화성 직업교도소에서는 한 달에 한 번 법문을 하고 있습니다. 수용자들이 부처님 이야기와 부처님 말씀을 듣고 조금이라도 위안을 얻어 새롭게 사회에 나오기를 바라는 마음에서 한 번도 쉬지 않고 계속하고 있습니다.

법문비와 상관없이 대중들과 부처님 말씀을 새기고 새기는 것은 즐거운 일입니다.

○ 다시 여쭙겠습니다. 법문 잘 하시는 비결을 더 자세하게 알려주세요.

● 저는 한 번의 법문에서 불자들이 딱 한 가지만 가슴에 새기면 된다고 생각합니다. 알아듣지 못하는 어려운 내용을 많이 설명할 필요가 없습니다. 그러면 법사도 피곤하고 청중도 힘들어합니다. 쉽게, 청중들이 알아들을 수 있는 언어로 법을 전합니다. 교감이 중요하다는 말씀입니다.

의식 집전과 법문은 수행자의 주요 덕목입니다. 의무입니다. 일부의 특정한 분들이 법문하는 것으로 생각하지만 스님이라면 누구나 법문을 해야 합니다. 법문을 통해 부처님의 가르침을 널리 전해야 하는 것입니다. 법문을 하게 되면 경전과 어록을 보게 되고 자료를 찾게 됩니다. 스님들 스스로 공부하게 되는 중요한 계기가 됩니다.

저는 라디오, TV, 신문을 볼 때도 '저 내용이 법문 소재로 좋겠다.' 싶으면 그 자리에서 메모합니다. 법문은 대중의 요구에 응해야 합니다. 근기설법을 염두에 두고 법문 내용을 준비합니다.

《증일아함경》에는 부처님이 이 땅에 오신 다섯 가지 의미가 정리되어 있습니다. 첫째는 법륜法輪을 굴리기 위해서, 둘째 부모님을 제도하기 위해서, 셋째 믿음 없는 자에게 믿음을 갖게 하기 위해서, 넷째 보살심을 일으키게 하기 위해서, 다섯째 모든 중생이 부처 되라는 수기를 받게 하기 위해서입니다. 저도 이 말씀에 근거해 설법을 하려 노력합니다.

✤
시주의 은혜를 두려워하는 스님

보각 스님이 돈이 많다는 소문이 있었다. 또 스님은 인색하다는 말도 들렸다. 교수 월급, 원고료, 법문비, 사회활동 등으로 받은 돈을 모으기만 하고 주변 사람들에게 베풀지 않는다는 것이다. 그런데 스님은 30여 년간 도움이 필요한 곳, 불사가 필요한 곳에 30억이 넘는 돈을 보시해 왔다. 정작 본인을 위해서는 돈을 쓸 줄 모르는 분이다.

○ 인도 보광학교 설립뿐 아니라, 스님께서는 그동안 강의나 저술 등을 통해 모은 돈을 꽤 오랫동안 두루 회향하셔서 교계의 귀감이 되고 있습니다.

● 저는 부처님 은혜로 옷 입고 밥 먹으며 공부할 수 있으면 이게 최고의 복이라고 생각합니다. 소유와 소비에 큰 관심이 없습니다. 그리고 제가 어렵게 공부를 한 탓인지 돈을 잘 쓰지 못했어요. 돈이 생기면 어려운 후학이나 단체, 시설을 도와야겠다는 생각이 컸습니다.

중앙승가대 교수로 부임하고 나서 10년간 월급과 법문비, 원고료 등을 받아 모았더니, 한 3억5천만 원 정도가 되었습니다. 그래서 학교에 1억2천만 원, 강화 선원사 1억 원, 사회복지시설 등등에 천만 원, 5백만 원씩 해서 여러 곳에 나누어 기부를 했습니다. 그 후에도 돈만 생기면 학교와 사회복지시설에 기부를 했습니다.

○ 제가 알기로는 어림잡아 30억 원이 훌쩍 넘는 금액을 보시하셨지요. 상당한 금액입니다. 혹시 보시하시면서 돈이 아깝다는 생각이 든 적도 있으신가요?

● 저는 큰 돈을 회향하는 데는 별다른 생각이 없습니다. 돈이 필요한 곳에 제 형편대로 보시하는 것뿐입니다. 그런데 작은 돈은 가끔 아깝다는 생각이 들기도 합니다. 밥값이나 다른 용도의 돈이 불필요하게 소비되면 마음이 편하지는 않습니다.

○ 농담 한 마디 드릴게요. 한때 '보각 스님은 밥 한 번 안 산다.'는 얘기를 하는 분들이 있었습니다. 하하.

● 하하. 그런 분들에게는 뭐라고 말씀드려야 할까요. 아무튼 저는 시줏돈을 함부로 쓸 수가 없더라고요. 시설의 대표를 맡게 되면 법인카드가 나오는데 저는 그것도 쓰지 못했습니다. 제가 오랫동안 그렇게 생활하는 게 몸에 배어 그런지 친목을 위해 밥 사고 하는 걸 못하겠어요.

○ 스님께서 생활하시는 모습을 곁에서 지켜본 저로서는 충분히 이해합니다. 그렇기 때문에 많은 분들이 스님과 함께 마음을 모아 후원하는 것이겠지요.

● 정성껏 후원해 주시는 한 분 한 분 모두가 소중합니다. 현장에서 후원인들의 정성을 봤는데 어떻게 돈을 함부로 쓸 수 있겠어요? 빈 병을 팔아서 후원하는 분이 계십니다. 30년 가까이 매년 시설수용자들에게 공양을 대접하고 있는 동대문종합시장 여성상인회 여러분도 계십니다.

예전에 한 복지시설에서 비리가 많다고 소문이 났을 때, 후원자들이 라면 봉지를 뜯어서 면만 모아서 가져온 적도 있습니다. 아예 횡령을 못 하도록 그렇게 했던 것입니다. 이런 후원자들의 정성을 생각하면 더욱 조심하게 됩니다.

평범한 사람을 후원인으로 만들기가 여간 어려운 일이 아닙니다. 복지 쪽에서는 후원자 한 명 만들려면 사상四相 즉 아상我相, 인상人相, 중생상衆生相, 수자상壽者相이 다 없어져야 가능하다고

보각 스님은 하루도 사경 수행을 멈추지 않는다.
그동안 사경한 법화경이 173권에 이른다.

합니다. 권선勸善이 세상에서 제일 어려운 일이라고 해요. 지금도 저는 시주의 은혜가 두렵습니다.

✢

밥 먹는 시간 이상은 기도하자

강의로, 법문으로, 사회복지 활동으로 활발하게 사회와 소통하는 보각 스님은 수행자로서도 모범적으로 살아왔다. 매일 일과日課 수행을 멈추지 않았다. 중앙승가대 교정에 원불願佛을 모신 이유도, 학인스님들이 부처님께 예경하며 신심과 원력을 다지고 지혜와 자비를 닦고 실천하는 수행자의 본분을 잊지 않게 하려는 마음이 아니었을까.

○ 수행자는 어떤 사람이어야 할까요?
● 수행자는 부처님의 가르침을 올곧게 행하는 사람입니다. 계戒의 여법한 실천을 바탕으로 선정을 닦아 지혜를 깨닫는 자가 수행자라고 할 수 있을 것입니다.
　　누가 저에게 좌우명이 뭐냐고 물으면 저는 이렇게 답합니다. 《아함경》에 보면 '몸뚱이는 음식을 먹고 살고 마음은 기도를 먹고 산다.'는 말씀이 있습니다. 제 좌우명이 바로 이것입니다. 저는 적어도 하루 세끼 밥 먹는 시간 이상은 기도해야 수행자라고 봅니다. 말로 수행하는 사람은 수행자가 아닙니다.
　　본인이 가장 잘 할 수 있는 것이 좋은 수행입니다. 참선, 간경,

염불, 주력, 절, 사경 그 무엇도 좋습니다. 자신이 잘할 수 있는 것을 선택해서 실천하면 됩니다. 수행은 어디로 가든 삼매三昧에서 만나기 때문입니다.

○ 스님께서는 평소 정진을 어떻게 하시는지 궁금합니다.

● 저는 자제공덕회 이사장을 맡으면서 《법화경》 사경을 시작했습니다. 물론 그 전에도 다른 수행을 하다가 이사장 소임이 너무 힘들어서 마음도 다스릴 겸 해서 시작했어요. 2백 권 사경을 목표로 했는데, 20여 권 남았습니다. 주옥같은 부처님 말씀을 따라 적으며 공부하고 또 공부합니다.

결과적으로 법화도량인 백련사 주지소임도 《법화경》 사경을 열심히 해서 맡게 된 것이 아닌가 생각합니다. 하하. 사경을 열심히 하면서 좋은 일도 많이 생겼습니다. 역시 수행과 기도만 열심히 해도 어려움을 극복할 수 있는 힘이 생긴다는 것을 많이 느꼈습니다.

'나무아미타불' 사경도 같이 합니다. 몇 년 전 서울 동산불교대학에 강의하러 갔더니 '나무아미타불' 10만8천 번 사경이 과제라고 합니다. 저는 108만 번을 쓰자고 생각하고 하루에 108번을 4번씩 쓰고 있습니다. 이와 함께 매일 108배를 하고 또 매일 한 차례 《금강경》을 독송하기도 합니다.

○ 사경과 독송과 기도를 중심으로 하시는군요.

● 일심一心이 청정하면 법계法界가 청정합니다. 사경을 할 때에

도 독송이나 기도를 할 때에도 내 마음이 청정해지는데, 멈출 이유가 없지요. 할수록 즐겁고 행복합니다.

　팔이 움직일 수 있는 한 계속 사경을 할 겁니다. 비행기, 기차, 버스 등 시간과 장소를 가리지 않고 기회만 되면 사경을 하고 있어요. 기도도 마찬가지지요. 언제 어디서나 스스럼없이 할 수 있는 것이 기도입니다. 형식이나 격식에 얽매이면 어려워집니다. 사람들이 나에게 기도 잘하는 법을 묻습니다. 제가 말합니다. 거르지 말고 하세요. 급한 일이 있어서 조금 하더라도 결코 빼먹지 마세요. 그러면 기도가 몸에 배입니다. 습관이란 안 하면 어딘가 허전하고 불편한 거예요. 좋은 습관만큼 큰 재산은 없습니다.

　사람들은 기도를 부처님께 청탁, 부탁하는 것으로 압니다. 그러나 불교에서 기도는 발원과 참회입니다. 즉 원력을 세워서 노력하는 것이 기도입니다. 또 잘못했을 때 부끄러워하고 그 잘못을 다시 안 하겠다는 다짐이 기도입니다. 사경과 기도는 마음을 고요하고 깨끗하게 합니다. 그 힘으로 우리 일상을 잘 살아가게 되는 것입니다.

✤

입전수수의 삶

보각 스님은 정년을 앞두고 고민이 더 많아진 것처럼 보였다. 출가 후부터 지금까지 방일하지 않고 살아왔건만, 여전히 발고여락拔苦與樂의 자비행을 멈출 수 없다. 백련사 주지로서 해결해야 할 현안

들도 쌓여 있고, 출·재가를 막론하고 부처님의 법을 전하는 일도
끝이 없으니 말이다.

O   스님께서는 35년간 재직한 중앙승가대에서 정년퇴임을 앞두
고 계십니다. 여러모로 생각이 많으실 것 같습니다.
●   한국불교에서 가장 중요시하는 깨달음이라는 것도 중생 속에
서 실천되고 회향되어야 진짜 의미가 있습니다. 깨달으면 불교가
완성된다고 하는 것은 지극히 개인적인 일일 뿐이에요. 깨달음을
사회에 나눠야 진짜 불교입니다.
    저는 이러한 개념들을 명확히 하고 현장에서의 복지가 이루
어져야 한다고 강조하고 싶습니다. 아직까지도 희망사항에 불과
하지만 여기에 예산과 인력, 네트워크 등이 유기적으로 엮어지면
더할 나위 없이 좋겠습니다.

O   깨달음을 사회에 나눈다는 말씀은 어떤 의미인가요?
●   앞서 말씀드린 것처럼 종교의 목적은 중생의 행복과 평화입
니다. 종교가 존재하는 한 불가분의 관계라고 할 수 있습니다. 여기
서 사회복지는 선택이 아닌 필수입니다. '심우도'를 보면 깨달음의
마지막 단계가 입전수수入廛垂手 아닙니까? 세상에 나아가 중생의
고통과 함께해야 합니다. 이러한 기조를 바탕으로 불교 사회복지
를 바라보고 실천해야 한다고 생각해요.
    '불공佛供'이라는 말이 있습니다. 이것은 단순히 전각 안에서
목탁만 치는 것을 의미하지 않습니다. 불공이 사회 속에서 이루어

지게 해야 합니다. 중생에게 친절을 베풀고 중생을 행복하게 하는 것이 불공입니다. 사회복지는 곧 불공의 실천입니다.

○ 다시 사회복지에 대한 말씀이시군요. 사실 불교사회복지의 현실은 그리 녹록치 않습니다. 스님께서 보시기에 어떤 것이 가장 시급하다고 생각되시나요?

● 아직까지도 많은 사람들이 부처님의 자비를 잘 모릅니다. 용수 보살이《대지도론》에서 자비에 대해 말씀하신 부분이 있습니다. '자慈'를 '여락與樂' 즉, 중생에게 즐거움을 주고자 하는 마음이라 하고, '비悲'는 '발고拔苦' 즉, 중생의 고통을 없애주고자 하는 마음이라고 설명합니다.

자비가 실천되지 않으면 무자비해집니다. 달라이 라마 스님도 '나의 종교는 친절이다.'고 하잖아요. 세월이 갈수록 남을 기쁘고 행복하게 해주는 자비에 대한 실천의지가 부족해지는 것 같아 안타까워요.

몇 가지 덧붙인다면, 우선 불교복지에 대한 의식이 있는 전문가를 양성해 한국불교복지학의 체계를 만들고 우리 불교복지만의 색깔을 찾아야 합니다. 사회복지철학에 한국 사찰의 전통적 빈곤 대책, 현대사회에 대한 면밀한 분석 등을 토대로 '우리 것'을 만들어 나가야 합니다.

이와 함께 '범종단 차원의 불교복지학 전문기구 설립'이 필요합니다. 특히 연구기관 설립, 인재 양성 등 하나의 종단이 수행하기 어렵거나 함께 추진하면 시너지 효과가 발생하는 부분에서는 적극적 협력이 필요할 것입니다.

○ 인재양성과 관련해서 최근에 중앙승가대를 비롯한 조계종 기본교육기관의 재정립 필요성이 대두되고 있습니다. 이에 대해서 스님은 어떤 생각을 하시는지요?

● 저는 기본적으로 기본교육기관은 이제 하나로 통합해야 한다고 봅니다. 사찰 승가대학, 기본선원, 동국대, 중앙승가대 등으로 분산되어 있는 것은 맞지 않습니다.

그리고 각 승가대학은 대학원으로 개편해야 합니다. 이제 우리 수행자들의 기초학력이 대학원 석사 수준은 되어야 합니다. 현실적으로는 중앙승가대를 기본교육기관으로 정해서 일괄적으로 교육을 시키고 동국대나 각 사찰의 특성화된 대학원에 가서 심화학습을 하는 것이 바람직하지 않을까 생각합니다.

○ 앞으로의 수행과 포교계획은 어떠신가요?

● 특별한 계획이라기보다 백련사가 백련결사도량의 위용을 되찾는 것이 중요하다고 생각하고 있고 이를 위해 다양하게 움직여 볼 생각입니다. 강진과 전남 지역 불자들과 함께 《법화경》을 사경하고 독송할 것입니다. 또 만일염불회를 다시 만들어 염불수행도 같이 할 것입니다.

법회를 활성화하고 지역 불교를 복원시켜 보겠습니다. 부처님 가르침이 지역민들 귓가에 맴돌도록 해보겠습니다. 제가 열심히 하면 지역의 다른 스님들도 더 분발하지 않을까 생각합니다.

○ 스님께서 만난 분 중에 본받고 싶거나 잊을 수 없는 분이 있으신지요?

● 우리 중앙승가대학 초대 학장을 지내신 석주 큰스님을 잊을 수 없지요. 하심, 겸손, 자애, 원력의 표상이셨지요. 특히 포교에 대한 열정은 누구도 그분을 따를 수 없습니다. 불사에 도움이 된다면 어느 누구도 가리지 않고 붓글씨를 써주셨지요. 꾸밈없는 선지식이셨습니다. 많이 본받으려 노력하는 중입니다.

행원 주영운 거사님은 제가 법회하러 다니던 절에서 만난 불자입니다. 한번은 이 분이 이렇게 말씀하시는 겁니다. "제가 어머니의 백일 불공으로 세상에 나왔는데, 불교계를 위해서 뭔가 보람 있는 일을 하고 싶습니다."라고요. 그래서 제가 권했지요. "건물을 짓는 불사보다 인재를 키우는 불사를 하면 좋겠다."고요. 그래서 중앙승가대학교에 '행원문화재단'을 만들어 학술과 역경에 지원을 했습니다. 이분도 근검하고 절약하면서 신심 있게 신행을 하셨습니다.

○ 부처님 가르침을 공부하고 실천하는 불자들에게도 당부의 말씀 부탁드립니다.

● 불자는 부처님 가르침을 배우고 실천하는 사람입니다. 경전만 봐서는 불자가 아닙니다. 요즘에 불교 경전을 연구하는 신부님이나 목사님이 얼마나 많습니까? 그분들을 불자라고 하지 않습니다.

박제된 불교, 절에 머무는 불교가 되어서는 안 됩니다. 일상생활에서 실천하도록 노력해야 합니다. 《능엄경》에도 '부처님 가르침을 날마다 배우고 실천에 옮기는 사람이 진짜 불자'라고 나와 있습니다. 자신에게 맞는 수행을 하면서 사회와 이웃을 위해 실천하는 불자가 되기를 부탁드립니다.

스님들께도 말씀 올립니다. 불자님들에게 '하라'고 하지 말고 '함께 하자'고 합시다. 부처님과 수행자들은 항상 먼저 중생 곁으로 갔습니다. 사람들이 절에 오지 않는다고 불평만 할 것이 아니라 오지 않으면 우리가 가면 됩니다. 함께 하는 불교를 위해 우리 스님들께서도 함께 노력해 주시기를 바랍니다. 저부터 마음을 새롭게 하고 열심히 뛰겠습니다. 어려울수록 근본으로 돌아가야 합니다.

보각 스님의 연구와 수행여정은 흥미진진했다. 날을 바꿔 들어야 할 만큼 스님의 말씀에는 쉼표가 없었다. 소문대로 스님의 원력願力은 끝이 없었다. 중생구제 의지도 대단했다. 자기 수행의 확신도 단단했다.

이튿날 아침 일찍 스님은 바랑을 챙겼다. 지역 법회에 법문을 하러 가야 한다고 했다. 대중들을 만나러 가는 길이 즐겁고 신난다는 보각 스님. 남도에서 다시 꽃피울 보각 스님의 포교 열정이 벌써부터 기대된다.

눈물만
보태어도
세상은
아름다워집니다

ⓒ 보각, 2019

2019년 5월 22일 초판 1쇄 발행

지은이 보각
발행인 박상근(至弘) • 편집인 류지호 • 상무 이영철
책임편집 김선경 • 편집 이상근, 양동민, 주성원, 김재호, 김소영 • 사진 최배문, 하지권
디자인 쿠담디자인 • 제작 김명환 • 마케팅 허성국, 김대현, 최창호, 이선호 • 관리 윤정안
펴낸 곳 불광출판사 (03150) 서울시 종로구 우정국로 45-13, 3층
          대표전화 02) 420-3200 편집부 02) 420-3300 팩시밀리 02) 420-3400
          출판등록 제300-2009-130호(1979. 10. 10.)

ISBN 978-89-7479-673-0 (03810)

값 16,000원

이 도서의 국립중앙도서관 출판예정도서목록(CIP)은
서지정보유통지원시스템 홈페이지 (http://seoji.nl.go.kr)와
국가자료공동목록시스템 (http://www.nl.go.kr/kolisnet)에서 이용하실 수 있습니다.
(CIP제어번호: CIP2019018613)

잘못된 책은 구입하신 서점에서 바꾸어 드립니다.
독자의 의견을 기다립니다. www.bulkwang.co.kr
불광출판사는 (주)불광미디어의 단행본 브랜드입니다.